Contents

곰 곰 곰 베어 9

저자 **쿠마나노**

일러스트 **029**

옮긴이 **김보라**

🐻 스킬

▶이세계 언어
이세계의 언어가 일본어로 들린다.
이야기를 하면 이세계의 언어로 상대방에게 전달된다.

▶이세계 문자
이세계의 문자를 읽을 수 있다.
글자를 쓰면 이세계 문자가 된다.

▶곰의 이차원 박스
흰 곰의 입은 무한으로 벌어지는 공간이다.
어떤 물건이라도 넣을(먹을) 수 있다.
단, 살아 있는 것을 넣는(먹는) 건 안 됨.
들어가 있는 동안에는 시간이 멈춘다.
이차원 박스에 넣은 물건은 언제든 꺼낼 수 있다.

▶곰 관찰경
흑백 곰 옷의 후드에 있는 곰의 눈을 통해 무기와 도구
의 효과를 볼 수 있다.
후드를 쓰지 않으면 효과는 발동되지 않는다.

▶곰 탐지
곰의 야생의 힘으로 마물이나 사람을 탐지할 수 있다.

▶곰 지도 ver.2.0
곰의 눈이 본 장소를 지도로 만들 수 있다.

▶곰 소환수
곰 장갑에서 곰이 소환된다.
검은 곰 장갑에서는 검은 곰이 소환된다.
흰 곰 장갑에서는 흰 곰이 소환된다.
소환수 꼬맹이화 : 소환수인 곰을 꼬맹이화 할 수 있다.

▶곰 이동 문
문을 설치하여 서로의 문을 왔다 갔다 할 수 있게 된다.
3개 이상의 문을 설치할 경우는 행선지를 상상하는 것으
로 이동할 곳을 정할 수 있다.
이 문은 곰 장갑을 사용하지 않으면 열리지 않는다.

▶곰 폰
먼 곳에 있는 사람과 대화할 수 있다.
곰 폰을 만든 후, 술자가 없앨 때까지 존재한다. 물리적
으로 망가뜨릴 수 없다.
곰 폰을 건넨 상대를 상상하면 연결된다.
곰의 울음소리로 착신을 알린다. 소지자가 마력을 보내
는 것으로 껐다 켤 수 있게 되어 통화가 가능하다.

▶곰 수상 보행
물 위를 이동하는 것이 가능해진다.
소환수는 물 위를 이동하는 것이 가능해진다.

🐻 마법

▶곰 라이트
곰 장갑에 모은 마력으로 곰 형태의 빛을 생성한다.

▶곰 신체 강화
곰 장비에 마력을 보내는 것으로 신체강화를 실시할 수
있다.

▶곰 불 속성 마법
곰 장갑에 모은 마력으로 불 속성의 마법을 사용할 수
있다.
위력은 마력, 상상에 비례한다.
곰을 상상하면 위력이 더욱 올라간다.

▶곰 물 속성 마법
곰 장갑에 모은 마력으로 물 속성의 마법을 사용할 수 있다.
위력은 마력, 상상에 비례한다.
곰을 상상하면 위력이 더욱 올라간다.

▶곰 바람 속성 마법
곰 장갑에 모은 마력으로 바람 속성의 마법을 사용할 수
있다.
위력은 마력, 상상에 비례한다.
곰을 상상하면 위력이 더욱 올라간다.

▶곰 땅 속성 마법
곰 장갑에 모은 마력으로 땅 속성의 마법을 사용할 수 있다.
위력은 마력, 상상에 비례한다.
곰을 상상하면 위력이 더욱 올라간다.

▶곰 전격 마법
곰 장갑에 모은 마력으로 전격 마법을 사용할 수 있게
된다.
위력은 마력, 상상에 비례한다.
곰을 상상하면 위력이 더욱 올라간다.

▶곰 치유마법
곰의 상냥한 마음에 의해 치료가 가능해진다.

이름 : 유나
연령 : 15세
성별 : 여자

▶ 곰 후드(양도 불가)
후드에 있는 곰 눈을 통해 무기나
도구의 효과를 볼 수 있다.

▶ 흰 곰 장갑(양도 불가)
방어 장갑, 사용자 레벨에 따라
위력 UP.
흰 곰 소환수인 곰순이를 소환할
수 있다.

▶ 검은 곰 장갑(양도 불가)
공격 장갑, 사용자 레벨에 따라
위력 UP.
검은 곰 소환수인 곰돌이를 소환
할 수 있다.

▶ 흑백 곰 옷(양도 불가)
겉보기엔 인형 옷. 양면 기능 있음.
겉면 : 검은 곰 옷
사용자 레벨에 따라 물리, 마법의 내성이 UP.
내열, 내한 기능 있음.
속면 : 흰 곰 옷
입으면 체력, 마력이 자동 회복된다.
회복량, 회복 속도는 사용자의 레벨에 따라
변한다.
내열, 내한 기능 있음.

▶ 검은 곰 신발(양도 불가)
▶ 흰 곰 신발(양도 불가)
사용자 레벨에 따라 속도 UP.
사용자 레벨에 따라 장시간
걸어도 지치지 않는다.
내열, 내한 기능 있음.

◀ 곰돌이
(꼬맹이화)
▼ 곰순이

▶ 곰 속옷(양도 불가)
아무리 입어도 더러워지지 않는다.
땀과 냄새도 배지 않는 훌륭한 아이템.
장비자의 성장에 따라 크기도 변한다.

▶ 곰 소환수
곰 장갑에서 소환되는 소환수.
꼬맹이화 할 수 있다.

크리모니아

피나
유나가 이 세계에서 처음 만난 소녀. 10살. 유나가 어머니를 구해준 인연으로, 유나가 무찌른 마물의 해체를 맡고 있다. 슈리라는 세 살 어린 여동생이 있다.

티루미나
피나의 어머니. 병에 걸렸을 때 유나가 도와줬다. 그 후 겐츠와 재혼. 『곰 씨 식당』과 『곰 씨 쉼터』의 경리 일을 유나에게서 위임받았다.

셰리
고아원의 여자아이. 손재주를 인정받아 재봉실에서 수업 중. 유나에게 곰돌이와 곰순이 인형의 제작 의뢰를 받았다.

안즈
미릴러 마을 숙소의 딸. 유나에게 요리 솜씨를 인정받아 크리모니아로 왔다. 『곰 씨 식당』을 맡고 있다.

느와르 포슈로제
애칭은 노아, 10살. 포슈로제 가문의 차녀. 『곰 님』을 사랑하는 활발한 소녀. 유나와의 인연으로 피나와 친해졌다. 왕도에는 5살 차이나는 언니인 시아가 있다.

엘레로라 포슈로제
노아와 시아의 어머니. 35살. 보통은 국왕 폐하의 밑에서 일하고 있으며, 왕도에 살고 있다. 인맥이 넓고 유나를 이것저것 도와준다.

클리프 포슈로제
노아의 아버지. 크리모니아 마을의 영주. 유나의 돌발적인 행동에 휘둘려 고생하는 인물. 담백한 성격으로 유나도 거리낌 없이 대하고 있다.

카린
왕도에서 어머니인 모린의 빵집이 존폐 위기인 상황에 유나에게 도움을 받았다. 그 후, 모린과 함께 『곰 씨 쉼터』에서 빵을 만들게 됐다.

시린

미사나 파렌그람
애칭은 미사, 10살. 국왕 탄신제 때 왕도로 향하던 중 마물에게 습격을 받는 것을 유나가 구해줬다. 자신의 생일 파티에 유나 일행을 초대한다.

그란 파렌그람
미사의 할아버지. 시린 마을의 동쪽 지구 영주. 국왕 탄신제 때 왕도로 향하던 중 유나가 구해줘 은혜를 느끼고 있다. 가줄드와의 경쟁에서는 밀리고 있다.

보츠
파렌그람 가문의 주방장. 그란과 미사의 생일 파티의 모든 부분을 책임지고 있었지만 가줄드의 계략에 빠져 팔을 다친다.

가줄드 살바드
시린 마을의 서쪽 지구의 영주. 시린 마을의 단독 영주가 되기 위해 음모를 꾀하고 그란을 궁지로 내몬다. 그란의 생일 파티에서는 젤레프의 요리에 시비를 걸다 망신을 당한다.

란돌 살바드
가줄드의 아들. 난폭한 성격으로 미사에게 적개심을 품고 있다.

왕도

루이밍
왕도의 곰 하우스 앞에서 쓰러져 있던 엘프 소녀. 언니를 만나러 엘프 마을에서 왕도까지 찾아왔다.

사냐
왕도의 모험가 길드 마스터. 엘프 여성으로 유나는 모험가와의 트러블과 마물을 토벌한 후 뒤처리에 도움을 받는다.

플로라 공주
엘파니카 왕국의 왕녀. 유나를 「곰 님」이라 부르며 좋아한다. 그림책을 선물 받는 등 유나가 마음에 들어 한다.

젤레프
왕궁 주방장. 보츠의 부상으로 요리를 할 수 없게 된 파렌그람 가문을 위해 유나가 왕도에서 시린 마을까지 데리고 왔다.

🎀 206 곰 씨, 아저씨 두 명과
마을 산책을 하다

미사의 생일 파티는 파티용 드레스를 입거나 노아가 곰돌이와 곰순이의 인형을 탐내는 등 진땀을 뺐지만 무사히 마쳤다.

그리고 그란 할아버지에게 선물로 준 아이언 골렘을 어디에 둘지에 관해서도 작은 소동이 있었다.

그란 할아버지는 아이언 골렘을 현관 부근에 두고 싶어 하는 듯했지만 반대하는 사람들이 많았다.

"아버지, 현관에는 두지 말아주세요. 처음 보는 사람들이 놀랄 거예요."

"그게 좋지 않겠니?"

"안 돼요. 계속 현관에 두겠다고 하시면 유나 씨에게 다시 가지고 가라고 할 거예요."

아들인 레오날드 씨가 내게로 시선을 옮겼다.

그 외에도 반대 의견이 나와서 그란 할아버지는 떨떠름해 하면서 현관에 두는 것을 포기했다. 그리고 의논한 결과, 아이언 골렘은 2층 중앙 통로에 설치하게 됐다. 평소에는 손님에게 보이지 않는 곳으로, 보여주고 싶을 땐 2층으로 올라가면 쉽게 볼 수 있었다. 그곳에 두는 것은 모두가 납득했다.

이유는 모르겠지만 설치하는 것은 나의 일이었다.

「그렇게 무거운 걸 간단하게 움직일 수는 없어」라는 말을 들으면 내가 할 수 밖에 없다.

곰 박스에 다시 담고 나서 2층으로 올라가 통로에 설치했다.

응, 멋있네.

이 철의 질감이 좋아. 머드 골렘은 약해보이고 예쁘지 않았다. 실버 골렘이라던가 골드 골렘이 있었다면 세 마리를 나란히 장식하고 싶었다. (겉면만) 미스릴 골렘이 있었으니까 존재해도 이상할 것은 없으리라.

파티장에서 방으로 돌아온 나는 방에 들어서자마자 드레스를 벗고 곰 인형옷을 입었다.

아~ 역시 곰 인형 옷을 입으면 마음이 편안해. 이 촉감, 이 지켜지고 있다는 안심감. 처음엔 창피해서 벗으려 했지만 지금은 스스로 입고 싶다고 생각하고 있다. 그렇게 생각하니까 나 스스로도 무섭군.

곰 인형 옷이 사랑스러워지다니 역시 이건, 저주 받은 방어구였던 걸지도 몰라. 저주 받은 방어구라고 하면 한 번 입으면 벗을 수 없게 되는 게 많지만 이건 장비를 입는 본인이 원하게 돼버리니까 더욱 질이 나쁘다.

옆을 보자 피나도 드레스를 벗고 안심하고 있었다. 피나는 나와 다른 이유로 벗고 싶었던 모양이다. 작은 목소리로 「더럽히지 않아서 다행이에요」라는 말을 했다.

분명 더럽혔다면 큰일이 났을지도 모른다.

드레스를 벗은 나는 이걸 어떻게 하면 좋을지 노아에게 물었다.

세탁해서 돌려준다고 해도 드레스를 빠는 방법 같은 건 모를뿐더러 이 세계에 세탁소가 있을 리 만무했다.

하지만 돌려주려는 나에게 노아는 예상하지 못한 말을 했다.

"드레스는 드릴게요."

이런 비싸 보이는 드레스를 이유도 없이 받을 수는 없었다.

"받을 수 없어."

"아뇨, 교환이에요. 그 드레스와 곰 인형을 교환하는 거예요. 그러니까 꼭 저한테 곰 인형을 주셔야 해요."

즉, 물물 교환이라는 것 같다.

먼저 지불을 해두면 나는 약속을 지킬 수밖에 없게 된다. 인형은 처음부터 선물을 할 생각이었기 때문에 문제될 건 없지만 이 드레스를 입을 기회가 또 있을까?

"피나에게도 줄 테니까 소중히 여겨줘."

피나는 열심히 거절했지만 노아는 물러서지 않았다.

"저는 입을 기회가 없으니까. 받아도……."

"피나는 미사 생일 파티에는 참석했으면서 내 생일 파티에는 참석해주지 않는 거야?"

"그, 그럴 리가……."

"그렇다면 내 생일 파티 때 입어줘. 혹시 사이즈가 안 맞게 되면 말해주고. 우리 쪽에서 수선해줄게."

피나도 도망칠 구멍이 막혀서 드레스를 받았다.

파티가 끝난 다음 날, 아침 일찍 클리프와 엘레로라 씨가 앞으로의 예정에 대해 이야기하려고 방으로 찾아왔다. 크리모니아에는 이틀 후에 출발하기 때문에 그때까지는 적당히 지내라고 했다. 엘레로라 씨는 어느 정도 일을 마친 후에 돌아간다고 했다.

"노아가 이틀 후에 돌아간다면 나도 그날 같이 돌아갈까."

엘레로라 씨는 일을 좀 더 성실하게 해주세요.

일단 크리모니아로 돌아가기 전까지 시간이 생겨서 마을을 탐색하기로 했다

"그럼, 나는 나갔다 올게."

"네."

피나와 노아의 배웅을 받으며 혼자서 방을 나섰다. 오늘은 오랜만에 아이들과 개별 행동을 하는 날이다.

피나와 노아는 미사네 집 화단을 보면서 다 같이 티타임을 갖기로 되어 있었다. 나도 권유를 받았지만 오늘은 거절하고 식재료 탐색을 하기로 했다.

현관에 도착하니 젤레프 씨와 보츠 씨의 모습이 있었다.

"유나 님, 외출하시는 건가요?"

"그렇긴 한데, 젤레프 씨도 외출하시나요?"

"네, 보츠에게 마을을 안내 받기로 했거든요."

"오늘은 곰 아가씨 혼자인 건가?"

보츠 씨는 내 뒤쪽으로 시선을 보냈다. 피나와 아이들이 안 보여서 물어본 모양이다.

"그 아이들이라면 사이좋게 셋이서 티타임을 갖는대요. 저는 혼자서 마을 탐색을 하려구요."

"그렇다면 유나 님, 저희와 같이 가시지 않겠어요?"

"이봐, 젤레프. 이 곰 옷차림을 한 아가씨와 같이 걷자는 건가?!"

그렇게 말하지 않아도 괜찮잖아…… 분명 곰이긴 하지만…….

그래도 오랜만에 본 반응이다.

"그런데 아가씨는 왜 그런 복장을 하고 있는 거지? 어제는 평범하게 입고 있었잖아."

"이 곰 옷은 아이템 봉투 능력이 있기도 하고 여러 가지로 편리하거든요."

곰 인형 장갑을 뻐끔뻐끔 해보이며 자세한 설명은 하지 않았다.

"분명 아이언 골렘이 나왔을 때는 놀라긴 했지. 그리고 파티용 식재료도 아가씨의 아이템 봉투에 넣어서 왕도에서 가지고 왔었지."

"보츠, 유나 님에게 보답하고 싶다면서요. 마을 안내를 하는 게 어때요?"

보답? 보츠 씨에게 보답을 받을 만한 일을 했었나?

부상을 고쳐주지는 않았는데…….

"……알았네. 그래서 곰 아가씨는 어디를 가고 싶은가?"

"식재료를 보거나, 시간이 있다면 모험가 길드에 가려고 했었어요."

"그러고 보니, 아가씨는 정말로 모험가인가? 젤레프에게 듣기는 했지만 아직도 믿기지 않아서 말이야."

뭐, 곰 옷차림이기도 하고 모험가라고는 생각할 수 없겠지.

"뭐, 됐네. 식재료라면 우리도 보러 갈 참이었어. 안내해주지."

거절할 이유가 없었기 때문에 나는 보츠 씨와 젤레프 씨의 권유를 받아들이기로 했다. 다른 일이 생기면 그때 헤어져도 되고. 젤레프 씨, 보츠 씨와 나라는 보기 드문 조합으로 저택을 나섰다.

걷기 시작하자 보츠 씨가 말을 건네왔다.

"곰 아가씨, 이번엔 젤레프를 데리고 와줘서 고마웠네. 덕분에 그 귀족들이 잘난 체 하는 꼴을 안 보고 끝날 수 있었어."

보츠 씨에게 재차 감사 인사를 받았다. 보답이라는 게 그 일의 보답이었군. 모두의 이야기를 들어보니 터무니없는 귀족이었던 모양이다.

"그건 그렇고, 어디에서 그런 요리를 배운 건가? 푸딩에 케이크에 생크림이었던가? 젤레프가 말하기로는 더 맛있는 요리도 알고 있다고 하던데."

"보츠, 유나 님에게 질문하지 않기로 했잖아요."

14

"그랬지. 그래도 말이야, 요리사로써 신경이 안 쓰일 리 없지 않나."

"그 마음은 이해하죠."

"그리고 젤레프에게는 가르쳐 줬잖아?"

"네, 저는 배웠습니다."

왠지 젤레프 씨가 조금은 자랑하듯이 말했다.

가르쳐준 이유를 묻는다면 플로라 님을 위해서라고 대답할 것이다. 플로라 님이 언제든지 먹을 수 있도록 젤레프 씨에게 만드는 법을 알려줬다. 물론 과식은 좋지 않기 때문에 너무 만들지는 말아 달라고 말해뒀다.

하지만 그런 것을 모르는 보츠 씨는 분한 듯했다. 걷고 있는 동안에도 내가 만든 푸딩과 케이크 이야기가 계속됐다.

"뭐야, 왕도에서 가게를 낸다고?"

"제 관리 하에 가게를 내게 되었어요. 그러니, 그 가게에서 일할 사람에게는 만드는 법을 가르쳐 주고 있죠. 보츠도 그 가게에서 일할래요?"

"아니, 나는 그란 님에게 입은 은혜가 있어서 말이야. 거둬준 은혜를 갚아야지."

보츠 씨는 겉보기와는 달리 착실하네.

"보츠 씨에게도 만드는 법을 알려줄까요?"

"그래도 괜찮나?!"

"그 전에 몇 가지 지켜줬으면 하는 약속이 있어요."

"약속?"

"다른 사람에게는 가르쳐 주지 않을 것. 그리고 가능하면 가게 같은 건 내지 않았으면 좋겠어요."

"가게를 낼 돈은 없으니까 안심해. 요리사로서 알고 싶은 것뿐이야. 뭣하면 각서라도 쓰지."

"각서는 필요 없어요. 그리고 마지막으로 한 가지 더, 가장 중요한 거예요."

"이 이상으로 중요한 게 있는 거야?"

남에게 가르쳐 주지 않을 것. 가게를 만들지 않을 것. 이것보다 중요한 것이 있다.

"아, 그렇군. 그란 님이 있는 곳에서 일한다면 더 중요한 게 남았네요."

젤레프 씨는 눈치챈 모양이다.

"젤레프는 아는 거야?"

"저도 약속 했으니까요."

"그 정도로 중요한 게……."

"있어요. 미사가 원해도 매일 만들지는 않을 것. 특히 케이크는 당분이 많으니까 일주일에 한 번, 많아도 두 번까지."

이것만큼은 양보할 수 없었다.

그렇게 귀여운 아이가 살이 찐다면 가여울 것이다. 무엇보다도 단것을 많이 먹는 건 건강에 좋지 않다.

"……그런 시시한 걸……."

"시시하지 않아요. 여자아이에게 있어서는 중요한 거라고요. 성인이 된 미사가 살이 찐 것을 이유로 결혼 상대가 생기지 않는다면 보츠 씨 때문일 거예요."

"으…… 그렇게 말하니 분명 중요한 일이로군."

"미사의 식단을 철저하게 관리해주세요. 미사가 먹고 싶다고 해도 매일 만들거나 하면 안 돼요."

"저도 플로라 님에게 너무 만들어주지 않도록 해달라는 말을 들었어요."

"알았네. 나도 약속하지."

만드는 법은 당분간 머물기로 한 젤레프 씨가 가르쳐 주기로 했다.

그리고 시장에 도착한 우리는 여러 곳을 둘러보았다.

"쳐다보네."

"쳐다보네요."

보츠 씨와 젤레프 씨는 주위의 시선이 신경 쓰이는 모양이다.

어쩌면 피나와 아이들과 함께 걸을 때보다 위화감이 있어서 일지도 모른다. 꼬마 여자아이들이 곰 인형 옷차림의 사람이랑 걷는 것과 아저씨 둘이 곰 인형 옷차림의 사람이랑 걷는 것은 틀림없이 후자 쪽에 위화감이 있다.

"사람이 많은 곳에 오면 쳐다보는 시선이 더욱 많아지는군."

분명 장을 보러 온 사람들과 가게 사람들이 쳐다보고 있긴 하네. 『곰』이라는 단어가 여기저기서 들려왔다. 다가와서 만지거나 무언가를 해오지 않는 이상, 신경 쓰지 않기로 했다. 보츠 씨도 어쩔 수 없다는 듯 체념하고 가게 안내를 해주었다.

크리모니아와 가까운 위치라서 그런지 가게에서 팔고 있는 건 크게 다르지 않았다.

조금 더 기후가 다른 장소로 가지 않으면 새로운 걸 발견하지 못하는 걸까. 그래도 본 적 없는 것도 있어서 식재료의 선생님에게 물어봤다.

"저건 새콤달콤한 과일이에요. 딸기 대신 케이크에 넣어도 맛있을 것 같네요."

"그렇군, 어른이 먹기에는 좋을지도."

"저건 단맛이 강하니까 케이크에 넣으면 아이들이 좋아할 것 같아요."

응, 공부가 되는군.

"아저씨! 거기 박스 전부 주세요. 거기 과일도 부탁드려요."

물건의 대금을 지불하자 가게의 아저씨는 놀란 얼굴을 했다. 뭐, 이렇게 대량으로 사는 건 흔치 않겠지.

결코 내 모습에 놀란 건 아닐 거다.

"유나 님, 그렇게 많이 사는 거예요?"

"크리모니아에서 팔고 있을지도 모르지만 찾는 것도 귀찮아서요."

"그렇다고 해도 너무 많지 않나?"

"고아원 아이들에게 선물로 줄 거라서 괜찮아요."

"고아원?"

그러고 보니 이야기한 적이 없었나.

"저는 고아원 경영 같은 걸 하고 있어서 그 아이들에게 줄 선물이에요."

"너는 그런 것까지 하는 거냐?"

보츠 씨는 놀랐다.

"뭐, 어쩌다 보니 하게 된 거지만요."

"아가씨는 다른 나라에서 온 귀족이야?"

"아뇨, 평범한 여자아이에요."

"……평범한 여자아이란 말이지."

보츠 씨는 수상쩍어하며 나를 바라봤다. 곰 복장을 제외하면 평범한 여자아이다.

그런 후 시장을 한 바퀴 돌고 알맞게 장보기를 마쳤다.

"그러면 일단 돌아갈까?"

"유나 님은 어떻게 하실래요?"

"저는 조금 더 마을을 산책하고 나서 돌아갈게요. 보츠 씨, 젤레프 씨, 고마웠어요. 공부가 됐어요."

"그랬다면 다행이네요. 다음번엔 제가 왕도의 숨은 곳을 안내해드릴게요. 여러 곳에서 온 진귀한 것들을 파는 곳이 있거든요."

뭐야 그거. 대단할 것 같아. 나는 약속을 하고 두 사람과 헤어졌다.

🎀 207 곰 씨, 화내다

이제 어디로 가볼까.

나는 두 사람과 헤어진 뒤 적당히 마을 안을 걸었다.

내가 두리번두리번 주위를 둘러보고 있는데 「크~웅, 크~웅, 크~웅」. 흰 곰 장갑에서 그런 울음소리(?)가 들려왔다.

곰 폰의 소리라는 걸 알아차리는데 몇 초가 걸렸고 곰 박스에서 곰 폰을 꺼냈다.

"여보세요, 피나?"

『유, 유나, 언니…… 미사 님이…….』

곰 폰에서 괴로운 듯한 피나의 목소리가 들렸다.

"피나! 피나, 왜 그래! 무슨 일이야?"

『유나, 언니…….』

"왜 그래!"

『…….』

곰 폰 너머로 소리쳐봤지만 대답은 없었다.

나는 그란 할아버지네 저택을 향해 달렸다.

달리면서도 피나를 계속해서 불러봤지만 대답은 없었다.

피나는 어디에 있지?!

저택 앞에 저택의 고용인이 있었다.

"미사와 아이들은 괜찮은 거예요?!"

고용인은 내 서슬 푸른 얼굴에 놀랐다.

"미사나 님 말씀이신가요?"

고용인은 질문의 의미를 모르고 있었다.

아무 일도 없는 거야?

그러면 피나와 아이들은?

피나는 미사, 노아와 함께 화단을 보면서 티타임을 가진다고 했었다. 눈앞의 고용인에게 물어보려 했지만 스스로 찾는 편이 빨랐다. 나는 고용인을 무시하고 높게 뛰어올라 지붕 위로 올라갔다. 그리고 왼쪽에 있는 화단을 발견했다.

"피나!"

지붕에서 예쁜 꽃들이 피어있는 화단 앞으로 뛰어내렸다.

화단 앞에 피나와 노아가 쓰러져 있었다. 그쪽에는 미사에게 선물한 곰돌이와 곰순이의 인형이 떨어져 있었지만 미사의 모습은 보이지 않았다.

피나의 손에는 곰 폰이 쥐어져 있었다.

"피나! 노아!"

달려가 피나를 끌어안았다.

피나의 얼굴에는 맞은 흔적이 있었다.

누구 짓이야?!

"으으……."

나는 부드럽게 얼굴을 만지며 치료 마법을 사용했다. 그러자 얼굴의 붓기가 사라져갔다.

다음으로 노아를 확인했지만 기절만 한 것 같았다.

그걸 보고 마음이 놓였지만 미사의 모습이 보이지 않았다. 그 근처에는 곰돌이와 곰순이의 인형만이 나뒹굴고 있을 뿐이다. 여기에서 무슨 일이 일어난 건 틀림없었다.

"미사!"

소리쳤지만 대답은 없었다.

습격을 당해서 도망쳤나? 납치됐나?

미사가 도망쳤다면 소동이 일어났을 터. 조금 전에 본 고용인의 모습을 떠올리면 소동이 일어난 것 같지는 않았다. 소동이 일어났다면 피나와 노아가 방치되어 있을 리가 없다. 그렇다면 미사는 조금 전에 납치되어 끌려갔으리라.

"유나, 무슨 일이야? 고용인이 놀랐던데. ……노아!"

클리프가 다가왔다. 그리고 쓰러져 있는 노아를 보곤 소리쳤다.

"유나, 무슨 일이야!"

"저도 몰라요. 피나에게 위험이 닥쳤다는 걸 눈치채고 달려왔더니……."

클리프는 노아를 끌어안았다. 나는 피나가 있는 곳으로 돌아갔지만 의식은 돌아오지 않았다.

도대체 무슨 일이 있었던 거지? 미사는 무사한 건가?

클리프와 이야기를 나누고 있는데 고용인과 메슌 씨가 찾아왔다.

"유나 님! 무슨 일 있으세요?!"

"누군가에게 습격을 받은 모양이에요. 메슌 씨는 그란 할아버지에게 보고해주시고 혹시 모르니 저택 안에 미사가 있는지 찾아봐주세요."

소용없다는 걸 알지만 부탁했다. 메슌 씨는 곧바로 고용인들에게 구역을 나눠 찾도록 지시를 내렸다.

그와 동시에 그란 할아버지가 도착했다.

"무슨 일이 있었던 겐가."

"미사의 모습이 보이지 않고, 피나와 노아가 쓰러져 있었어요."

"뭐라고!"

그 외엔 알지 못했다. 그란 할아버지는 안겨있는 피나와 노아를 바라봤다. 미사만이 없었다. 그것만으로 여기서 어떤 일이 일어났다는 것은 분명했다.

그란 할아버지가 움직이려고 한 순간 피나의 눈이 어렴풋이 떠졌다.

"피나!"

"유나, 언니?"

"무슨 일이 있었던 거야?"

피나는 주위를 둘러보더니 내 곰 옷을 붙잡았다.

"미사 님이, 미사 님이……."

24

피나는 힘껏 목소리를 짜내듯 미사의 이름을 말했다.

"진정해, 천천히 해도 되니까 이야기해봐."

"노아 님이랑 미사 님과 저, 셋이서 꽃을 보면서 이야기를 나누고 있었어요. 그랬더니 갑자기 검은 망토와 하얀 가면을 쓴 남자가 나타나서 미사 님을 붙잡아 데려갔어요. 저, 저와 노아 님은 미사 님을 지키려고 그 남자의 옷을 잡아봤지만, 아무것도 할 수 없었어요……."

피나는 얼굴을 만졌다. 그때 맞았겠지.

"유나 언니, 미사 님을 구해주세요."

피나는 당장에라도 울 것 같은 얼굴로 내게 매달렸다

"걱정 마. 미사는 내가 구할게. 메슌 씨, 피나를 부탁해요."

나는 피나의 머리를 부드럽게 쓰다듬고 천천히 일어났다.

분노로 폭발할 것 같았다. 피나의 맞은 얼굴을 본 것만으로 분노가 극에 달해 있었다. 게다가 미사가 납치당했다는 이야기를 듣고 가만히 있을 수는 없었다.

"유나, 어쩔 셈이야?"

클리프가 물어왔다. 나는 인형을 주우면서 대답했다.

"어쩔 거냐뇨, 당연히 미사를 돌려받아야죠. 미사가 납치되었는데, 왜 그런 걸 묻는 거죠?"

그런 바보 같은 질문을 하다니 클리프는 멍청한 걸까?

위험해, 머리에 피가 쏠려서 감정을 억누를 수 없다. 떨어져 있던 곰 인형을 피나에게 건넸다.

"구한다고?! 미사가 어디에 있는지 알고 있나?!"

그란 할아버지가 내 어깨를 강하게 쥐었다.

나는 그 손을 조용히 내려놓고 양 팔을 뻗었다.

"곰돌이! 곰순이!"

나는 곰돌이와 곰순이를 소환했다. 커다란 곰돌이와 곰순이의 모습에 주위가 소란스러워졌지만 신경 쓰지 않았다.

"둘 다 미사가 있는 곳을 알겠어?"

곰돌이와 곰순이는 주위의 냄새를 맡더니 「크~응」 하고 울었다. 나는 곰돌이에게 뛰어 올라탔다.

"곰 아가씨, 잠깐만!"

"뭐예요!"

시간이 아까운데 그란 할아버지가 불러 세웠다.

"미사를 부탁하네."

나는 고개를 끄덕인 뒤 벽을 뛰어넘고 달리기 시작했다. 길 한복판을 곰돌이와 곰순이가 달렸다. 마을 사람들 사이에서 난리가 났지만 내가 알 바 아니었다. 미사를 납치한 게 어디 사는 어떤 녀석인지 모르겠지만 무사히 끝날 거라는 생각은 버려라.

🎀 208 란돌, 미사를 납치하다

파티에서 돌아왔다. 갑자기 나타난 요리사 때문에 모든 것이 실패로 끝났다.

열받는군.

뭐야? 아버지도 쉽게 물러서고……. 아버지답지 않아. 평소라면 물러서지 않고 상대를 무너뜨릴 텐데. 그 요리사가 나온 정도로 도망치다니. 평소대로 했으면 문제없잖아? 사람이 말해도 듣지 않는다면 억지로라도 듣게 하면 되지. 아버지는 언제나 그렇게 해왔으니까. 뇌물, 협박, 폭력…… 방법은 얼마든지 있어.

여기 지하실에도 아버지가 납치해온 아이들이 있다. 그란 할아버지의 파티에 부모들을 참석시키지 않게 하려고 납치한 아이들이다. 아버지가 협박해도 참가를 거부하지 않았던 녀석들. 그래서 납치해서 협박을 했다. 이번에도 똑같이 하면 된다.

나는 브래드를 불러 미사나를 납치하도록 지시했다.

"아버님의 지시인가요?"

"내 명령이다. 너는 내가 하는 말만 들으면 돼."

"상관없지만, 돈은 주셔야 합니다."

"알고 있어. 돈 정도는 내주지. 그대로 들키지 않게 데려와. 내가 납치했다는 게 알려지면 성가시니까."

그런 뒤 브래드는 미사나를 납치하기 위해 행동했다.

브래드의 보고에 의하면 미사나는 마을 밖에서 모험가의 두더지 퇴치를 도와줬는데 모험가들이 있어서 납치할 수 없었다고 했다. 하지만 두더지 퇴치라니 여유가 넘치는군. 그것도 지금뿐이다.

브래드에게는 기회가 생기면 납치해오라고 했지만 며칠이 지났는데도 아직도 납치해오지 않았다. 무능한 건지 기회가 없는 건지.

아버지 쪽도 그 정도의 굴욕을 맛봤으면서 움직이려 하지 않았다. 가끔 상인과 이야기를 나누는 모습은 봤다. 아이를 맡기고 있는 부모가 왔지만 그 요리사가 돌아갈 때까지 데리고 있을 모양이다.

그때 브래드가 미사나를 납치해왔다는 보고가 들어왔다. 브래드를 맞으러 가니 눈과 입이 가려진 미사나가 있었다. 이것으로 파렌그람 가문은 끝이다.

미사나에게 내 목소리가 들리지 않도록 한 뒤 옆방으로 데리고 갔다.

"네가 납치해 온 것은 눈치채지 못했겠지."

"가면을 쓰고 곧바로 눈과 입을 막았으니 걱정 마십시오."

"그렇다면 됐어."

내가 이제부터 어떻게 할지 생각하고 있는데 아버지가 얼굴색이 변해서 찾아왔다.

"란돌! 네 녀석, 미사나를 납치했다는 게 사실이냐?!"

"네, 아버지가 항상 하셨던 것과 똑같이 했죠. 나머진 그 할아
버지를 협박해서 영주를 그만두게 하면 돼요."

"멍청한 게냐! 그렇게 간단하게 될 리가 없잖아. 귀족과 상인은
달라. 귀족이라면 영주의 지위를 지키기 위해 어린 계집 한 명쯤
은 버린다. 나라면……."

마지막은 듣지 못했지만 무슨 말을 했는지는 알고 있었다.

나라면 너를 버린다고. 나도 아버지가 체포당하면 못 본 척할
것이다. 그렇다고 해서 바보같이 솔직하게 살고 있는 파렌그람 가
문이 가족을 버릴 거라고는 생각되지 않았다.

그 가족이라면 미사나를 위해 영주의 지위를 버릴지도 모른다.

아버지가 나를 노려보고 한 번 더 입을 열려는 순간, 현관 부근
에서 엄청나게 큰 소리가 들렸다.

🎀 209 곰 씨, 미사를 구하다

곰돌이와 곰순이가 안내를 해준 곳은 그란 할아버지네와 비슷한 크기의 저택이었다.

나는 바람 마법으로 저택 문을 뭉개고 곰돌이의 등에서 내려와 천천히 걸었다. 그 뒤를 곰돌이와 곰순이가 따라왔다.

"뭐냐, 너는!"

갑자기 나타난 문지기가 나를 향해 검을 쥐었다.

"미사는 어디 있지?"

조용히 문지기에게 물었다. 스스로도 이런 목소리가 나올 줄은 몰랐다.

"무슨 말을 하는 거냐?"

모르는 모양이군. 방해가 되니 곰 펀치로 조용히 시켰다. 남자는 등을 새우처럼 굽히고 쓰러졌다. 나는 쓰러져 있는 남자의 옆을 지나친 뒤 현관 앞에 섰다. 그리고 인사 대신 곰 펀치로 문을 열었다. 문은 커다란 꿍음을 내며 떨어져 나갔다. 문이 없어진 덕분에 바람이 잘 통했고 곰돌이와 곰순이도 여유롭게 지나갈 수 있었다. 게다가 이 집은 부셔버릴 거라서 문은 필요 없었다.

"곰돌이, 곰순이."

내 말에 곰돌이와 곰순이가 반응하여 걷기 시작했다. 곰돌이와 곰순이가 미사가 있는 곳으로 안내해줬다. 내가 발을 뗀 순간, 이 저택의 주인으로 생각되는 두꺼비 같은 얼굴을 한 남자와 미사에게 시비를 걸고 내게 덤벼들었던 소년이 나타났다.

역시, 이 녀석들의 저택이었군.

납치한 미사를 자신의 저택에 데려오다니 바보인 걸까?

"무슨 소동이냐! 너는 뭐냐. 게다가 이 곰은?"

예의 바르게 남자의 질문에 대답할 정도로 지금의 나는 상냥하지 않았다.

"미사는 어디 있지?"

낮은 목소리로 물었다.

"너는 그때 이상한 옷차림을 한 곰……."

아무래도 소년은 나를 기억하고 있는 모양이다.

"미사는 어디 있지?"

나는 한 번 더 물었다.

"무슨 말이지?"

소년을 대신해 두꺼비 남자가 대답했다.

모르는 척이라…….

나는 두꺼비 남자에게 가벼운 공기탄을 날렸다. 두꺼비 남자는 배를 움켜쥐며 무릎을 꿇었다. 그렇게 가벼운 마법으로 왜 그렇게 아파하는 거지? 지옥을 보는 건 지금부터다.

"멋대로 찾을 테니 있는 곳을 알려주지 않아도 돼. 뭐, 찾은 후에 당신들이 어떻게 될지는 모르겠지만 말이야."

미사가 부상을 입었다면 그냥은 못 넘어간다.

"무, 무슨 말을 하는 거지?"

두꺼비 남자는 괴로운 듯 내 쪽을 바라봤지만 나는 두꺼비 남자의 말을 무시하고 걷기 시작했다.

곰돌이와 곰순이를 데리고 걷는데 계단 위에서 검은 그림자가 뛰어들었고, 그와 동시에 불덩이가 곰돌이와 곰순이를 향해 날아들었다. 하지만 곰돌이와 곰순이는 간단하게 불덩이를 피했다.

"곰이 지금 공격을 피한 건가요?"

검은 망토를 걸친 시커먼 남자가 나타났다.

"그 우스꽝스러운 옷차림도 그렇고, 저 곰들도 그렇고, 당신은 뭐하는 사람이죠? 제가 감시하고 있다는 걸 눈치챘었죠?"

갑자기 나타난 검은 복장의 남자는 의미를 알 수 없는 말을 꺼냈다.

무슨 소리야?

"설마, 그렇게 떨어져서 지켜보고 있었는데, 알아차릴 거라고는 생각지도 못했어요."

이 거무튀튀한 녀석은 대체 무슨 말을 하는 거지?

"그 덕분에 기회가 좀처럼 없었죠. 이번엔 아이들만 남아서 겨우 납치할 수 있었어요. 그런데 어떻게 이렇게 빨리 이곳을 찾아낸 거죠? 당신은 외출해 있었으니 이렇게 빨리 찾아올 수는 없었을 텐데 말이죠."

"브래드, 쓸데없는 말 집어치워!"

"이미 여기 있는 이상한 복장을 한 꼬마 아가씨에게 들켰으니 소용없습니다."

이 검은 남자가 미사를 납치했다는 거군.

즉, 피나와 노아를 때린 건 이 남자라는 것이다.

손쉽게 범인을 찾아서 다행이야. 게다가 납치한 것에 죄악감을 가지고 있지 않아. 때려도 되겠어.

눈앞에 범인이 나타나서 생각지도 못하게 웃음이 새어나왔다.

"뭐가 웃기죠?"

"이렇게 손쉽게 피나를 때린 범인을 찾게 돼서 기쁜 것뿐이야."

"브래드, 네가 납치할 때 들킨 탓이잖아. 책임지고 이 이상한 여자와 곰을 처리해!"

두꺼비의 아들이 거무튀튀한 남자를 향해서 소리쳤다.

"어쩔 수 없죠. 사실은 별도로 요금을 받아야 하지만 제 실수니까 이번엔 서비스로 해드리죠."

검은 남자는 그렇게 말하고 나를 향해 달려와 지체 없이 불덩이를 날렸다. 나는 흰 곰 장갑으로 막고 그 답례로 파이어 볼을 날렸다. 브래드는 뒤로 물러나 피했다.

"마법을 막고 마법을 날리다니. 재미있는 아가씨로군요. 꼬맹이라고 해서 얕보지 않도록 하죠."

남자는 사냥감을 앞에 둔 야수처럼 입맛을 다셨다.

기분 나빠. 토할 것 같아.

"브래드, 마법 같은 걸 쓰다니! 저택을 망가뜨릴 셈이냐!"

"마법이라면 여기 있는 곰 아가씨도 쓰고 있어요."

"됐으니까 빨리 그 이상한 여자를 어떻게든 해봐. 너희들도 절대로 놓치지 마!"

두꺼비 남자가 소리쳤다.

뒤돌아보니 몇 명의 경비병이 현관을 막고 있었다. 저런 녀석들로 막을 수 있다고 생각하는 건가?

곰돌이와 곰순이를 보고 겁에 질려 있어서 곰돌이와 곰순이가 다가가는 것만으로도 길이 열릴 것 같다.

"사실은 넓은 곳에서 싸우고 싶었지만, 어쩔 수 없네요."

남자는 나이프를 쥐고 공격해왔다. 내게는 남자의 움직임이 확실하게 보였다. 남자의 이동, 나이프의 궤도, 모든 게 보였다.

나는 압박해오는 남자의 나이프를 피하고 남자의 얼굴을 향해 곰 펀치를 날렸다. 하지만 그 남자는 곰 펀치를 피했다.

빗겨 피하며 남자가 웃었다. 그 웃는 얼굴이 내 분노를 증폭시켰다. 한 번 피한 것만으로 우쭐해지면 쓰나.

남자는 나이프를 번쩍 쳐들었다. 하지만 느려. 흰 곰 장갑으로 남자의 나이프를 잡았다.

그 순간 남자의 표정이 처음으로 놀란 얼굴로 변했다. 남자는 힘을 줘서 나이프를 쑤셔 넣으려 했지만 미동도 하지 않았다.

나는 오른쪽 검은 곰 장갑에 힘을 담아 남자를 향해 휘둘렀지만 허공을 갈랐다.

또 피한 거야?!

남자는 나이프를 놓고 후방으로 도망쳐 있었다. 그 남자는 한 번 더 불덩이를 날렸다. 나는 물 마법으로 되받아쳤다. 아니, 내 마법이 이겼다. 물이 화염을 집어삼켜 수류가 그대로 뒤로 물러나 있던 남자를 덮쳤다. 하지만 남자는 그것조차도 피했다.

"당신은 뭐죠? 제 나이프를 저지하더니 힘에서까지 질 줄이야."

"딱히 전력을 다하지 않았잖아?"

"여기는 좁기도 하고 위력이 있는 마법을 쓰면 이 저택이 무너져 내릴 테니까 말이에요. 하지만 저보다도 나중에 마법을 썼는데 위력에서 진 건 분하네요."

"이제껏 약한 사람하고만 싸웠던 건 아니고? 설마, 내 겉모습 때문에 적당히 하는 거야?"

"그럴 리가요. 처음 봤을 때부터 이상한 복장을 하고 있지만 평범한 여자아이는 아닐 거라고 생각했어요."

그 말에 분노가 다시 치밀었다.

"쓰러뜨리기 전에 나도 한 가지 물어봐도 될까. 어째서 미사와 함께 있던 두 아이들에게까지 공격을 한 거지? 당신 정도의 실력이라면 그 두 명을 상대할 필요는 없었잖아?"

"아~ 같이 있던 두 명 말이군요. 용맹한 소녀들이었죠. 납치 대상인 소녀를 잡아서 도망치려 했더니 갑자기 옷을 잡아당기니까, 조금 거칠게 다뤄버렸지 뭐예요. 열심히 내 옷을 붙잡고 떨어지려고 하지를 않으니 원……."

"이제 됐어. 충분해."

물어본 내가 바보였다. 열받을 뿐이었다.

하지만 피나, 노아의 용감한 모습이 떠올랐다. 친구를 구하려고 한 두 사람. 그래도 위험한 행동은 하지 않았으면 한다.

얼른 모두를 때려눕히고 두 사람이 있는 곳으로 미사를 데리고 갈 거다. 그것뿐이었다.

나는 검은 곰 장갑에 힘을 담았다.

마법으로 쓰러뜨리는 건 간단하다. 하지만 그것으로는 분이 풀리지 않는다. 피나와 노아를 위해서 얼굴을 때릴 거다. 백배로 갚아주겠어.

나는 뺏어든 나이프를 남자를 향해 날렸다. 그와 동시에 뛰어들었다.

남자는 날아든 나이프를 곧바로 피했지만 피한 곳에는 내가 있었다. 남자는 반응했으나 내 쪽이 더 빠르다. 힘이 들어간 내 검은 곰 장갑이 남자의 얼굴에 닿았다. 그대로 팔을 휘둘렀다.

남자는 바닥에 내동댕이쳐졌다. 두 번, 세 번 튕긴 뒤에 쓰러졌다. 얼굴은 변형됐고 코와 입에서 피가 흐르고 있었다. 코랑 이빨은 틀림없이 부러졌겠지.

남자는 움찔움찔하며 경련을 일으켰고 일어날 낌새는 없었다.

"브래드!"

두꺼비 남자의 아들이 소리쳤고, 두꺼비 남자는 믿기지 않는 듯한 얼굴로 남자와 나를 바라봤다. 내가 쏘아보자 두꺼비 남자는 소리쳤다.

"너희들 뭐하고 있는 거냐. 저 이상한 곰을 어떻게든 해봐!"

경비병들은 곧바로 검을 감아쥐거나 마법을 외려고 했다.

하지만 나는 바람 마법을 사용해 경비병 모두를 날려버렸다.

"도대체 정체가 뭐야, 너는……."

"미사의 친구야. 귀족끼리의 싸움에 간섭하지 않을 생각이었는데. 어린 미사에게 손을 댄다면 이야기는 달라지지."

"나는 모르는 일이야. 아들이 멋대로 한 거라고."

두꺼비 남자가 아들이 있던 쪽을 바라봤지만 모습이 보이지 않았다. 경비병 쪽에 공격을 한 순간 도망친 모양이다. 곰 탐지 스킬을 사용해서 도망치고 있는 사람을 찾으려고 했는데 스스로 돌아왔다.

심지어 미사까지 데리고…….

"어이, 거기 곰! 저항하면 이 녀석의……."

멍청한 아들이 무언가를 말하기 전에 공기탄을 얼굴에 날렸다. 그 녀석의 손에서 미사가 떨어져 나왔다. 나는 곧바로 멍청한 아들의 품으로 파고들었다. 나는 미사를 돌려받자마자 멍청한 아들의 얼굴에 곰 펀치를 꽂았다. 멍청한 아들도 코, 입에서 피를 흘리며 쓰러졌다.

나는 구해낸 미사를 바라봤다. 손은 앞으로 묶여 있었고 입과 눈이 천으로 가려져 있었다.

입과 눈을 가린 천을 풀어 주자 미사는 눈물을 글썽이고 있었다.

"이제, 괜찮아."

안심시키기 위해 상냥하게 미소를 지어줬다.

"유, 유나 언니."

나는 울기 시작한 미사를 부드럽게 안아주고 손목을 묶고 있는 끈을 나이프로 잘랐다.

그리고 바보 아들의 아버지를 차가운 눈으로 쏘아봤다.

"나는 모르는 일이야. 아들이 멋대로 한 거야."

"그래서 자신은 관계없다는 거야?"

"그래. 게다가 귀족인 나에게 이런 짓을 하고 그냥 넘어갈 거라고 생각하는 건가?"

역시 아들이 바보면 그 아버지도 바보로군. 계속 떠들어 대고 있지만 반성하는 느낌이 전혀 없었다. 조용히 시켜야겠어. 인내심이 다해서 한 방 때리는 것으로 조용히 시키려던 그때—.

"유나, 잠깐만!"

어딘가에서 나를 저지하는 엘레로라 씨의 목소리가 들렸다.

🎀 210 곰 씨, 엘레로라 씨에게 설명하다

"유나, 잠깐만!"

잠깐이라고 해도 팔이 곧바로 멈추지는 않는다. 곰 인형 장갑은 멈추지 않았고 팔은 휘둘러졌다.

"크흑."

곰 인형 장갑이 두꺼비 남자의 복부에 꽂혔다.

"늦었네."

아뇨, 잘 맞췄어요. 엘레로라 씨가 갑자기 말을 한 탓에 곰 펀치의 위력이 반감되어버렸다.

그 증거로 두꺼비 남자는 나가떨어지지 않았고 내장도 튀어나오지 않았다. 입에 거품을 물고 정신을 잃은 정도다.

"엘레로라 씨? 어째서 여기에 계신 거죠?"

내가 부순 문을 통해 들어오는 엘레로라 씨에게 물었다.

"상업 길드에 다녀오는 길에 광기가 서린 듯한 유나가 곰돌이에 올라탄 채 달려가는 걸 봤거든. 놀라서 쫓아왔어. 그런 유나를 보면 안 쫓아 올 수 없잖니."

광기라니, 그런 무서운 얼굴을 했었나?

조금 전 상황을 다시 떠올려 봤다. 응, 아마도 했었네. 피나와 아이들이 공격당했잖아. 화내지 않는 쪽이 이상하지.

"그렇다고, 이 늙은이를 뛰게 만들진 말아줘."

그에 반해 숨은 헐떡이지 않고 있었다. 게다가 늙은이라니 겉으로만 보면 20대 중반으로 보인다. 그녀와는 다르게 엘레로라 씨와 함께 있는 세 명은 숨을 헐떡이고 있었다. 한 명은 본 적이 있다. 분명 국왕 탄신제와 왕도의 도적 소동, 치즈를 사면서 소동이 일어났을 때도 신세를 졌던 란젤 씨. 그 외는 처음 보는 얼굴이라 모른다. 란젤 씨와 함께 있다는 건 기사인 건가?

그 기사로 보이는 세 명은 숨을 헐떡이고 있는데 엘레로라 씨는 평온했다. 엘레로라 씨는 대체 정체가 뭐지?

"그러면 유나, 이 상황을 설명해 주겠어?"

엘레로라 씨가 주위의 상황을 보면서 물었다.

문은 내팽개쳐있고 벽의 일부는 무너지고, 피투성이인 인간 두 명. 거품을 물고 쓰러져 있는 두꺼비가 한 명. 고용인들은 떨고 있었다. 새삼 보니 잔혹한 광경이군. 어떻게 봐도 야생의 곰이 난동을 피운 상황이다. 하지만 후회는 하지 않는다. 오히려 난동이 부족한 정도였다.

나는 미사가 납치당해서 구하기 위해 여기로 왔다는 것을 설명했다.

"납치?!"

내 말에 엘레로라 씨는 놀랐고 미사를 바라봤다.

"다 같이 꽃을 보고 있는데 습격을 당했어요. 하지만 곧바로 유나 언니가 구하러 와 주셨어요."

나는 그란 할아버지의 집에서 있었던 일을 대충 말했다. 물론 피나와 노아의 일도 이야기 했다.

"두 사람은 무사한 거야?!"

"두 명 모두 기절만 했으니까 걱정 마세요."

내 말에 엘레로라 씨는 안심하는 얼굴을 했다. 그리고 쓰러져 있는 두꺼비 남자를 노려보았다.

뭐, 제일 사랑하는 딸이 습격당했다고 들으면 화가 나겠지.

"그래서 화가 난 유나가 난동을 피웠던 거고."

분명 그렇긴 하지만……. 미사를 유괴한 남자가 나쁘지.

엘레로라 씨는 조금 생각하더니 이 저택에 있는 경비병과 고용인들을 향해 입을 열었다.

"나는 엘레로라 포슈로제. 국왕 폐하의 이름으로 가줄드 살바드를 체포하겠습니다. 당신들도 취조하겠습니다. 솔직하게 대답하는 것을 권장하죠. 거짓을 말하면 그만큼 죄가 무거워질 것입니다."

경비병과 고용인들은 서로의 얼굴을 바라봤다.

"솔직하게 말하면 죄가 가벼워지나요?"

"당신들이 사람으로서 비도덕적인 짓을 하지 않았다면 죄가 가벼워진다는 것을 맹세하죠."

그렇게 말한 순간, 절반의 경비병이 아래를 바라봤다. 나머지 절반은 안심하는 모습이었다. 고용인들의 반응도 제각각이다.

"얌전히 이쪽의 지시에 따를 생각이면 길드 카드와 시민 카드를 꺼내세요."

엘레로라 씨는 이곳에 있는 전원에게 명령했다.

카드가 없으면 마을 밖으로는 나갈 수 없으니 신분을 일시적으로 박탈당하는 것과 같았다.

물론, 분실한 경우라면 재발행이 가능하지만 범죄자에게 재발행 되는 일은 없었다. 게다가 여기에서 도망치면 두 번 다시 마을 안에 들어올 수 없게 된다.

경비병과 고용인들은 순순히 자신들의 신분증인 카드를 꺼냈다. 그 카드를 란젤 씨와 일행이 회수했다. 이 상황에서는 거역해 봐야 득이 되지 않았다.

"란젤, 볼즈. 우선은 주범격인 세 사람을 포박하고, 그 다음은 저택 안에 있는 자들 전원을 대상으로 사정 청취를 할 거야. 단, 거칠게 다루지는 말도록."

"알겠습니다."

두 사람은 얼굴이 변형된 검은 옷의 남자와 두꺼비 남자와 멍청이 아들에게 다가갔다.

"미셸은 파렌그람 가에 가서 클리프와 그란 님을 불러와. 물론, 경비병을 데려오는 것도 잊지 말고."

"알겠습니다."

"그럼, 나머진 어떻게 할까……."

엘레로라 씨는 주위를 둘러봤다. 란젤 씨가 두꺼비와 멍청이 아들, 검은 복장의 남자를 포박하고 있었다. 다른 사람들도 순순히 한 곳에 모여 조용히 하고 있었다.

"란젤, 세 사람이 눈을 뜰 것 같아?"

"아뇨. 완전히 정신을 잃었습니다. 다른 두 명은 위험한 상태고요."

있는 힘을 다 해서 때렸으니까. 조금 더 때렸으면 사람을 죽일 뻔했다. 뭐, 죽어버리면 기분이 찝찝했을 테고 때리는 것으로 기분이 반 정도는 풀렸다.

"세 사람에게는 여러 가지 묻고 싶은 게 있으니까 죽으면 곤란해. 응급처치를 해줘."

엘레로라 씨가 지시를 내리고 내게 안겨 있는 미사에게로 시선을 옮겼다.

"미사나, 묻고 싶은 게 있는데 괜찮을까?"

"네."

"미사나 말고 다른 아이들은 없었니? 다른 아이들의 목소리가 들린 정도여도 괜찮아."

엘레로라 씨의 질문에 미사는 고개를 가로로 저었다.

"눈이 가려져 있었어요. 목소리도 들리지 않았고요."

"그렇구나. 역시 가줄드 본인에게 물어야겠어."

"무슨 일 있어요?"

"아무래도 상인의 아이들도 납치를 당한 모양이야. 오늘 상업 길드에 다녀왔는데 거기에서 아이를 가줄드에게 납치당했다는 상인의 이야기를 들었거든. 그래서 어쩌면 좋을지 생각하면서 길드를 나오고 있는데 유나를 발견한 거였어."

"그러면 이 저택 어딘가에 아이들이 있는 건가요?"

"그럴 가능성은 있지."

위험했다. 분노에 몸을 맡겨 저택을 부술 참이었다. 엘레로라 씨가 오지 않았다면 틀림없이 붕괴되었을 거다. 그랬다면 납치당한 아이들이 죽었을지도 모른다. 나중에 붕괴된 저택에서 아이들의 사체가 나왔다는 이야기는 듣고 싶지 않다.

"그래서 납치당한 아이들에 대해 가줄드에게 묻고 싶었는데, 일어나길 기다릴 수밖에……."

두꺼비 남자는 입에 거품을 물고 정신을 잃은 상태였다. 도저히 이야기를 들을 수 있는 상황이 아니다. 하지만 두꺼비니까 물을 끼얹으면 눈을 뜨지 않을까?

만약 일어나지 않아도 탐지 스킬도 있고 곰돌이와 곰순이도 있으니까 납치당한 아이들이 저택 안에 있다면 찾을 수는 있다.

엘레로라 씨는 정신을 잃은 두꺼비 남자에게 다가가 손을 뻗었다. 엘레로라 씨의 손에서 적당한 기세로 물이 나왔고 두꺼비 남자의 얼굴에 직격했다. 엘레로라 씨, 역시 마법을 쓸 수 있구나.

딸인 시아가 쓸 수 있으니 엘레로라 씨가 쓸 수 있다고 해서 이상한 것은 아니지만……

"뭐, 뭐냐!"

눈을 뜬 두꺼비 남자. 역시 두꺼비는 물로 회복하는 모양이다.

"왜 내가 묶여 있는 거야?"

두꺼비 남자는 자신이 포박되어 있는 것에 눈치를 채고 난동을 피우기 시작했다.

"오랜만이네, 가줄드."

"너는 엘레로라? 어째서 여기에 있는 거지?"

"국왕 폐하의 지시로 시린 마을을 시찰하는 중이지. 최근에 이 마을에서 어두운 소문이 들려와서 말이야. 하지만 설마 영주의 손녀를 납치할 줄은 몰랐어."

"나는 모르는 일이야. 아들이 멋대로 한 짓이라고. 나는 상관없어. 그 녀석을 체포하는 거라면 마음대로 데려가. 아비와 자식의 연은 끊도록 하지."

두꺼비 남자는 옆에 잠들어 있는 아들을 보면서 억울함을 주장했다.

"아들의 책임은 부모의 책임이지. 귀족의 딸을 납치하고, 게다가 내 딸까지 공격하고도 그런 변명이 통할 거라 생각하는 건가!"

엘레로라 씨의 말에는 분노가 담겨 있었다.

"무슨 말을 해도 나와는 상관없어! 얼른 끈을 풀어! 나는 귀족이라고."

시끄럽네. 한 번 더 때려서 조용히 시키는 편이 나을지도 모르 겠다. 하지만 내 감정 이상으로 때리고 싶어 하는 엘레로라 씨가 참고 있으니 참아야지. 참자, 참아.

"귀족을 운운하는 건 창피하니 그만둬. 유나에게 나와 당신이 같은 부류라고 여겨질까봐 창피해서 살 수가 없거든. 게다가 미사 나를 납치한 건 아들의 잘못이라 치더라도 당신은 상인의 아이들 을 납치했잖아?"

"무슨 말이지? 나는 모르겠는데."

"그래. 시치미를 뗀다면 알아서 집을 조사해주지."

"웃기지 마! 그런 짓을 용서할 것 같으냐! 너 같은 녀석에게 그 런 권한이 있을 리가―."

"있어. 이미 파렌그람 가의 손녀를 납치했으니까. 게다가 이런 상황에서 막을 수 있을 거라고 생각하는 거야?"

두꺼비 남자는 엘레로라 씨의 말에 이를 악 물고 분하다는 표 정을 지었다. 하지만 곧바로 옅은 웃음을 띠었다.

"설령 있다고 해도 맡아둔 것뿐이야. 계약서도 있어. 그러니까 납치한 게 아니지."

대단한 변명이다.

"그건 납치한 후에 협박해서 쓰게 한 거잖아?"

"그런 증거는 없지 않나. 있는 건 정식으로 맡고 있는 아이들뿐이다."

포박 당한 채 웃는 두꺼비 남자. 계약서가 어떤 것인지는 모르지만 두꺼비 남자는 자신이 있는 모양이었다. 엘레로라 씨의 어두운 얼굴을 보니 그 변명은 유효해 보였다. 원래의 세계에서도 악덕업자에게 속아 사인을 해버리고 돈을 잃는다는 이야기를 들은 적이 있다. 계약서의 효과는 강하다.

"그래도 괜찮아. 어차피 이 저택을 구석구석까지 조사할 테니까. 물론 당신의 방도 말이야. 아이들 이외에 뭐가 나올지 기대되는걸."

엘레로라 씨가 나쁜 사람의 얼굴을 했다.

"웃기지 마! 조사하는 건 허락하지 않아!"

"당신의 허가는 필요 없어. 허가라면 국왕 폐하에게 받았으니까."

"국왕 폐하라니……."

엘레로라 씨는 아이템 봉투에서 한 장의 종이를 꺼내 두꺼비 남자에게 보였다.

"여기 적힌 대로 당신이 범죄를 저지른 경우엔 조사의 모든 권한을 일임 받게 되어 있지. 설마 진짜로 사용할 줄은 몰랐지만 말이야."

엘레로라 씨가 꺼낸 종이를 보더니 두꺼비 남자의 표정이 변했다.

"그건 아들이……."

"같은 거야. 아들이 미사나 파렌그람을 납치한 사실은 변하지 않지. 그건 당신도 인정하고 있고. 그러니 이 저택을 처음부터 끝까지 조사할 거야. 당신이 국왕 폐하에게 알려져서는 안 될 짓을 하지 않았다면 아무런 문제가 없겠지."

엘레로라 씨, 완전히 화내고 있어.

"웃기지 마! 아무나 나를 도와라! 돈이라면 주겠다! 이 여자를 죽여!"

고용인 전원은 두꺼비 남자를 무시하듯 시선을 맞추려 하지 않았다.

이런 상황에서 두꺼비 남자의 명령을 들을 사람은 아무도 없었다.

🎀 211 곰 씨, 아이들을 구출하다

두꺼비 남자에게 아이들이 있는 곳을 물어도 입을 열려고 하지 않았다.

엘레로라 씨는 화를 냈지만 찾을 방법은 얼마든지 있었다.

탐지 스킬도 있고 곰돌이와 곰순이의 힘도 있다. 내가 찾겠다 말하려던 그 때, 20살 전후의 짧은 머리를 한 메이드가 작게 손을 들었다.

"아이들이 있는 곳은 제가 알고 있습니다."

"루파!"

두꺼비 남자가 메이드를 노려봤다.

하지만 곧바로 엘레로라 씨가 두꺼비 남자에게 물을 끼얹어 입을 다물게 했고, 루파라고 불린 여성에게 말을 걸었다.

"당신, 아이들이 있는 곳을 알고 있나요?"

"네, 아이들의 식사 준비를 제가 했거든요."

"루파, 나를 배신하면 어떻게 되는지 알고 있나!"

"이 이상 죄를 짓는 건 그만둬주세요. 저도 속죄할 테니까."

"웃기지 마라. 사라진 네 부모의 빚을 누가 갚아줬다고 생각하는 거냐!"

"가줄드 님입니다."

"그런데!"

두꺼비 남자가 소리치려는 순간, 엘레로라 씨가 재차 물을 끼얹었고 두꺼비 남자를 조용히 시켰다.

"란젤, 입 좀 막아주겠어? 시끄럽기도 하고, 입에서 냄새가 나서 참을 수가 없어."

"엘레로─."

란젤 씨는 명령 대로 두꺼비 남자의 입을 천으로 막았다.

"그래, 루파라고 했던가. 가줄드에 대해서는 신경 쓰지 않아도 되니까 아이들이 있는 곳을 안내해 줘."

"네."

엘레로라 씨는 주위를 둘러본 후 란젤 씨를 바라봤다.

"란젤, 고용인들에게서 이곳에 없는 고용인의 인원과 이름을 알아봐. 그리고 클리프 일행이 오면 여기는 그에게 맡기고 자네들은 저택을 수색해서 남은 고용인들을 찾도록 해."

엘레로라 씨는 지시를 다 내리고 내 쪽을 봤다.

"유나, 미안하지만 나랑 같이 가주겠니?"

딱히 문제는 없어서 승낙했다.

"그리고 곰돌이와 곰순이 중 어느 한 쪽을 보초로 남겨주면 고맙겠는데."

"그러면, 곰돌아 보초를 부탁할게."

곰돌이는 「크~웅」 하고 울며 대답했다.

"미사나는……."

"유나 언니랑 갈래요."

미사는 내게 안겼다.

"……유나에게서 떨어지면 안 된다."

미사 돌보기를 내게 떠맡기는 엘레로라 씨. 딱히 상관없어서 나
는 미사를 안아들어 곰순이의 등 위에 태웠다.

"여기라면 안전할 거야. 내려오면 안 된다?"

미사는 곰순이를 단단히 붙잡았다.

"점잖은 곰이네요."

루파 씨가 미사를 태우고 있는 곰순이를 보고 놀라고 있었다.
하지만 조금 무서워하는 것처럼 보이기도 했다.

"해를 가하지 않는다면 공격하진 않을 거예요."

"그런 무서운 짓은 안 해요."

그렇게 무서워하지 않아도 되는데.

루파 씨를 선두로 걷기 시작해서 엘레로라 씨, 나, 곰순이에 올
라탄 미사가 따라갔다.

클리프와 그란 할아버지의 저택도 넓었지만 이 저택 또한 넓었
다. 방이 이렇게 많이 필요한 건지 항상 의문이 든다.

"애들을 납치하는 건 범죄가 아닌 거예요?"

"이번엔 계약서가 있는 모양이니까."

"그러면 무죄로 풀려나나요?"

"으~음, 애매해. 물론 내가 봤을 땐 범죄야. 하지만 법적으로 계약서가 있다면 범죄로 인정되지 않는 경우도 있지. 실제로 대금을 빌릴 때 돈을 가지고 도망치면 곤란하니까 아이를 맡기는 상인들도 있어."

즉, 돈이 되는 것을 받는 대신 아이를 맡긴다는 건가? 그건 인질이다.

심한 짓 같지만 원래의 세계에서도 옛날에는 있었던 이야기다.

"하지만 개중에는 가줄드에게 거역해서 유괴당한 아이들도 있을 테니까 완전히 무죄가 될 일은 없을 거야. 그것도 그렇지만 유나와 엮인 가줄드가 운이 없었던 거지."

뭐지? 나와 엮인 일이 운이 없었던 거라니? 마치 내가 나타난 탓에 두꺼비 귀족이 붕괴된 것처럼 들리는데······.

"자각이 없는 얼굴을 하고 있네. 유나가 왕도에 가서 젤레프를 데리고 오지 않았다면 그란 할아버지의 파티는 실패로 끝났을 거야. 그리고 미사가 유괴를 당하는 일도 없었을 거고. 그랬다면 유나가 살바드 가로 쳐들어오는 일은 없었겠지. 쳐들어오지 않았더라면 이런 상황이 일어나지 않았어. 게다가 유나가 왕도에 안 왔으면 나는 여기에 없었지. 전부 유나와 연결되어 있어."

그렇게 말하니 전부 나와 연결되어 있었다.

"그렇지만 그렇게 되면 미사가 저에게 생일 파티 초대장을 보내 준 덕분인 거네요."

엘레로라 씨의 말대로라면 내 행동으로 미사가 납치당한 게 된다. 하지만 내가 없어도 파티가 성공했다면 미사가 납치를 당했을 가능성은 충분히 있다.

반대로 파티가 실패했다면 미사는 귀족으로 있을 수 없게 됐을지도 모른다.

그러니 내가 여기에 있어서 다행이라고 생각한다. 그렇게 생각하면 만남이라는 건 소중한 것 같다.

"루파 씨는 왜 여기에서 일하신 거예요?"

루파 씨는 매우 성실해 보였다. 그런데도 두꺼비 남자 밑에서 일을 하고 있어서 이유가 궁금해 물어봤다.

"저희 아버지가 남긴 빚 때문에 일을 하게 됐어요."

"빚이요?"

"제 아버지는 상인이었습니다. 장사를 하고 있던 아버지는 큰돈이 필요하게 됐죠. 그래서 가줄드 님에게 돈을 빌렸는데 사업에 실패해서 많은 빚을 떠안게 됐어요. 그래서 가줄드 님은 아버지가 도망치지 못하도록 제 시민 카드를 가져갔어요. 저는 인질인 거죠. 아버지는 열심히 일하셨지만 갚을 수 있는 돈이 아니었고, 어느 날 아버지는 다른 마을에 장사를 하러 떠나시고는 이 마을에 돌아오지 않았어요. 그래서 저는 아버지 대신 빚을 갚기 위해 여기에서 일을 하게 됐습니다."

지금 흘려들을 수 없는 말을 들었다.

"엘레로라 씨, 시민 카드를 타인에게 뺏기면 문제가 되나요?"

"유나도 알고 있겠지만 시민 카드랑 길드 카드는 마을을 출입할 때 필요해. 그걸 가져가버리면 마을에서 나갈 수 없게 되지."

"하지만 재발행하면 되잖아요."

"보통은 가능해. 하지만 귀족인 가즐드가 카드 재발행을 못하도록 압력을 넣으면 마을에서 도망칠 수 없어. 가즐드는 그 만큼의 힘을 가지고 있으니까."

"그건 어쩔 수 없는 일이에요. 아버지는 빚을 갚지 않고 도망쳤으니까요. 저를 놓치지 않기 위해 그렇게 하는 건 당연하다고 생각해요."

"하지만……."

"아버지에게는 장사의 재능이 없었던 것뿐이에요."

루파 씨는 똑 부러지게 대답했고 주위는 조용해졌다. 엘레로라 씨와 루파 씨의 걷는 소리만이 들려왔다.

내 발소리는 곰 신발 덕분에 나지 않는다. 곰순이의 발소리는 어떠냐고? 안 들리네. 곰순이의 발은 어떻게 되어 있는 거지?

루파 씨는 저택의 뒷문을 통해 밖으로 나가더니 작은 물건들을 두는 창고 같은 곳으로 우리를 안내했다.

"여기에 지하로 가는 계단이 있어요. 그 아래에 아이들이 있습니다."

루파 씨가 문을 열고 작은 창고 안으로 들어서자 바닥에 아래로 이어지는 계단이 있었다.

곰순이도 지나다닐 수 있을 정도의 폭이라서 미사도 함께 따라 왔다.

"지하 감옥?"

"네. 저도 들어간 적이 있어요."

계단을 내려가니 통로가 나왔고 좌우로 문이 이어졌다.

대략 6개 정도의 방이 있는 것 같았다. 그 중 하나의 문 앞에 루파가 멈춰 섰다.

"여기예요."

루파 씨가 문을 열었다. 틈새로 엿보니 5, 6살 정도의 남자아이 두 명과 10살 정도의 여자아이가 있었다.

"루파 씨?"

제일 나이가 많은 여자아이가 물었다.

"모두들, 데리러 온 거니까 밖으로 나오세요."

"밖으로 나갈 수 있나요?"

"네."

"맞거나 하진 않는 거죠?"

"그럴 일은 없으니까 걱정 마세요."

아이들의 말에 엘레로라 씨와 내가 반응했다.

"나는 엘레로라라고 해. 너희들의 아버지에게 부탁을 받아서 데 리러 왔단다."

엘레로라 씨가 아이들에게 상냥한 얼굴로 설명했다.

하지만 아이들은 엘레로라 씨가 아닌 엘레로라 씨의 뒤에 있는 내게로 시선을 보냈다.

"곰?"

아이들은 내 쪽으로 다가왔다. 그리고 방에서 나오면서 근처에 있는 곰순이를 보게 되었다.

"……윽!"

엉덩방아를 찧으며 놀라는 아이들. 여자아이가 어린 남자아이를 지키려는 듯 앞으로 나섰다.

하지만 곧바로 곰순이의 등에 올라타 있는 미사를 발견했다.

"곰 위에 여자아이가……."

"무섭지 않아. 곰순이는 착해."

미사는 곰순이에게 안겨 아이들을 안심 시켰다.

"모두들, 이 곰은 위험하지 않으니 안심하세요."

미사의 행동과 루파 씨의 말에 세 명은 조금 안심한 표정을 지었다.

"그러면 모두들 곰에 올라타고 여기서 나갈까."

나는 그렇게 말한 뒤 아이들을 곰순이의 등에 태웠다. 하지만 아이들이라도 역시 네 명을 태울 수는 없어서, 미사와 여자아이에겐 걷도록 부탁하고 남자아이 두 명을 태워주기로 했다. 처음엔 무서워했던 아이들도 미사의 말과 행동에 안심하고 곰순이를

탔다. 타고나선 둘 다 즐거워했다. 돌아가는 길엔 곰순이를 앞장
세웠다.

후방에서 루파 씨가 엘레로라 씨에게 귓속말하는 게 들렸다.

"나중에 다른 방을 확인해주세요. 열쇠는 가쥴드 님의 방에 있을
거예요. 그리고 아이들은 그 방에 절대로 데려가지 말아주세요."

신경이 쓰였지만 별일 아닌 것 같아서 흘려듣기로 했다.

🎀 212 곰 씨, 미사를 구해 돌아오다

"마차가 필요해질 테니 준비해두게!"

아이들을 데리고 1층으로 돌아가니 클리프가 주위에 지시를 내리고 있었다.

"드디어 돌아왔군."

우리를 발견한 클리프가 이쪽으로 다가왔다. 클리프의 얼굴은 조금 피곤해 보였다. 나는 아이들을 곰순이의 등에서 내리고 미사에게 아이들을 부탁했다.

"클리프, 왔구나."

"그래, 조금 전에 도착했어."

클리프는 엘레로라 씨에게 대답을 하고 미사 쪽으로 시선을 돌린 뒤 내 쪽을 바라봤다.

"유나, 미사나를 구해줘서 고마워. 이것으로 그란 할아버지와 가족들도 안심할 거야."

"노아 쪽은 괜찮아요?"

내가 그란 할아버지의 저택을 뛰쳐나올 때 피나는 눈을 떴었지만 노아는 아직 눈을 뜨지 않았었다.

"괜찮아. 그 후에 금방 눈을 떴어."

노아도 무사히 눈을 뜬 모양이라 다행이다. 이것으로 걱정거리

하나가 줄었다.

"그러고 보니 그란 할아버지는 안 계세요?"

나는 주위를 둘러봤으나 그란 할아버지의 모습은 보이지 않았다. 손녀가 납치됐으니 제일 먼저 달려올 거라고 생각했는데…….
설마, 미사를 찾기 위해 저택 안을 뒤지고 있는 걸까?

하지만 클리프의 대답은 달랐다.

"그란 할아버지는 너 때문에 주민들에게 붙잡혀 있어."

"저 때문에요?"

그란 할아버지가 없는 이유가 나 때문이라니 의미를 모르겠는데…….

"유나, 네가 마을에서 곰을 타고 달렸잖아. 그 일로 주민들이 놀라서 여러 가지 소동이 일어났어. 그런 와중에 영주인 그란 할아버지가 모습을 보이니까 곰이 나타났다고 주민들이 그란 할아버지를 에워싸기 시작했지. 병사들이나 모험가들에게 퇴치를 의뢰하라며 소란이었어. 그란 할아버지는 그렇게 흥분하고 있는 주민들을 진정시키기 위해 남았고."

"확실히 곰을 탄 광기 어린 유나의 모습을 본다면 모두들 놀라겠지."

엘레로라 씨는 납득하고 있었다. 그게 마을에서 그렇게 큰 소동으로 발전했다고?

설마, 나는 이제 마을 안을 걸어 다닐 수 없는 거야? 나 위기인 거야?

내가 기운을 잃자 곰돌이와 곰순이가 바짝 다가와서 위로해 주었다. 곰돌이와 곰순이는 내게 사과를 하고 있는 것 같았다.

"딱히 곰돌이와 곰순이의 탓이 아니야."

머리를 부드럽게 쓰다듬어주었다.

"맞아요. 곰돌이도 곰순이도 무섭지 않은 걸요."

미사는 곰순이를 끌어안았다.

"뭐, 그런 이유로 그란 할아버지는 당분간 못 오겠지."

하지만 이건 우리의 탓이 아니다. 이건 미사를 납치한 두꺼비 귀족이 나쁜 거야. 유괴 같은 걸 하지 않았다면 화가 난 내가 곰돌이와 곰순이를 데리고 마을 한복판을 달릴 일도 없었다.

그러니까 나는 나쁘지 않다.

하지만 당분간은 시린 마을 안을 걸어 다닐 수 없을지도…….

"그래서 클리프, 이야기는 어디까지 들었어?"

"도중에 만난 미셸과, 여기에서 만난 란젤한테 이야기는 어느 정도 들었어. 유나가 난동을 피운 거랑 미사나를 무사히 구출한 것, 엘레로라와 유나가 아이들을 찾으러 갔다는 것 말이야."

"일단 아이들은 무사히 보호할 수 있었어. 나머지는 상업 길드에 말해서 아이들의 가족에게 연락을 해야겠지만 지금은 길드 마스터와 만나고 싶지 않아."

분명히 두꺼비 남자와 상업 길드의 길드 마스터가 연결되어 있다고 했던가…….

"그러면 그란 할아버지네 저택으로 가면 될까? 그란 할아버지와 친한 상인들이라면 연락처 정도는 알 거야."

"확실히 그렇겠네. 그란 할아버지네로 데리고 가는 편이 낫겠어."

"지금 마차를 준비시켰으니까 잠깐 기다려 줘."

"오, 준비성이 좋네."

"우선 필요한 건 해뒀어. 보초는 물론, 마차 준비에 주위 확인, 란젤이 고용인을 찾으러 간다고 하니까 이쪽에서도 몇 명 수색하러 보냈어."

역시 영주님, 일 처리가 빠르다.

"그래도 그란 할아버지에게 여러 가지로 확인하고 싶은 게 있었는데. 곰 소동으로 못 오게 될 줄은 생각도 못했어."

엘레로라 씨가 흘깃하고 내 쪽을 바라봤다.

그러니까 내 탓이 아니라니까.

긴급 사태였기도 하고 나쁜 건 미사를 납치한 두꺼비 귀족이야.

"그란 할아버지한테서 경비병을 빌려왔어. 가능한 것부터 하면 되겠지."

"그렇지. 고용인이 전부 모이면 한 명씩 취조할게. 그 후엔 각자의 방을 확인. 해야 할 일은 많아."

"그러면 취조 쪽은 내가 해두지."

"고마워. 나는 방을 조사하러 갈게."

엘레로라 씨의 발언을 들은 두꺼비 남자가 「으우~」 하고 소리를 내며 얼굴을 울그락불그락했다. 어지간히 보이고 싶지 않은 게 있는 모양이다. 엘레로라 씨는 그런 두꺼비 남자를 무시하고 내게 말을 건넸다.

"유나는 마차가 오면 아이들을 그란 할아버지네 저택으로 데리고 가줘. 미사나도 빨리 가족과 만나고 싶을 테니 안심시켜주고."

내가 여기에 있어봤자 도움을 줄 수 없었기에 바로 승낙했다.

그 후 곧장 마차가 준비되어 나는 아이들과 함께 마차에 올라타고 그란 할아버지네 저택으로 돌아가게 됐다.

클리프가 말하길 「너를 보고 주민들이 소란스러워질 가능성이 있으니까 곰들은 송환하고 같이 마차를 타고 가」라고 했다.

클리프의 말이 사실이라면 분명 소동이 일어날 것 같았다.

마차로 그란 할아버지네 저택으로 돌아오자 미사의 어머니가 울면서 마중 나와 주었다. 울고 있는 어머니를 보고 미사도 함께 울었다.

그 옆에서는 아버지인 레오날드 씨가 기쁘게 아내와 딸을 바라봤다. 그리고 내가 있는 곳으로 다가왔다.

"유나 씨, 이번에는 딸을 구해주셔서 감사합니다."

"늦지 않아서 다행이에요."

"유나 씨에게는 감사할 따름입니다. 유나 씨를 처음 봤을 땐 놀랐지만 아버지는 유나 씨라면 괜찮을 거라고 하셨죠."

"정말로 딸을 구해줘서 고마워요."

미사를 안고 있는 미사의 어머니도 감사 인사를 했다. 나는 엘레로라 씨와 클리프에게 부탁 받았던 것을 레오날드 씨에게 전했다.

"저 아이들의 가족에게 연락을 해주실 수 있나요?"

"저 아이들은 누구죠?"

"미사처럼 납치당한 상인들의 아이예요. 그란 할아버지라면 부모를 알고 있을 거라고 하셨거든요."

"알겠습니다. 바로 확인해보도록 하죠."

레오날드 씨는 아이들에게 다가가 이름을 물었다. 나는 미사를 미사의 부모님께 맡기고 피나와 노아가 있는 방으로 향했다. 두 사람이 자고 있을 수도 있어서 조용히 문을 열었다. 방 안에서 노아의 목소리가 들려왔다.

"이제 괜찮아요."

"안 됩니다. 제대로 주무셔야 돼요. 제가 클리프 님께 혼나요."

"그렇지만 유나 님이 돌아오셨잖아요?"

"하지만 두 분은 안정을 취하셔야 해요. 노아 님도 피나 님처럼 점잖게 누워 계세요."

방 안에는 노아와 메슌 씨가 침대 쪽에서 언쟁을 벌이고 있었다.

"노아, 기운 차린 것 같네."

"유나 님!"

"유나 언니!"

두 소녀는 침대에서 튀어나와 내게로 달려왔다.

"노아 님! 피나 님!"

노아와 피나의 뒤에서 메슌 씨가 소리쳤다.

"두 사람 모두 일어나 있어도 괜찮아?"

"저는 괜찮아요."

"네, 저도 괜찮아요."

두 사람 모두 괜찮아 보여서 다행이다.

"그래서 유나 님, 미사는요?"

"무사히 구했고 다치지도 않았어."

확인은 하지 않았지만 아마도 상처는 없을 것이다.

"그러니까 안심해도 돼."

두 사람은 미사를 많이 걱정했던 건지 안도의 표정을 지었다. 우리가 이야기를 나누고 있을 때 미사가 방으로 찾아와 무사한 모습을 두 사람에게 보여줬다.

"노아 언니, 피나도 걱정 끼쳐서 미안해요. 그리고 저를 구하기 위해 힘써주셔서 고마워요."

"언니인 내가 동생을 구하는 건 당연한 일이야."

"미사 님은 친구인 걸요."

"고마워."

미사는 만면의 미소를 머금었고 노아와 피나에게 안겼다.

미사는 몇 분 정도 대화를 나누더니 방에서 나갔다. 오늘은 걱정시킨 어머니와 함께 있을 거라고 했다.

저녁때가 되자 젤레프 씨가 맛있는 요리를 대접해주었다. 하지만 저녁 식사 시간이 되어도 클리프와 엘레로라 씨, 그리고 그란 할아버지는 돌아오지 않았다.

다음 날 아침, 아침 식사를 하기 위해 식당으로 갔다. 그란 할아버지는 있었지만 클리프와 엘레로라 씨의 모습은 보이지 않았다. 그란 할아버지에게는 만나자마자 어제의 감사 인사를 받았다.

"무사해서 다행이에요."

정말로 미사가 무사해서 다행이다. 그것만으로 충분하다.

"그란 할아버님, 아버님과 어머님은?"

노아가 부모님의 행방에 관해 물었다. 식당에 오기 전에 클리프의 방을 노크해 봤지만 반응이 없었다. 혹시 식당에 있는 건가 싶었는데 여기에도 없었다.

"아직 일을 하고 있단다."

두 사람은 어제 돌아오지 않은 모양이다.

그란 할아버지는 연세가 많아서 돌려보내졌다며 불만을 토로했다.

"하루 이틀 정도 밤새는 건 나도 할 수 있는데 말이야."

그렇게 말했지만 미사의 부모님이 열심히 말렸다.

"그리고 돌아온 이유는 유나에게 답례와 부탁을 하기 위해서란다."

"제게요?"

"유나, 미안하지만 당분간은 곰 옷차림을 하고 밖에 나가지 말
아주겠나?"

그란 할아버지가 그런 말을 꺼냈다.

🎀 213 곰 씨, 곰을 무서워하지 않는 방법을 생각하다

"자네의 곰에 놀란 사람들이 있어서 말이야."

클리프에게 듣긴 했지만 미사를 구하러 갔을 때의 모습을 마을 사람들이 봐버려서, 곰돌이와 곰순이가 약간의 공포심을 안겨버린 모양이다. 그 위에 올라탔던 나까지 본 터라 잠자코 있어주길 바라는 것 같다. 일단 위험하지 않다는 것은 전달한 모양이지만 혼란을 피하고 싶다고 했다.

"그러면 크리모니아로 돌아갈 때까지 방에서 지낼게요."

전직 은둔형 외톨이를 얕보지 말라고.

TV와 컴퓨터, 게임, 만화, 소설 같은 오락거리가 없어도 며칠 정도 지내는 건 가능하다. 잠을 자면서 보내면 될까.

"으~ 저 때문에 죄송해요. 곰돌이도 곰순이도 구해주러 와준 것뿐이지 무섭지 않은데."

내가 느긋하게 계획을 생각하고 있는데 미사가 자신의 탓이라 말하며 사과했다.

"미사는 피해자고 아무것도 잘못한 게 없어. 잘못된 건 미사를 납치한 살바드 가지."

전부 미사를 납치한 두꺼비 남자와 멍청한 아들이 잘못한 거다.

"그렇지만……."

"내가 잠깐 동안만 밖에 안 나가는 것뿐인걸."

"그러면 언제까지고 유나 언니와 곰돌이와 곰순이를 무서운 존재로 생각할 거예요."

"앞으로 마을 근처에 나타나지 않으면 돼."

"그런 건 싫어요!"

내 말에 미사가 소리쳤다.

"유나 언니가 또 마을에 와 주시길 바라기도 하고, 곰돌이와 곰순이도 사람들이 무서워하지 않는 상황에서 마을 안을 걸었으면 좋겠어요."

미사가 울 것 같은 얼굴이 됐다.

"곰돌이도 곰순이도 무섭지 않은 걸요. 엄청 친절한 곰 님들이에요."

"미사……."

내가 미움 받는 건 아무렇지 않다. 멋대로 말하는 사람은 그냥 두면 되고 시비를 걸어오면 대처를 할 뿐이다. 그래서 곰돌이와 곰순이가 두려움의 대상이 되었다면 마을 근처에 오지 않으면 된다고 생각했다. 하지만 미사의 마음을 생각하면 그래서는 안 될 것 같았다. 이대로 마을을 떠난다면 나 때문에 곰돌이와 곰순이는 공포의 대상이 될 거고, 우리가 마을 근처에 안 오게 된다면 미사의 마음에 상처가 남을 것이다. 그렇지 않아도 미사의 마음에는 납치당한 공포가 남아 있다. 미사를 위해서 어떻게든 해주고 싶었지만 이번에는 어려웠다.

"할아버님, 마을 사람들에게는 설명은 하신 거죠?"

"물론이지, 유나의 곰이 안전하다는 건 설명했단다. 내 지인이니 괜찮다고도 설명했고 사람을 공격할 일은 없다고 말이야. 그렇지만 내 말에도 한계가 있겠지."

"할아버지의 말로도 안 되는 거예요?"

"눈앞에 분노한 드래곤이 나타났는데 국왕 폐하께서 드래곤에게 다가가도 안전하다고 하셔도 쉽게 믿기는 어렵잖니? 그것과 같은 게지."

뭐, 간단하게는 믿을 수 없겠지.

설령 대통령과 총리가 괜찮다고 말해도 무서운 건 무서운 거다.

그런데 어째서 예시가 드래곤인 거지?

"곰돌이와 곰순이는 무섭지 않아요……."

미사는 그란 할아버지의 말을 부정했다.

"곰돌이와 곰순이가 무섭지 않다는 걸 알게 하면 되는 거죠? 그러면 미사가 한 행동과 같은 행동을 하면 되는 거 아닌가요?"

노아가 무언가를 생각한 듯 보였다.

"제가 한 행동이요?"

"응, 미사는 구해진 아이들에게 곰순이가 무섭지 않다고 설명하기 위해서 곰순이를 안아줬지?"

"네. 곰순이를 무서워해서 무섭지 않다고 설명하기 위해 안고 쓰다듬었어요."

"그러니까 우리가 곰돌이와 곰순이의 등에 올라타고 마을을 걸으면 무섭지 않다는 걸 알아주지 않을까요?"

"즉, 너희가 곰돌이와 곰순이를 타고 마을 한복판을 걷겠다는 거야?"

"네, 맞아요. 저희 같은 여자아이들이 곰돌이와 곰순이에 올라타면 마을 사람들도 무서워하지 않을 거예요."

"모험가가 토벌을 하러 오거나 하지 않을까?"

"저희가 타고 있으니까 괜찮아요."

"제가 곰돌이와 곰순이를 지킬게요."

"저도요."

여자아이들 세 명이 곰돌이와 곰순이를 위해 열심히 힘써주고 있다.

확실히 곰 위에 아이들이 즐겁게 타고 있으면 공격 같은 걸 하지는 않겠지.

"알았어. 그러면 해볼까."

나는 모두의 마음을 생각해서 노아의 제안을 받아들이기로 했다. 그것으로 미사의 마음의 짐이 덜어진다면 싼값이다.

"그거라면 나도 함께 가지."

"할아버님도요?"

"내가 같이 있으면 설득력이 늘어나지 않겠니."

"하지만 할아버님, 시간은 괜찮으세요? 바쁘신 것 아닌가요?"

"바쁘긴 해도 유나에겐 미사를 구해준 은혜가 있지. 이대로 돌려보내는 건 내 마음도 편치 않단다. 다만 여러 가지로 할 일이 남아 있으니 내일이어도 괜찮을까?"

"네! 할아버님, 고맙습니다."

미사는 기뻐했다.

그런 뒤 방으로 돌아가 어떤 식으로 곰돌이 곰순이와 걸을지에 관해 세 명의 아이들과 간단한 회의를 열었다.

"그러면 이외에도 무언가 곰돌이와 곰순이가 공포의 대상이 되지 않을 방법은 없는지 생각해보자."

노아가 반장처럼 이야기했고 미사와 피나는 노아의 앞에 앉아 노아의 이야기를 듣고 있었다.

"마을 안을 걷는 것만으론 안 되는 거예요?"

"그것만이면 모자란 느낌이 들어요."

걷기만 하면 부족한가?

"피나는 좋은 생각 없어? 나보다 곰돌이와 곰순이랑 지낸 시간이 길잖아."

노아가 묵묵히 듣고 있던 피나에게 물었다. 확실히 세 명 중에서는 피나가 곰돌이와 곰순이랑 함께 있었던 시간이 가장 길다.

피나는 조금 생각하고 제안했다.

"곰돌이와 곰순이랑 같이 노는 건 어때요? 저희가 곰돌이와 곰순이랑 같이 놀면 위험하지 않다는 걸 알아주지 않을까요?"

"그, 그거야! 곰돌이와 곰순이랑 함께 놀면 일석이조지."

피나의 제안에 노아가 목소리를 높였다.

분명 곰과 어린 아이들이 노는 모습을 보면 안심할 수 있을 것이다. 안심할 수 있나? 원래 세계였다면 곰돌이와 함께 있으면 안절부절못하거나 「멀리 떨어져!」라고 외칠지도 모른다.

"하지만 어떻게 놀죠?"

"평범하게 등 위에 올라탄다거나?"

"그것으로는 뭔가 부족해. 유나 님, 곰돌이와 곰순이는 뭘 할 수 있나요?"

조용히 세 사람의 이야기를 듣고 있는데 나에게 질문이 날아왔다.

"뭘 할 수 있을까…… 대부분의 행동은 할 수 있을 거야. 그렇지만 작아질 수 있다는 건 비밀이야."

"으음, 그러면 어쩌지?"

"평범하게 말을 걸면 되지 않나요?"

"말만 건다고?"

피나의 말에 노아가 고개를 갸웃거렸다.

"네, 평범한 곰이라면 말을 걸어도 이야기가 통하지 않지만 곰돌이와 곰순이에게는 통하잖아요."

"맞아! 곰돌이랑 곰순이는 아무렇지 않게 이해해줘서 잊고 있었어."

아니, 그걸 잊으면 안 되지. 야생 곰에게는 말을 건네도 말이 통하지 않잖아. ……아마도.

내 머릿속 저편에서 꿀 나무 근처에 살던 곰 가족이 떠올랐다.

그건 곰돌이와 곰순이가 통역을 해줬으니까 이해를 해준 것뿐이다.

"유나 님, 곰돌이와 곰순이랑 이야기를 하고 싶어요. 소환해주실 수 있나요?"

이미 곰과 이야기를 나눈다는 시점에서 대단한 일인 거겠지.

내가 노아 앞에 꼬맹이 곰돌이와 곰순이를 소환하자 노아와 아이들은 곰돌이, 곰순이와 이야기를 나누기 시작했다.

"그러면, 곰돌이에게는……."

"곰순이에게는……."

"이런 건 할 수 있나요?"

"크~응."

"그러면 이건?"

"크~응."

여자아이들과 곰이 대화를 나누다니 정말이지 초현실적인 광경이다.

옆에서 보면 나도 곰에게 말을 걸고 있을 때 이런 식으로 보이려나?

하지만 곰돌이, 곰순이와 아이들이 즐겁게 이야기를 나누고 있는 것을 보니 분위기가 온화해졌다.

노아 말대로 곰과 여자아이가 사이좋게 지내는 모습을 보면 공포심은 사라질지도 모르겠다.

그건 그렇고 미사에게 미소가 돌아와서 정말 다행이다. 구출했을 때는 울고 있었다. 구출 후에도 불안한 듯 보였다. 그리고 자신 때문에 곰돌이와 곰순이가 공포의 대상이 됐다는 것에 슬퍼하고 있었다. 하지만 지금은 그 곰돌이와 곰순이를 위해서 열심히 고민하고 즐거워 보였다.

그런 생각을 하고 있는데 노아가 내 쪽을 바라봤다.

"유나 님도 아이디어를 내주세요. 모두에게 곰돌이와 곰순이가 안전하다는 걸 알리는 일이니까요."

"네, 유나 언니도 함께 생각해주세요."

"유나 언니도 같이요."

"크~웅."

"크~웅."

5명에게 권유를 받은 나는 그 무리 안으로 들어가게 됐다.

회의를 마치자 클리프와 엘레로라 씨가 돌아왔고 함께 점심 식사를 하게 됐다.

"뭐야. 너랑 노아가 놀 거라고?"

노아의 말을 들은 클리프가 웃었다.

"내가 아니에요. 곰돌이랑 곰순이라고요."

"어느 쪽이든 곰이니까 그게 그거잖아."

어디가 같다는 거야. 전혀 다르잖아.

엘레로라 씨도 「그러게」라는 말을 하며 웃고 있었다.

아무래도 이 부부는 둘 다 눈이 안 좋은 모양이다.

"그건 그렇고 곰돌이, 곰순이랑 함께 노는 걸 보여준다니, 좋은 생각이네."

"피나의 아이디어예요. 하지만 어떤 놀이를 할지는 다 같이 생각했어요."

"이런, 그런 거라면 보러 가야겠네."

"정말요?!"

노아는 기뻐했지만 보러 오지 않아도 됩니다.

지금 클리프랑 엘레로라는 바쁘잖아요? 일이 커졌잖아요? 그런 여유 없잖아요? 그 엄청난 일이 일어난 직후라고요.

"안 바쁘세요?"

나는 「오지 않아도 돼요」라는 의미를 담아 물었다.

"잠깐 정도라면 시간은 있어."

"게다가 휴식은 필요하지."

엘레로라 씨는 미소를 지었고 클리프는 즐거워하는 표정이었다.

그리고 그 이야기를 들은 미사의 부모님도 올 생각인 것 같았다.

아이들의 학예회를 보는 것처럼 되어가고 있네. 그런 대소동이 일어나서 바쁠 텐데 괜찮은 건가?

나는 피나 쪽을 바라봤다. 피나만 부모님이 없는 건 가엾다.

"저기, 티루미나 씨도 부를래?"

"안 불러도 돼요. 창피하거든요."

피나는 온 힘을 다해 거절했다.

🎀 214 곰 씨, 곰 씨 이벤트를 열다

다음 날 곰돌이, 곰순이와 함께 마을 안을 산책하고 조그마한 이벤트를 열게 됐다.

예정은 다음과 같다.

우선은 그란 할아버지의 집에서 곰돌이와 곰순이의 등에 올라탄 우리 네 명이 출발한다. 아직 주민들을 불안하게 만들지도 모르기 때문에 그란 할아버지도 함께 움직여서 더욱 안심 시킨다.

클리프와 엘레로라 씨, 미사의 부모님은 나중에 출발한다.

그리고 마을 메인 거리를 지나 광장으로 향하고 그곳에서 피나와 아이들이 곰돌이와 곰순이와 노는 모습을 보여줘서 사람들을 안심시키기로 했다.

참고로 그란 할아버지의 말에 의하면 광장에는 이미 장소를 확보해놨다고 했다.

뭐, 광장으로 가서 곰돌이랑 곰순이와 놀 곳이 없으면 계획이 실패로 돌아갈 테니까.

나는 곰돌이와 곰순이를 소환했다. 곰돌이에게는 나와 피나. 곰순이에게는 노아와 미사가 탔다. 그런 피나와 아이들의 복장으로 말하자면 『곰 씨 쉼터』의 곰 제복을 입고 있었다. 어제 의논을 하고 있을 때 노아가 이런 말을 꺼냈기 때문이다.

"유나 님, 『곰 씨 쉼터』의 제복을 가지고 있으신가요?"

"가게 유니폼? 갑자기 왜?"

"다 같이 곰 님 복장을 하지 않을래요? 아마 유나 님도 같이 있으면 아무래도 유나 님에게 시선이 집중되어 버릴 것 같거든요. 그렇게 되면 저희가 같이 있는 의미가 없어져버릴 것 같아서요. 그래서 저희도 곰 님 복장을 하면 유나 님만 눈에 띄는 일은 없어질 거라고 생각해요."

노아의 말이 맞을지도 모른다. 노아와 아이들이 눈에 띄지 않으면 의미가 없다. 하지만 내가 함께 있으면 내게로 시선이 모일 거다. 그러나 유감스럽게도 가게의 곰 제복은 가지고 있지 않았다.

"미안, 안 가지고 있어."

"그렇군요."

노아가 아쉬워했다. 그러자 이야기를 듣고 있던 피나가 입을 열었다.

"제복이라면 제가 가지고 있어요."

"정말인가요?"

"하지만 모두의 몫은……."

"일단, 모두가 입을 수 있을 만큼 있어요."

피나는 아이템 봉투에서 『곰 씨 쉼터』의 제복을 세 벌 꺼냈다.

"그런데 왜 세 벌이나 가지고 있는 거야?"

"평소엔 여분 옷까지 가지고 다녀서 두 벌이에요."

"그러면 다른 한 벌은?"

"슈리의 여분 옷이에요."

그걸 피나가 맡아두고 있었고 그대로 가지고 와버렸다고 했다.

"사이즈는?"

"사이즈라면 괜찮아요. 슈리의 옷도 저와 같은 사이즈거든요. 슈리에겐 조금 크지만 그대로 입었어요."

뭐, 슈리는 성장기니까. 그렇다면 사이즈 걱정은 없으려나. 세 명 모두 큰 차이는 없다. 미사가 조금 작은 정도다. 하지만 슈리가 입을 수 있다면 걱정 없겠지.

그래서 세 명은 가게의 곰 유니폼을 입고 있었다.

"그러면 출발하죠!"

노아의 말에 따라 출발했다.

곰 복장을 한 네 명이 곰돌이와 곰순이의 등에 올라타고 마을을 걸었다. 곰 복장을 한 여자아이들이 곰을 탄 채로 마을 안을 걸으니 주목도 받고 사람들도 모여들었다.

"모두들 쳐다보고 있어요."

나와 함께 곰돌이의 등에 올라타고 있던 피나가 창피해 했다.

그에 반해 곰순이의 등에 올라타고 있는 노아와 미사는 붙임성 좋게 손을 흔들며 즐거워하고 있었다. 역시라고 해야 하나, 일반인인 나와 피나와는 다르다.

이세계로 와서 곰 인형 옷을 입고 마을과 왕도를 걸었지만 아직도 사람들의 시선이 익숙해지지 않았다. 창피함만 있을 뿐……. 창피함을 신경 쓰지 않게 되면 여자로써 끝이라는 느낌이 든다.

그래서 여자의 마지막 자존심, 수치심은 버리지 않고 있다.

……버리지 않았다고.

노아와 아이들의 즐거워하는 미소와, 함께 있는 그란 할아버지 덕분에 곰돌이와 곰순이가 걷고 있어도 큰 소란은 나지 않았다.

천천히 마을을 산책한 뒤 광장까지 다다르자 우리들은 곰돌이와 곰순이의 등에서 내렸다.

모여든 손님들? 마을 사람들은 우리들을 둥그렇게 둘러싸듯 모여들었다. 사람들의 유도는 광장에서 대기하고 있던 그란 할아버지 집의 고용인들이 했다. 그런 고용인들의 지시에 주민들은 순순히 따랐다. 자세히 보니 사람들을 유도하고 있는 사람들 중에 모험가인 마리나 일행까지 있었고 나랑 눈이 마주쳤다.

"기대하고 있다고."

그런 한 마디만 남기고 업무로 복귀했다.

줄을 치고 안으로 들어가지 못하도록 만들더니 즉석에서 관객석이 만들어졌다.

주민들의 얼굴에는 불안, 공포, 기대, 즐거움 등 여러 가지의 표정이 보였다.

그 중에는 클리프와 엘레로라 씨, 미사의 부모님의 모습도 있었다.

"지금, 마을에서 문제가 된 곰입니다만, 손녀의 생일 파티에 초대된 곰이니 안심해주시길 바랍니다. 저번에는 급한 일이 있어서 그런 소동이 일어났었지만 이 곰은 사람을 공격하지 않아요. 오늘은 곰과 손녀와 그 친구들이 함께 여러 가지 묘기를 선보일 테니 지켜봐주세요."

그란 할아버지는 인사를 한 뒤 자리로 돌아갔고 우리와 장소를 바꿨다.

우선은 간단한 것부터 시작하자. 곰 옷차림을 한 피나와 곰돌이가 앞으로 나섰다.

피나의 모습을 보고 「귀여워」라는 말이 들려왔다. 그 말이 들렸는지 피나는 조금 쑥스러워했다. 피나는 주민들 앞에 서서 가볍게 인사를 했고 곰돌이 쪽을 바라봤다.

"곰돌아, 손."

피나가 손을 내밀자 곰돌이가 그 위에 손을 올렸다. 그것만으로 객석이 동요했다.

"다음은 돌아."

곰돌이가 뱅그르르 하고 그 자리에서 돌자 더욱더 놀라움이 커졌고 박수가 나왔다.

혹시 이것만으로도 충분한 거 아니야?

그런 생각을 하게 만들 정도로 객석은 좋은 의미로 소란스러웠다.

다음으로 미사와 곰순이가 등장했다. 미사는 축구공 정도 크기의 공을 가지고 있었다.

미사는 곰순이의 정면에 서서 곰순이를 향해 가볍게 공을 던졌다. 공은 포물선을 그리듯 곰순이에게 날아갔고 곰순이는 공을 잡았다.

그 순간 박수가 일었다.

하지만 이게 다가 아니다.

이번엔 곰순이가 양손을 써서 미사를 향해 공을 되던졌다. 받아든 미사는 또다시 곰순이에게 던졌다. 그것을 반복하자 주민들에게서는 더욱 박수가 나왔다. 마지막으로 미사가 높게 볼을 던졌고 그것을 곰순이가 머리로 받아 미사에게 되돌려주고 끝이 났다.

더 이상 주민들의 얼굴에는 공포의 감정이 없었고 순수하게 즐거워하는 듯 보였다.

맨 앞에 앉아있던 아이들은 웃으면서 박수를 치며 기뻐하고 있다.

다음으로 곰돌이의 등에 올라탄 노아와 곰순이의 등에 올라탄 미사가 등장했다. 나는 흙 마법으로 가볍게 장애물을 만들었다.

곰돌이에 올라탄 노아는 언덕을 넘고 높은 장해물을 점프로 넘었다. 참고로 끈은 준비하지 못했기 때문에 줄넘기는 하지 않는다.

약간 서커스단이 된 기분이다.

곰돌이가 장애물을 넘을 때마다 박수가 나왔다. 그 중에는 엘레로라 씨의 모습이 있었고 그 옆에서 클리프도 기뻐하는 듯했다. 미사의 부모님도 즐거워 보였다.

학예회에서 아이들이 장기자랑하는 모습을 보며 기뻐하는 부모의 모습 같았다.

그 후 세 명은 사과를 준비했다. 그리고 곰돌이와 곰순이에게서 조금 떨어져 사과를 곰돌이와 곰순이를 향해 던졌다. 그것을 곰돌이와 곰순이는 입으로 받아먹었다.

그러던 중 미사가 엉뚱한 곳으로 사과를 던져버리기도 했지만 곰돌이가 점프를 해서 입에 넣었다. 그런 묘기를 보고 박수갈채가 나왔다.

주위를 둘러보니 곰돌이와 곰순이를 무서워하는 사람은 한 명도 없었다.

이것만으로도 충분히 곰돌이와 곰순이가 안전하다는 것을 알렸다고 생각하지만 더욱 쐐기를 박는 작업을 실행했다.

"이 아이들의 등에 올라타 보실 분 없으신가요?"

미사가 객석에게 질문하는 척을 하며 앞줄에 앉아 있는 아이를 바라봤다.

그리고 어린 남자아이 두 명과 여자아이에게 말을 걸었다.

"타보지 않을래?"

남자아이 두 명과 여자아이는 서로를 바라보더니 조그맣게 고개를 끄덕였다.

주위에 있는 사람들은 조금 불안한 듯 보였지만 남자아이들과 여자아이는 무서워하지 않고 곰돌이와 곰순이에게 다가갔다. 그리고 곰돌이와 곰순이를 만진 후 세 명은 각각 곰돌이와 곰순이의 등에 탔다.

처음엔 불안한 듯 보였던 객석에서도 박수가 흘러나왔다.

참고로 남자아이와 여자아이의 정체는 저번에 두꺼비 남자의 집에서 구한 아이들로, 어제 미리 부탁을 해뒀다. 말하자면 바람잡이 아르바이트인 셈이다.

그 바람잡이 아르바이트 덕분에 다음 아이를 지명하는 것도 손쉽게 이루어졌고 곰돌이와 곰순이에게 다가와 줬다.

그 뒤론 곰돌이와 곰순이를 만지는 이벤트로 변했다.

잠깐의 시간이 지나고 이벤트가 끝났다고 말하자 곰돌이, 곰순이와 놀고 있던 아이들뿐만 아니라 객석에서도 아쉬워하는 말이 나왔다. 나는 이렇게까지 아쉬워할 줄은 생각도 못했는데 노아의 예상대로였다. 「그런 이벤트를 하면 분명히 곰 님에게서 떨어지지 않는 아이들이 생길 거예요. 제가 장담하죠!」라고 단언했었다.

분명 노아가 말한 대로 곰돌이와 곰순이에게서 떨어지지 않는 아이들이 있었다.

그 대책으로 곰돌이, 곰순이와 놀아준 아이들에게 푸딩을 나눠주기로 했다. 한 명이 먹기 시작하면 다른 아이들도 관심을 보일 거고 관심은 푸딩으로 옮겨져 곰돌이와 곰순이에게서 떨어질 것이다.

푸딩을 받은 아이는 혼자서 먹거나 부모님과 함께 먹었다. 맛있는 것을 먹으면 행복해지는 건 어느 세계에서든 같구나.

모인 사람들의 표정을 보면 광기의 곰 사건도 무마된 걸까?

마을 안을 곰돌이와 곰순이를 데려와 걷는 일은 그다지 없겠지만 이젠 마을까지 곰돌이와 곰순이를 타고와도 괜찮을 것 같다.

그리고 『곰 씨와 놀자』 이벤트는 대성황 속에서 끝이 났다.

참고로 클리프와 엘레로라 씨, 미사의 부모님은 도중에 일을 하러 돌아갔다.

바쁜 와중에 와준 것만으로도 고맙다.

그리고 곰 유니폼은 노아와 미사가 갖고 싶어해서 선물하기로 했다. 그런 유니폼을 받아서 어쩌려는 건지……. 잠옷 대용 밖에 안 될 것 같은데 말이다.

🎀 215 곰 씨, 크리모니아로 돌아오다

클리프의 일도 일단락 됐기 때문에 우리들은 돌아가기로 했다.

저택 앞에서는 배웅을 하러 나온 사람들이 모였다.

"노아, 오랜만에 만나서 기뻤어."

"네, 저도 어머님을 봬서 기뻤어요. 언니에게도 안부 전해주세요."

엘레로라 씨는 왕도에서 감사관이 올 때까지 남는다고 했다. 엘레로라 씨의 일은 도착한 감사관에게 넘겨진다.

그 후에는 그란 할아버지와 함께 두꺼비 부자와 미사를 유괴했던 새까만 남자를 데리고 왕도로 가기로 되어 있다.

두꺼비 집안의 고용인들은 이 마을에서 재판을 받기로 되어 있지만 그 판단은 왕도에서 두꺼비 부자의 처우가 정해진 후가 될 거라고 했다.

신경 쓰이는 것은 잡혀 있던 아이들이 있는 곳을 알려준 메이드 루파 씨다. 엘레로라 씨의 말에 의하면 그 일이 있은 후에도 순순히 아는 것을 털어놓았다고 한다.

그녀도 두꺼비 가의 피해자 중 한 명이다. 그렇기 때문에 죄가 가벼워지면 좋겠는데…….

하지만 이것은 내가 끼어들 일이 아니기 때문에 그렇게 되기를 바랄 뿐이다.

엘레로라 씨는 노아의 머리를 쓰다듬더니 다음으로 나와 피나 쪽을 바라봤다.

"두 사람 모두 노아를 잘 부탁할게. 조금은 제멋대로인 구석도 있지만 착한 아이니까."

우리는 고개를 끄덕였다. 노아가 착한 아이라는 건 알고 있다. 평민인 피나와 사이좋게 지내는 게 그 증거였다. 가끔 곰과 관련된 일에 폭주하는 경향도 있지만 착한 아이다.

노아는 쑥스러워 하며 「어머님, 그만 하세요」라고 말했다.

다음으로 엘레로라 씨의 옆에 있는 젤레프 씨가 말을 걸어왔다.

"유나 님, 이번에는 귀중한 경험을 하게 해주셔서 고마웠습니다."

"뭔가 일이 커져버리긴 했지만요."

"아뇨, 그리웠던 벗을 만날 수 있었으니 와서 다행이에요."

그렇게 말해주니 고마웠다. 이번엔 젤레프 씨에게 여러 가지로 폐를 끼쳐버렸다.

"다만 아쉬운 건 돌아가는 길에는 곰돌이 님과 곰순이 님을 탈 수 없다는 점이죠. 한 번 더 그 승차감을 느끼고 싶었는데……."

젤레프 씨가 진심으로 아쉬워하는 얼굴을 했다. 젤레프 씨는 엘레로라 씨와 함께 마차로 돌아가게 되어 있었다. 그것을 들은 젤레프 씨는 매우 아쉬워했었다. 이번에는 젤레프 씨에게 신세를 지기도 했으니 다음번에 새로운 요리를 가지고 가줘야겠군. 젤레프 씨에게 인사를 마치고 마지막으로 파렌그람 가의 일동이 모였다.

"아가씨, 이번엔 신세를 졌네. 아가씨가 없었다면 우리 가문은 무너졌을지도 몰라. 고맙네."

그란 할아버지는 고개를 숙였다.

"아우, 이미 많이 들었어요."

그란 할아버지에게도, 미사의 부모님에게도 몇 번이고 감사 인사를 받았다. 어제도 감사 인사를 들었다. 이 인사가 몇 번째인지 모른다.

보답을 하고 싶다며 원하는 건 없는지 물어왔지만 미사를 구하고 그 가족에게서 답례를 받는 건 옳지 않다는 생각이 들었다. 내가 미사를 구하고 싶었던 것뿐이지 보답을 원해서라거나 일이라서 구했던 게 아니다.

만약 답례품을 받는다면 그 분노가, 미사를 구하고 싶었던 마음이 거짓이 될 것 같았다. 그래서 답례는 말만으로도 충분했다.

"모두들, 돌아가는군요."

미사가 쓸쓸해했다. 이것만은 어쩔 수 없었다. 크리모니아가 우리들이 돌아갈 장소다. 미사는 부러운 듯 옆에 선 아버지를 바라봤다.

"으, 아버님은 너무해요. 저도 같이 가고 싶어요."

미사의 아버지인 레오날드 씨는 우리와 함께 크리모니아로 출발할 예정이었다.

이번 사건에 휘말린 피나의 부모님에게 사과를 하기 위해서였다. 사실은 영주인 그란 할아버지가 사과하러 갈 예정이었지만 왕도로 가야 했기 때문에 레오날드 씨가 가는 것으로 결정되었다.

피나는 「괜찮아요」라고 거절했지만 결국 마지막까지 거절하지 못하고 같이 가게 되었다. 그 동안에 몇 번이고 내게 도움의 시선을 보내왔으나 이것만은 내가 도울 수 없었다. 나도 피나를 위험한 일에 엮이게 만든 것을 티루미나 씨와 겐츠 씨에게 사과해야 했다. 그래서 그란 할아버지와 레오날드 씨의 마음을 알기 때문에 끼어들지 않았다.

"피나의 부모님께 사과를 하러 가는 것뿐이야. 금방 돌아올 거야. 그러니 이번엔 얌전히 기다려주렴."

레오날드 씨는 달래듯 미사의 머리에 손을 얹었다.

"다음번엔 미사가 놀러와. 그러면 가게를 안내해줄 테니까."

"네, 무조건 갈게요."

크리모니아와 이 마을은 많이 멀지 않기 때문에 왕래할 수 없는 거리는 아니었다. 만나려고 하면 언제든지 만날 수 있다. 곰 이벤트 덕분에 다음에 왔을 때 내 모습을 발견해도 소란스러워지는 일은 없을 테니 안심하고 올 수 있으리라. 다른 의미로 소란스러워질 것 같지만 그건 어쩔 수 없다.

인사를 마치고 우리들은 크리모니아로 출발했다.

레오날드 씨와 레오날드 씨의 호위가 함께였기 때문에 돌아가는 길에는 곰 하우스를 사용하지 않았다. 그건 클리프에게도 말해뒀다.

　이동하는 도중에는 아무 일도 없이 무사히 크리모니아로 돌아
왔다. 꽤 긴 시간 동안 떠나 있었던 느낌이라 조금은 반갑게 느껴
졌다.

　마을 안으로 들어서서 하늘을 보니 조금 있으면 해가 저물 것
같았다. 오늘은 이대로 집에 가서 목욕하고 잠들고 싶은데 피나
를 집으로 돌려보내고 티루미나 씨에게 여러 가지 보고를 해야
했다.

　노아와 클리프와는 헤어지고 나와 피나, 그리고 레오날드 씨 세
명이서 피나의 집으로 향했다.

　레오날드 씨는 다음 날 아침에 피나의 집에 사과를 하러 갈 거
라고 했지만, 아침엔 바빠서 오히려 민폐가 될 수도 있다는 나의
조언을 듣고 이대로 함께 피나의 집으로 가게 되었다.

　거짓말은 하지 않았다. 이른 아침이면 내가 같이 가기 귀찮은
게 가장 큰 이유지만…….

　더욱이 어느 시간대에 가든 귀족이 오면 놀랄 거라는 건 틀림없
다. 그렇다면 티루미나 씨 부부에게는 미안하지만 얼른 끝내버리
고 쉬고 싶다.

　"정말로 가시는 건가요?"

　피나가 마음이 무거운 얼굴로 물어왔다. 여기까지 레오날드 씨

가 왔는데도 아직 깔끔하게 포기하지 못했다. 귀족인 레오날드 씨가 자신의 집에 사과를 하러 간다는 게 정말 싫은 모양이었다. 피나의 마음을 모르는 것은 아니다.

나였어도 원래의 세계에서 면장이나 읍장이라면 몰라도 도지사정도 되는 사람이 집으로 사과하러 온다면 곤혹스러울지도 모른다. 사회적인 위치가 많이 차이나는 사람이 찾아온다면 누구나 그렇게 생각할 것이다.

게다가 이 세계에서는 평민과 귀족이라는 신분 차이가 있으니 어쩔 수 없었다.

하지만 여기까지 와버렸으면 포기해야 한다.

"미사의 소중한 친구를 위험한 일에 휘말리게 해버렸으니까요. 확실하게 사과를 하지 않으면 아버지께 혼날 거예요."

"저는 아무렇지 않아요."

"그것과 이건 별개의 이야기지요."

피나도 포기하고 집으로 향했다.

"어머님을 불러올게요."

피나는 집에 도착한 뒤 집 안을 향해 「어머니! 어머니!」라고 외쳤다. 문이 열려 있어서 티루미나 씨의 목소리도 들려왔다.

"피나 돌아온 거니?"

"피나, 돌아왔구나."

"언니야?"

겐츠 씨와 슈리의 목소리도 들렸다.

"어머니, 밖으로 좀 나와 보세요. 어머니를 만나고 싶어 하는 분이 계세요."

잠시 후, 피나에게 이끌려 티루미나 씨와 겐츠 씨가 집에서 나왔다. 겐츠 씨는 오늘 일을 끝낸 건가?

"유나, 어서 와. 예정보다도 조금 늦어졌네. 나를 만나고 싶다는 건 유나야?"

"제가 아니예요. 티루미나 씨를 만나고 싶어하는 분은 이분이에요."

내 뒤에 있던 레오날드 씨가 한 발 앞으로 나섰다.

"유나, 그쪽 분은 누구시니?"

"시린 마을 영주의 아드님이요. 미사네 아버지세요."

"레오날드 파렌그람이라고 합니다."

고개를 숙이는 레오날드 씨.

"영주님의 아드님, 이라는 건 귀족님? 어째서 이곳에?"

티루미나 씨와 겐츠 씨가 놀랐다. 역시 귀족이 집까지 찾아오면 보통은 놀라지.

"설마, 우리 딸 피나가 무슨 결례라도 저질렀나요?"

불안한 듯 물었다. 뭐, 귀족이 집에 찾아 오면 그렇게 생각하겠지.

"아뇨, 이번에는 따님께 폐를 끼친 것에 관해 사과를 하러 왔습니다."

티루미나 씨가 「무슨 말이야?」라는 표정으로 내 쪽을 바라봤다.

내가 설명하려고 했지만 레오날드 씨가 먼저 입을 열었다. 그래서 나는 보충하듯 설명해갔다.

"제 딸이 납치를 당했는데, 함께 있던 따님이 범인을 몸으로 막으려 하다가 다쳤습니다."

피나를 바라보는 티루미나 씨.

"그렇군요. 그래서 일부러 시린 마을에서 여기까지…… 죄송합니다."

어떻게 대응하면 좋을지 몰라서 티루미나 씨와 겐츠 씨는 곤란해 했다. 집에 들여도 되는 건지, 대접을 어떻게 하면 좋을지 고민하는 얼굴이었다. 가끔 내 쪽을 바라봤지만 나도 이런 상황에서의 대응 방법을 모른다. 집에 들여야 하는 건지, 이대로 괜찮은 건지. 게다가 레오날드 씨도 사과를 한 뒤에 곧바로 돌아간다고 했었다.

그건 그렇고, 티루미나 씨가 곤란해 할 때도 있네. 일을 척척 해내는 이미지가 있어서 이렇게 곤란해 하는 티루미나 씨는 신선하다.

더욱이 겐츠 씨는 티루미나 씨 이상으로 곤란한 얼굴을 하고 있었다. 일가의 기둥이 한심하군. 레오날드 씨의 사과의 말이 끝나고 마지막에 사과하는 의미의 선물을 꺼냈다.

"이번엔 이러한 일이 있었지만, 앞으로도 제 딸의 친구로 있어
주시면 감사하겠습니다."

고개를 숙이는 레오날드 씨. 그 모습을 따라 티루미나 씨와 겐
츠 씨도 고개를 숙였다.

"그럼, 저는 이것으로 실례하겠습니다."

레오날드 씨는 내 쪽을 바라봤다.

"유나 님도 이번 일은 감사했습니다."

"레오날드 씨는 내일 돌아가시는 거죠?"

"네, 아버지는 왕도로 가셨으니 저는 서둘러 마을로 돌아가야
합니다."

다시 한 번 고개를 숙이곤 떠났다. 오늘은 클리프의 저택에서
묵는다고 했다. 원래라면 천천히 피로를 풀고 싶겠지만 아무래도
그런 일이 있었기 때문인지 곧장 돌아가야 하나보다.

"후~."

레오날드 씨가 떠나자 티루미나 씨가 숨을 내쉬었다.

"놀랐잖아. 설마 시린 마을의 귀족님이 집까지 찾아올 거라곤
상상도 못했어."

"그러니까 말이야."

"어머니, 아버지, 죄송해요."

피나가 사과했다.

"딱히 사과할 일은 아니야. 피나는 친구를 지키려고 한 거잖니.

그렇지만 너무 걱정시키면 안 된다."

화내지 않고 피나의 머리를 부드럽게 쓰다듬어주는 티루미나 씨.

"유나도 고마워. 여러 가지로 딸이 신세진 모양이네."

"저도 죄송해요. 피나를 맡아두고 있었는데."

"신경 쓰지 않아도 돼. 유나가 우리 아이들을 소중히 여기고 있다는 건 알고 있으니까. 이렇게 무사하기도 하고."

티루미나 씨는 피나를 자신 쪽으로 당겨 안았다.

"어머니, 숨을 못 쉬겠어요."

"오랜만에 만났으니까 이 정도는 괜찮잖니."

"창피해요."

미소 짓게 만드는 광경이군. 겐츠 씨도 끼고 싶지만 참고 있는 느낌이었다.

그 모습을 본 내가 돌아가겠다고 전하자—.

"그러면 같이 밥이라도 먹자. 이야기도 자세하게 들을 겸."

"오랜만에 부모 자식 간의……."

단란이라는 말을 이어가려 했으나 티루미나 씨에게 막혔다.

"무슨 말이니. 그런 거 신경 쓰지 마. 얼른 들어 와."

나는 티루미나 씨에게 한쪽 팔을 끌렸고 반대 쪽 손을 피나에게 잡혔다. 저항도 하지 못하고 집 안으로 끌려들어갔다.

🎀 216 곰 씨, 화의 나라에서 온 물건을 받다

어젯밤 피나의 집에서 식사를 대접받을 때 티루미나 씨에게서 내 앞으로 온 물건이 안즈네 집에 대량으로 도착했다는 말을 들었다. 미릴러 마을의 제레모 씨에게서 온 것이다. 아마도 전에 부탁해뒀던 화의 나라에서 온 물건이겠지. 오늘은 그 짐들을 받으러 안즈의 가게에 갈 거다.

안즈의 집 뒷문을 통해 안으로 들어갔다.

가게의 2층에는 미릴러 마을에서 온 안즈, 세노 씨, 포르네 씨, 베틀 씨까지 네 명이 살고 있었다. 다른 한 명 미릴러 마을에서 온 니프 씨는 고아원에서 일하게 돼서 지금은 고아원에서 지내고 있다.

문을 열자 세노 씨가 있었다. 가게에서 일을 하고 있으며, 안즈 다음으로 젊은 여성이다. 밝은 성격으로 가게에서는 항상 미소로 일하고 있다.

"어머나, 유나. 어쩐 일이야?"

"안즈 있어요? 미릴러 마을의 제레모 씨에게서 온 짐이 도착해 있다고 티루미나 씨가 그러던데."

"아, 그 짐 말이구나. 하지만 안즈라면 포르네와 식재료를 조사하러 나가버렸는데."

오늘은 가게가 쉬는 날이라서 있을 거라 생각했는데 엇갈린 모양이다.

안즈는 쉬는 날에는 식재료를 자신의 눈으로 직접 확인하기 위해 시장으로 나가는 일이 있었다. 참고로 남은 한 명인 베틀 씨는 고아원에 갔다고 한다.

"세노 씨는 뭐 하고 계셨어요?'

"나는 집 지키고 있었지."

"그럼 어떻게 할까……."

"짐이라면 나도 알고 있어."

"정말요?"

"안즈가 유나가 오면 전해달라고 부탁했거든."

"그러면 부탁드려도 될까요?"

세노 씨는 나를 창고로 안내했다.

"이게 유나 앞으로 온 짐이야."

창고 구석에 나무 상자와 마대 자루가 놓여 있었다.

짐에는 『유나의 물건』이라고 귀여운 글씨로 적혀 있었다. 아주 알아보기 쉽군.

"그리고 식재료들은 상할 것 같아서 냉장 창고 쪽에 넣어놨어."

냉장 창고의 물건 확인은 나중으로 미루고 먼저 눈앞의 짐들을 확인하기로 했다.

나는 우선 마대 자루를 확인했다. 마대 자루에 담겨 있는 것은 쌀이었다.

"이거 전부 제가 가져가도 돼요?"

"전부 유나 물건이니까 괜찮아."

감사 인사를 하고 나는 쌀이 담긴 마대 자루를 곰 박스에 담았다. 이제 집에서도 쌀을 먹을 수 있겠네.

일본인이면 쌀이 그리워지니까 말이야.

곰 박스에 쌀이 들어간 마대 자루를 담고 있는데 다른 색의 마대 자루가 보였다.

"세노 씨, 이 다른 색의 자루는요?"

"으음, 분명 쌀의 종류가 다르다고 했던 것 같아."

"다른 쌀이요?"

"아마도, 안즈가 찹쌀이라고 했던가?"

"찹쌀?!"

"나한테는 같은 쌀로 보이는데 다른가 봐."

뭐, 대충 보면 양쪽 모두 쌀이다. 비교해서 보면 색이 다른 정도였다. 보는 것 만으로 쌀의 종류까지는 알지 못한다.

하지만 이게 찹쌀이라면 기쁠 것이다.

"유나는 다른 점을 알겠어?"

"일단은요."

찹쌀이라~. 만약 정말로 찹쌀이라면 떡을 만들 수 있다. 조금 기대될지도……

그리고 다른 나무 상자를 열어보자 병이 여러 개 들어 있었다.

뭐지?

병 안을 확인하자 간장이 들어 있었다. 근처의 작은 상자에는 김도 들어 있었다.

이건 틀림없이 떡을 만들어 먹으라고 하는 하늘의 계시다.

그리고 찻잎도 보였다.

다음으로 조금 커다란 나무 상자를 열어보자 예쁜 옷이 들어 있었다.

펼쳐보니 유카타였다. 이어서 비녀도 발견했다.

역시 화의 나라는 일본이랑 닮은 문화를 가지고 있는 건가?

하지만 유카타는 초등학교 저학년일 때 입은 후로 입은 적이 없었다. 어떻게 입는 거였지? TV에서도 본 적은 있지만 어슴푸레하다. 떠올리면서 직접해보면 입을 수 있으려나?

가능하면 피나에게 입혀보고 싶었다.

불꽃축제라도 있으면 다 같이 입어도 괜찮고. 하지만 불꽃축제가 있을까? 이쪽 세계는 마법이 있으니까 화약이 쓰이고 있는지도 의문이다.

그렇다면 불꽃을 마법으로 만들 수는 없나? 불의 마법을 하늘에 쏘아 올려서 불꽃처럼 파바박 하고 터지게 만든다거나? 아니면 번개 마법?

다음에 시간이 남을 때 시험해볼까.

나머진 뭐가 있으려나?

이건 단도?

오, 멋있는데. 나이프와 검도 좋지만. 일본인이라면 역시 일본도지.

칼집에서 빼보니 예쁜 도신이었다. 미스릴 나이프에 뒤지지 않을 정도로 예쁘다. 하지만 이거 비싸지 않을까?

엄청 기쁜데.

그 뒤로 손수건에 리본, 예쁜 옷감까지 있었다.

모든 상자를 둘러본 나는 상자 채로 곰 박스에 담았다.

창고 확인을 마치고 다음은 냉장 창고로 향했다.

옆에 있는 냉장 창고에 들어서자 세노 씨는 추운 듯 몸을 떨었다. 나는 방한이 되는 곰 옷 덕분에 괜찮았다. 겉모습만 신경 쓰지 않으면 춥지도 않고 뛰어난 곰 장비이다.

냉장 창고 안에는 가게에서 사용하는 채소와 음료가 보관되어 있었다. 참고로 옆에 냉동 창고도 있는데 그쪽에는 냉동된 생선과 고기가 들어있다.

"이 선반에 있는 게 유나 물건이야."

세노 씨가 가리키는 곳에는 간장이 들어 있던 도자기 병과 같은 병이 진열되어 있었다. 뭐가 들어있지?

병 하나를 손에 들어봤다. 병은 단단히 잠겨져 있었다. 뚜껑을 열어보니 안에는 갈색 점토 같은 것이 들어 있었다. 이 냄새는 설마…….

"된장이네."

뒤에서 쳐다보고 있던 세노 씨가 내가 대답을 내놓기 전에 알려주었다.

맞다, 이건 된장이다.

즉, 된장국이다. 된장국을 만들 수 있다.

쌀에 된장국, 달걀 프라이에 김. 자주 먹었던 일본식 아침식사가 드디어 완성된다.

얼른 된장국을 먹고 싶다. 떡보다도 먼저 먹고 싶은 음식이었다.

옆의 병을 열어 보니 다른 색의 된장이었다.

오오, 여러 종류의 된장이 있군. 이거 된장국을 만드는 게 기대되는데.

이것으로 아침은 완성인데 뭔가가 부족한 느낌이 든다. 뭘까? 목 근처에서 걸려 있는데 나오지 않았다.

다음 병도 된장일까 싶어 열어봤는데 신 냄새가 퍼지더니 입 안이 예민해졌다. 냄새만으로 침이 고였다.

"매실장아찌야. 나는 시어서 잘 못 먹어."

세노 씨가 조금 싫어하는 표정을 지었다.

병 안에 들어 있는 건 매실장아찌였다. 이루 말할 수 없는 반가운 감각이다.

108

세노 씨는 매실장아찌를 보고 조금 물러섰다. 물론 나는 괜찮 았다. 일본에 있었을 때도 냉장고에 있었다.

주먹밥 안에 넣어 먹어도 좋고, 차도 있으니까 매실장아찌 오차 즈케#1를 해먹어도 좋다.

매실장아찌의 냄새를 맡고 있는 것만으로도 식욕이 생겼다.

이 감각으로 떠올랐다. 조금 전 부족하다고 느낀 건 매실장아 찌였다.

얼른 머릿속 식단에 매실장아찌를 추가해뒀다.

그건 그렇고 일본 문화와 닮은 식재료가 이렇게 많다니…… 화 의 나라에 가고 싶어졌다. 아마 이것들 외에도 여러 가지 있을 것 이다.

고생해서 크라켄을 쓰러뜨리거나 터널을 판 의미가 있었다. 노 동의 대가는 반드시 돌아온다. 고생한 보람이 있네.

짐들을 받아든 나는 들뜬 마음으로 곰 하우스로 돌아가서 빨 랫감들을 정리하고 집 정리를 했다.

정리가 끝난 뒤 조금 이르지만 저녁 준비를 시작했다. 물론 만 드는 건 된장국이다.

제대로 다시마로 육수를 내고 재료 준비를 했다. 미역 같은 건

#1 **오차즈케** 양념된 밥에 차를 부어 먹는 음식.

있지만 두부가 없다는 게 신경 쓰였다. 화의 나라에는 있는 걸까? 있다면 사두고 싶네.

이번 된장국의 재료는 미역, 무, 당근 등으로 만들었다. 살짝 간을 봤는데 괜찮은 느낌이다. 밥도 다 지어져서 밥그릇에 밥을 옮겼다. 밥그릇도 짐들 안에 들어 있었기 때문에 곧바로 사용해봤다. 마지막으로 밥 위에 매실장아찌를 올린다.

옆에는 된장국과 생선구이. 물론 생선구이에는 간장을 뿌렸다. 마지막으로 뜨거운 차를 준비했다.

예스러운 일본식 밥상이 완성되었다.

여기까지 오면 절임 종류도 구하고 싶네.

"잘 먹겠습니다."

우선은 된장국을 떠먹었다. 응, 맛있어.

그리고 젓가락으로 매실장아찌를 작게 잘라 밥과 함께 먹었다. 입 안에 산미가 퍼진다. 맛있어.

생선구이도 맛있었다.

마지막으로 차를 부어 오차즈케를 즐긴다.

이 음식들이 맛있게 느껴져서 자신이 일본인이라는 것을 새삼 깨달았다.

너무 맛있어서 밥과 된장국을 한 그릇 더 먹어버렸다.

🎀 217 곰 씨, 노아에게 인형을 가지고 가다

짐을 받은 다음 날.

밥과 매실장아찌와 어젯밤에 만든 된장국으로 아침 식사를 했다.

아침부터 고향의 밥상에 만족했다.

아침 식사를 마치고 여행용 곰 하우스에서 사용한 침대의 시트와 타월 등의 빨래를 시작했다.

클리프와 호위 무사들이 사용해서 더럽혀진 것은 아니었다. 다음에 침대를 사용하는 사람이 깨끗한 시트에서 기분 좋게 잤으면 한다.

혼자서 빨래를 하는 건 쓸쓸하기 때문에 꼬맹이화 시킨 곰돌이와 곰순이를 소환했다. 곰돌이와 곰순이가 도와줬지만 놀고 있는 것처럼 보였다.

빨래를 마친 나는 인형을 받기 위해 셰리가 일하는 재봉실로 향했다.

가게에 들어서자 나르 씨가 일을 하고 있어서 인사를 했다. 셰리가 안쪽 방에 있다고 알려주셔서 그곳으로 갔다.

문을 두드리고 안으로 들어가자 셰리가 인형을 만들고 있었다.

"안녕, 셰리. 인형은 다 만들었어?"

"유나 언니?! 저기, 네. 다 만들어진 건 거기 선반에 뒀어요."

셰리가 가리킨 곳을 보니 곰돌이, 곰순이의 인형이 세 개씩 선반에 놓여 있었다. 작업한 순서인 건지 곰돌이, 곰순이, 곰돌이, 곰순이, 곰돌이, 곰순이 순서로 흑백이 번갈아 앉아있는 것처럼 나열되어 있었다.

여섯 개나 나열되어 있으니 인형가게에 온 듯한 느낌이 들었다. 욕심 같아서는 선반이 뒤덮일 정도로 있으면 완벽하겠는데.

"조금 더 만들었으면 좋았을 텐데 말이죠."

여섯 개나 있으면 충분하다. 우선적으로 필요한 건 선물을 하기로 약속한 노아, 인형을 만드는 계기가 된 플로라 공주, 그 두 명의 몫뿐이다.

"충분해. 나머진 손이 비었을 때 만들어줘도 돼."

내가 선반으로 다가가 인형을 곰 박스에 담자 그 뒤에서 더욱 조그마한 곰돌이와 곰순이가 나왔다. 손바닥 정도의 사이즈였다.

"셰리, 이건 뭐야?"

"아, 네. 남은 천이 아까워서 작은 인형을 만들었어요."

"귀엽네."

아이들이 좋아할 것 같다.

"고맙습니다. 아이들에게도 인기가 있어요."

이미 아이들에게 나눠준 모양이다.

하긴 인형을 몇 개나 만들면 남는 천이 많이 생기겠지. 그걸 버리지 않고 사용하는 건 좋은 일이다.

"이거, 가져가도 될까?"

"네, 괜찮아요."

"고마워."

셰리에게는 무언가 보답을 해야겠다. 셰리가 기뻐할 선물이 무엇일지 생각해보자.

나는 셰리에게 감사 인사를 하고 가게를 뒤로 했다.

인형을 손에 넣은 나는 노아네 집으로 향했다. 집에 도착하자 메이드인 라라 씨가 노아의 방으로 안내해주었다.

"유나 님, 오늘은 어쩐 일이세요?"

"약속한 인형을 가지고 왔어."

"정말요?!"

노아가 몸을 앞으로 쭉 내밀며 물어왔다.

그런 노아의 행동이 귀여웠다.

나는 곰 박스에서 곰돌이와 곰순이 인형을 꺼내어 노아에게 건넸다.

"고, 고마워요. 소중히 할게요."

노아는 기뻐하며 인형을 끌어안았다.

좋아해주니 역시 기쁘네.

"하지만 완성되는 속도가 너무 빠르지 않나요?"

미사의 생일 파티에서 돌아오고 며칠도 지나지 않았다.

"인형은 출발하기 전에 부탁해뒀었거든. 오늘 가지러 갔다 왔어."

"설마, 많이 만들고 있는 거예요?"

"많다고 해야 하나…… 고아원 아이들 몫이라고 해야 하나."

그리고 플로라 공주님에게 주고 피나와 슈리도 갖고 싶어 하면 선물하고 싶다.

하지만 피나라면 스스로 만들 수 있으려나?

"그렇게 많이 만들고 있군요. 그러면 곰 님 인형을 가지고 있는 건 저와 미사만이 아닌 거네요."

노아는 조금 아쉬워했다.

"현재로서는 고아원 아이들을 제외하면 미사와 노아만 가지고 있어."

뭐, 플로라 공주님에게도 선물을 할 예정이지만…….

"그런데 어디에 부탁을 하신 거예요? 저는 틀림없이 유나 님과 피나가 손수 만드는 줄 알았는데."

"마을 재봉실. 미사의 인형은 선물이니까 나와 피나가 같이 만들었지만."

"그러면 이건 유나 님이 만드신 인형이 아닌 거네요. 조금 아쉬워요."

"그러면 필요 없어?"

"필요해요. 필요합니다."

내가 인형을 뺏어가려 하자 노아는 뺏기지 않으려는 듯 인형을 끌어안았다.

"하지만 재봉실에서 만들고 있다는 건 제가 부탁하면 구입할
수 있다는 거예요?"

"구입이라니. 지금 선물로 줬잖아."

노아의 품에는 내가 선물한 곰돌이와 곰순이 인형이 안겨져 있
었다.

"무슨 말씀이세요. 예비 인형은 필요하죠."

노아는 마치 내가 틀렸다는 눈으로 나를 바라봤다. 내가 이상
한 말을 했어?

같은 인형이 몇 개나 필요하진 않잖아.

다른 모양이라면 모두 갖고 싶겠지만 같은 인형을 사서 어디에
쓰려고?

뭐, 원래의 세계에도 사용용, 보관용, 전파용으로 같은 물건을
세 개씩 가지고 있는 사람들은 있었다.

일단, 노아에게는 포기하도록 말해뒀다. 노아는 볼을 부풀렸지
만 귀여울 뿐 무섭지 않았다.

"그러고 보니 레오날드 씨는 시린 마을로 돌아가셨어?"

"네. 다음 날 아침에 출발하셨어요."

본인에게 듣긴 했지만 정말로 곧장 돌아간 모양이다.

크리모니아에 머문다면 가게 요리라도 대접했을 텐데, 다음번에
미사와 같이 오면 그때 대접하면 되려나……

"유나 님, 오늘은 다른 예정이 있으세요?"

인형을 안고 있는 노아가 물어왔다.

오늘의 예정은 딱히 없었다. 돌아가서 세탁물을 정리하는 일뿐이다.

"딱히 없어."

"그러면 곰돌이랑 곰순이를 소환해주세요. 저도 곰투성이가 되고 싶어요."

아무래도 미사의 생일 때 했던 것처럼 곰돌이와 곰순이, 인형 곰돌이, 인형 곰순이에게 둘려 싸이고 싶나보다.

"좋아. 작은 곰이야 큰 곰이야?"

"큰 곰으로 부탁드려요."

노아의 희망에 따라 보통 사이즈의 곰돌이와 곰순이를 소환했다. 노아는 인형을 끌어안은 채 곰돌이와 곰순이를 향해 뛰어들었다.

노아와 함께 점심 식사까지 마친 후 노아는 오후부터 공부 시간이라서 나는 방해하지 않으려고 돌아왔다. 노아는 아쉬워했지만 공부를 해야하니 어쩔 수 없었다.

집으로 돌아와 말려뒀던 세탁물을 정리했다.

응, 깨끗해져서 기분 좋아.

❧ 218 곰 씨, 떡을 만들다

나는 떡이 먹고 싶어져서 일단 만들기로 했다.

찹쌀이라 하면 떡치기지.

하지만 혼자서 하는 건 재미가 없다. 그래서 다음 가게 휴일에 고아원에서 떡을 만들기로 했다. 참가자들은 고아원의 아이들, 『곰 씨 쉼터』에서 일하는 모린 씨 가족, 『곰 씨 식당』에서 일하는 안즈 일행, 그리고 피나네 가족들이다. 겐츠씨도 오기로 되어 있었다.

원장 선생님은 「기대 되네요」라고 했다. 안즈 일행은 「찹쌀로 요리를 하는 건가요? 갈게요」라며 떡에 흥미를 보였다. 모린 씨네 가족도 「당연히 가야죠」라고 말해주었다. 피나는 「슈리와 어머니, 아버지도 데리고 갈게요」라고 말했다.

곧바로 떡치기를 준비하기 위해 나는 곰의 석상을 만드는 요령으로 돌로 된 절구를 만들었다. 바위에 구멍을 내니 TV에서 봤던 것처럼 돌절구가 만들어졌다.

이런 느낌인가?

실물을 본 적은 없지만 이런 느낌이었을 것이다.

그 다음 만들어야 하는 건 떡을 내려칠 떡메였다. 나무로 만들어진 커다란 망치 같은 이미지면 되려나?

사실 내려칠 수만 있다면 뭐든 상관없겠지. 아니면 목공 장인에게 부탁하는 편이 나은가?

제작에 실패하면 티루미나 씨나 밀레느 씨와 상담하면 되겠지. 일단은 만들어 보기로 했다. 목재를 손에 들고 바람 마법으로 잘라낸 뒤 깎아서 얼추 떡메 같이 만들어냈다.

생각보다 쉽게 만들 수 있군.

떡메를 들어본다. 휘둘러본다. 가볍게 쳐본다. 괜찮은 것 같았다. 시험 삼아 곰 인형 장갑을 벗은 뒤 들어 올려봤지만 역시 들어 올릴 수 없었다. 자신의 빈약함을 재확인했다.

떡메를 절구통을 향해서 내려친 순간 한 가지를 깨달았다.

누가 떡을 뒤집지?

떡치기는 혼자서는 불가능하다. 떡메는 무거워서 내가 아니면 들 수 없었다. 당연한 이야기지만 아이들은 들 수 없다. 하물며 몇 번이고 내리 찍는 것은 불가능하다.

나는 앉아서 쉬고 있는 곰돌이와 곰순이를 바라봤다.

아무리 그래도 곰돌이와 곰순이가 떡을 뒤집는 건 불가능하겠지. 떡을 만지면 떡이 털투성이가 될 것 같았다.

하지만 소환수니까 털은 간단하게 떼어낼 수 있지 않을까?

뭐, 더럽다고는 생각하지 않지만 위생적으로는 좋지 않을 것 같다.

역시 피나와 나이가 많은 애들에게 가르친 뒤 부탁하는 게 무난할까?

  TV에서도 아이들이 뒤집는 모습을 본 적이 있다. 천천히 하면 괜찮을 거다. 내가 그런 생각을 하고 있는데 곰돌이가 다가와 떡메를 들어 올리려고 했다.

  "곰돌아?"

  곰돌이는 뒷발로 서서 앞발로 떡메를 들어 올려 보였다.

  아무래도 떡을 뒤집는 역할이 아닌 떡을 찧는 역할을 해주겠다는 모양이다.

  "할 수 있어?"

  "크~웅."

  곰돌이의 얼굴은 「맡겨만 줘」라고 말하는 듯했다.

  곰돌이가 떡메를 내려쳤다. 꽤 세다.

  "위험하니까 힘을 좀 더 빼줘."

  이제 내가 떡을 뒤집으면 되는 건가.

  조금 무섭지만 괜찮겠지?

  해답이 나온 것 같으면서도 안 나온 것 같지만 해보는 수밖에······.

  만약을 위해 떡메와 절구통을 몇 개 더 만들어 뒀다. 조금 전의 곰돌이의 모습을 보면 망가뜨릴 가능성도 있었다. 예비가 많다고 해서 문제될 건 없다.

  떡치기 이벤트 전날, 찹쌀을 한 가득 물에 불려 내일을 준비했다.

다음 날 아침 일찍 일어나 물을 양껏 흡수한 찹쌀을 쪘다.

으~ 졸려.

어제 해두고 곰 박스에 담아두면 좋았을 텐데. 이제 와서 생각한들 어쩔 수 없으므로 작업을 이어갔다.

준비를 마친 나는 곰 하우스를 나섰다. 고아원에 도착하자 유아반 아이들이 맞아주었다.

"다른 사람들은?"

티루미나 씨와 피나와 안즈의 모습이 보이지 않았다. 너무 빨리 왔나?

"모두 꼬끼오들 돌보고 있어요."

"다 같이 하면 금방 끝난다고 했어요."

유아반 아이들이 알려주었다.

가게는 쉴 수 있어도 꼬끼오를 돌보는 건 휴일이 없다. 그러니까 다 같이 해서 빨리 끝내려고 하는 거겠지.

그렇다면 모두가 돌아올 때까지 떡치기 준비를 해야지.

나는 곰 박스에서 절구통 비슷한 것과 떡메 비슷한 것을 꺼내고 찐 찹쌀과 미지근한 물이 든 통을 준비했다.

"유나 언니, 뭐 만드는 거야?"

"떡이라는 건데, 쌀을 빻아서 만드는 요리야."

"맛있어?"

네, 다섯 살 정도의 여자아이와 남자아이가 질문해왔다. 그 팔에는 곰돌이와 곰순이 인형이 안겨져 있었다.

다른 아이들도 안고 있었다.

아무래도 셰리가 말한 대로 곰 인형은 인기가 있는 모양이다.

"으음, 어떨까. 나는 맛있다고 생각하는데. 만들 테니까 먹어봐."

"응!"

준비를 마친 나는 마지막으로 곰돌이와 곰순이를 소환했다. 곰돌이와 곰순이를 소환하자 아이들은 기뻐하며 다가왔다.

"곰돌이다~."

"곰순이."

곰 인형을 들고 있는 아이들이 곰돌이와 곰순이 근처에 모였다. 아이들이 곰 제복을 입고 있었다면 곰투성이가 됐을 거다.

"곰돌이가 도와줄 거니까 다들 곰순이랑 놀고 있어. 곰순아, 애들을 부탁할게."

"크~응."

유아반 아이들이 근처에 오면 위험하기 때문에 곰순이에게 아이들을 맡기고 나와 곰돌이는 연습할 겸 먼저 떡치기를 시작했다.

우선 사전에 쪄둔 찹쌀을 절구통 안에 넣었다. 절구통 안의 찹쌀에서 김이 났다.

곰돌이는 세세한 작업을 할 수 없어서 처음은 내가 시작하기로 했다. 나는 떡메로 찹쌀을 꾹꾹 으깨고 가볍게 짓이겼다.

좋은 느낌으로 쌀이 빻아졌다.

이 정도면 되려나. 조금이긴 하지만 쌀이 으깨진 시점에서 떡메를 곰돌이에게 넘겼다.

"이제 내가 떡을 뒤집으면 내려쳐 봐, 처음엔 약하게 해야 돼."

"크~응."

나는 곰 인형 장갑을 벗고 떡에 손을 댔다.

"아, 뜨거!"

"유나 언니!"

"괜찮아."

아이들이 걱정스럽게 나를 바라봤다. 안심시키기 위해 손을 저어보였다.

하지만 위험했다. 뜨거웠어. 화상 입는 줄 알았네. 아무리 은둔 생활을 했다지만 내 손은 얼마나 약해빠진 거야.

이번엔 조심해서 해보기로 했다.

분명 TV에서는 물을 묻혀서 떡에 살짝 데는 정도로 했던 것 같은데.

한 번 더 도전해봤지만 뜨거운 건 여전했다. 나는 지면에 놓여 있는 곰 인형 장갑을 바라봤다. 무슨 일이 있어도 더럽혀지지 않는 곰 인형 장갑. 세탁이 필요 없는 곰 인형 장갑.

나는 곰 인형 장갑을 끼고 떡을 살짝 만져봤다.

오, 안 붙잖아. 말도 안 되는 현상이 일어났다.

시험 삼아 곰 인형 장갑으로 떡을 뒤집어 봤다.

오, 역시 곰 인형 장갑에 떡이 묻는 일은 없었다.

만능인 곰 인형 장갑에 감동했다.

"곰돌아, 한 번 더 해보자."

"크~응."

「얍」, 철썩, 「얍」, 철썩, 「얍」, 철썩, 「얍」, 철썩.

좋은 느낌으로 떡이 빚어져 간다.

적절하게 떡을 적시면서 찧었다.

나와 곰돌이가 떡을 찧고 있는데 꼬끼오 돌보기를 마친 아이들이 돌아왔다. 그 중에는 티루미나 씨와 피나, 슈리도 있었다.

"유나, 벌써 시작한 거야?"

"네, 일단 시험삼아 해볼까 해서요."

그렇게 티루미나 씨에게 설명하고 있는 동안에도 떡치기는 계속됐다.

「얍」, 철썩, 「얍」, 철썩, 「얍」, 철썩, 「얍」, 철썩.

"이게 새로운 음식이니?"

티루미나 씨는 절구통 안을 봤다.

"찹쌀을, 으깨서, 만드는, 음식이에요."

떡을 뒤집으면서 대답했다.

"설마, 가게에 내놓을 거야?"

티루미나 씨가 「또?」라는 느낌으로 나를 바라봤다.

"이건, 개인적인 거라, 가게에는, 안 내놓을 거, 예요."

역시 떡 만들기는 힘들다. 자동으로 떡 만드는 기계가 있으면 좋겠지만 그런 편리한 건 없었다. 그래서 만드는 데에는 많은 노동력이 필요하다.

주로 아이들과 여성이 많은 우리 가게에서는 만들기가 힘들다. 지금도 하루에 해야하는 일이 많았다. 그렇기 때문에 떡 요리는 무리였다.

뭐, 냉동시키면 보관도 가능하니까 한꺼번에 만들면 가능할지도 모르지만 귀찮으니까 지금은 그럴 예정은 없다.

게다가 떡은 가끔 먹으니까 맛있는 거지 매일 먹을 음식이 아니라고 생각한다.

내 말에 티루미나 씨는 안도한 표정을 보였다.

「얍」, 철썩, 「얍」, 철썩, 「얍」, 철썩, 「얍」, 철썩.

순조롭게 찰기가 생겨 떡이 되어가고 있었다.

앞으로 조금만 더 하면 될까?

떡을 찧고 있는데 모린 씨네 가족과 안즈 일행이 오는 게 보였다.

"유나 씨, 늦었네요. 찹쌀 요리라고 들어서 반찬거리를 만들어 왔어요."

아무래도 안즈와 모린 씨 일행은 약간의 요리를 만들어 와준 모양이다.

떡만 있으면 약간 아쉬웠는데 고마웠다.

하지만 사람 수가 많았다. 이대로라면 만드는 게 늦어질 거다. 떡을 찧는 걸 나와 곰돌이만 하기엔 시간이 많이 걸렸다. 티루미나 씨 쪽에도 도움을 받아야 할까?

내가 어떻게 할지 고민하고 있는데 지원군이 나타났다.

"유나, 새로운 요리를 만든다는 이야기를 들어서 와 봤는데 우리도 참가해도 될까?"

"도울 거는 없어?"

루리나 씨와 길 씨가 어디서 들었는지 찾아왔다.

게다가 뒤에는 남자가 보면 분노할 듯한, 미인과 귀여운 여자아이를 데리고 있는 하렘 모험가 블리츠도 있었다.

"나도 돕지."

남자 일손이 늘었다.

아무래도 겐츠 씨에게 들은 것 같았다. 하지만 그 겐츠 씨의 모습은 없었다.

"일을 마치고 온다는 모양이야."

티루미나 씨가 알려줬다.

나는 떡을 만드는 방법을 모두에게 가르쳐줬다.

루리나 씨와 길, 블리츠와 피티원들이라는 두 그룹이 만들어졌다.

그리고 안즈의 요리사 팀도 여성들만으로 해보겠다는 것 같았다. 일을 빨리 마친 겐츠 씨도 찾아와 티루미나 씨와 커플로 그룹을 이뤘고 피나와 슈리가 응원을 했다.

많이 만들어둔 절구통과 떡메가 쓸모 있었다.

다만 안즈 일행이 쓰는 떡메는 한 단계 작게 만들어줬다.

역시, 무겁지?

떡치기를 하는 사람이 늘자 점점 떡이 만들어졌다. 그 떡을 빵
집 팀인 모린 씨, 카린 씨, 네린 씨가 먹기 좋은 사이즈로 둥글게
만들었다.

나는 작은 그릇과 간장, 김을 준비해서 다 만들어진 떡을 아이
들에게 나눠줬다.

김과 간장도 좋지만 안즈가 만들어준 수프 안에 넣기도 했다.

나는 김에 싸서 간장에 찍어 먹었다.

맛있어.

먹는 동안에도 교대로 떡 만들기가 이루어졌다. 남으면 곰 박스
에 넣으면 되니까 많이 만들어도 문제는 없었다.

떡 만들기 이벤트는 호평으로 끝이 났다.

"유나 님, 고마워요."

정리를 하고 있는데 원장 선생님이 감사 인사를 했다.

"유나 님이 와주신 뒤로 저 아이들은 항상 즐거워해요. 오늘도
즐거워하는 미소를 볼 수 있어서 기뻤어요."

원장 선생님은 그릇과 의자와 시트를 정리하는 아이들을 사랑
스럽게 바라봤다. 원장 선생님도 즐거워 해주시는 것 같아서 다행

이다.

훗날 그런 이벤트를 했다는 게 노아에게 알려져서 혼났다.

"다음에는 절대로 초대해주셔야 돼요!"

나는 약속을 하고 노아를 달랬다.

🎀 219 곰 씨, 플로라 님에게 곰 인형을
      선물하다

떡 만들기 이벤트가 끝난 후 며칠이 흘렀다.

으음, 슬슬 왕도에 가도 괜찮으려나?

두꺼비 가가 어떻게 됐는지도 궁금했지만 클리프에게는 묻지 않았다.

엘레로라 씨는 증거도 있으니까 작위 박탈은 피하기 어렵다고 했었다. 다만 판단은 국왕이 한다고 했다.

문제는 작위를 박탈당한 후이다. 그들이 시린으로 돌아가는지가 신경 쓰였다.

그렇게 된다면 두꺼비 가의 처우에 따라서는 미사가 또다시 위험에 빠질 가능성도 생긴다.

걱정을 해도 딱히 방도가 없기 때문에 플로라 님에게 곰돌이와 곰순이의 인형을 선물하러 가기로 했다.

엘레로라 씨와 만나면 물어보면 되겠지.

곰 이동문을 이용해서 오랜만에 왕도로 갔다. 문지기에게 인사를 하자 문지기는 언제나처럼 연락을 위해 달려갔다. 그런 뒷모습을 보면서 성 안으로 들어갔다.

이미 몇 번이고 와 봤기 때문에 플로라 님의 방에는 길을 헤매지 않고 찾아갈 수 있었다. 플로라 님의 방으로 향하는 도중에 사람들과 마주쳤지만 저지당하는 일은 없었다. 항상 생각하는 거지만 공주님의 방에 일반인이 멋대로 가도 되는 걸까.

그런 생각을 하는 동안에 플로라 님의 방 앞에 도착했다.

여느 때처럼 문을 노크하자 안쥬 씨가 나와서 나를 방으로 들였다.

안으로 들어서자 플로라 님은 벽 쪽에 있는 책상에 앉아 있었다.

"혹시, 방해했나요?"

"괜찮습니다. 잠깐 쉬려고 하던 참이거든요."

안쥬 씨는 플로라 님 쪽을 바라봤다.

"플로라 님, 유나 씨가 오셨습니다."

안쥬 씨가 플로라 님을 부르자 조그마한 얼굴이 이쪽을 돌아봤다.

"곰 님?"

나를 보더니 미소를 지으며 달려왔다.

이 미소를 본 것만으로도 온 보람이 있다.

"잘 지내셨어요?"

"응!"

활기차게 대답한다.

"오늘은 선물을 가지고 왔어요."

"선물?"

나는 곰 박스에서 곰돌이와 곰순이의 인형을 꺼냈다.

"곰 님이다."

아기 곰 인형이라고 해도 작은 플로라 님에게는 충분히 컸다.

어느 쪽 인형을 집을지 고민할거라 생각했는데 양쪽곰 인형의 손을 동시에 잡아당겼다. 인형은 바닥에 떨어졌지만 플로라 님은 바닥에 떨어진 곰돌이와 곰순이 인형을 끌어안았다.

"플로라 님, 바닥에 앉으시면 안 돼요."

안쥬 씨가 주의를 줬다.

플로라 님은 울먹였지만 안쥬 씨가 부드럽게 설명했다.

"바닥에 앉으면 곰 님이 불쌍하잖아요. 그러니까 일어나세요."

안쥬 씨는 그렇게 말했지만 바닥은 충분히 깨끗했다.

깔끔한 카펫이 깔려 있어 청결해 보이니 나라면 신경 쓰지 않고 뒹굴면서 게임도 할 수 있겠지. 하지만 공주님은 그래선 안 되겠지.

안쥬 씨는 테이블 위로 인형을 옮겼다. 플로라 님은 의자에 앉아 인형을 끌어안았다.

"플로라 님, 유나 씨께 하실 말씀은 없으세요?"

플로라 님은 인형과 나를 번갈아 봤다. 그리고 의자에서 내려오더니 내 쪽으로 다가왔다.

"고마워."

"소중히 간직해주세요."

플로라 님은 기뻐하며 고개를 끄덕였다.

그건 그렇고 안쥬 씨는 교육을 제대로 시키시네.

공부도 그렇지만 틀린 것은 확실히 틀렸다고 가르치고, 잘한 건 잘했다고 가르치고 있었다. 플로라 님은 훌륭한 왕족으로 성장할 것이다.

플로라 님은 테이블로 돌아가선 곰돌이와 곰순이 인형의 손을 잡았다.

"유나 씨, 항상 고맙습니다."

내가 플로라 님 앞의 의자에 앉자 안쥬 씨가 차를 내줬다.

감사 인사를 하고 마셨다. 역시 왕족이 마시는 차는 맛있어.

따로 할 일은 없었기 때문에 느긋하게 있자 누군가 문을 노크 했다. 안쥬 씨가 응대하기 위해 문으로 다가가자 왕비님의 목소리 가 들려왔다. 국왕도 온 건가?

왕비님은 방으로 아무도 들어온 뒤 문을 닫았다.

어라?

왕비님 말고는 방으로 들어오지 않았다.

"유나, 어서와요."

왕비님은 내게 인사를 하고 플로라 님의 눈앞에 있는 인형을 발 견했다.

"어머, 곰돌이와 곰순이의 인형인가요?"

"네, 곰 님에게 받았어요."

곰 곰 곰 베 어 9

"일전에 플로라 님이 곰돌이, 곰순이와 헤어지는 걸 슬퍼하시기에 인형이 있으면 마음이 누그러질까 싶어서요."

내가 설명하자 왕비님은 플로라 님 옆의 의자에 앉아 곰돌이와 곰순이 인형을 플로라 님에게서 빌렸다.

"귀엽네."

왕비님은 곰순이 인형을 무릎에 올린 뒤 머리를 쓰다듬기 시작했다. 왕비님, 그 인형은 플로라 님을 위해 만들어 온 거니까 빼앗지 말아주세요.

하지만 플로라 님은 신경 쓰는 기색도 없이 똑같이 무릎 위에 곰돌이 인형을 올리고 끌어안고 있었다. 모전여전일지도…….

플로라 님이 싫어하지 않으면 괜찮은 건가?

아니면 왕비님의 몫도 주는 편이 좋을까?

"플로라는 좋겠네."

"네."

왕비님은 안쥬 씨에게 받은 차를 마시면서 곰순이 인형의 머리를 쓰다듬었다. 두 사람 모두 행복해 보였다.

"실물도 귀엽지만 이 아이들도 귀여워."

"왕비님도 필요하신가요?"

일단 한번 확인해봤다.

"어머나, 나에게도 주는 건가요?"

"드릴 테니까 플로라 님의 인형을 빼앗지 말아주세요."

"딸이 소중히 여기는 것을 빼앗지는 않아요. 하지만 유나가 준다면 받아야 하나……."

나는 새로운 곰돌이와 곰순이 인형을 테이블 위에 꺼냈다.

곰돌이와 곰순이 인형이 네 개가 됐다.

"곰 님이 많다."

네 개가 된 인형을 보고 플로라 님은 크게 기뻐했다. 그걸 안쥬 씨가 가만히 바라봤다.

"안쥬 씨도 필요하세요?"

"아뇨 그게, 딸이 좋아할 것 같아서요. 딸은 유나 씨의 그림책을 엄청 좋아하거든요."

그런 말을 들으면 선물을 주지 않을 수는 없었다.

"안쥬 씨, 딸에게 주세요."

"괜찮은가요?"

"곰을 좋아한다고 하니 안 드릴 수가 없네요."

나는 다른 곰 인형 한 세트를 더 꺼냈다. 테이블 위에 있는 곰 인형이 여섯 개가 됐다.

"고맙습니다. 딸도 분명 좋아할 거예요."

노아의 몫인 인형을 받은 뒤로도 셰리가 여유가 있을 때 만들어주고 있어서, 지금도 계속 늘어나고 있다. 바로 얼마 전에도 추가로 받아 왔었다.

기뻐하며 인형을 끌어안고 있는 플로라 님을 보고 있으니 안쥬 씨가 홍차를 다시 따라줬다.

"유나 씨, 오늘 점심은 어떻게 하실 건가요?"

"점심이요?"

안쥬 씨의 말에 플로라 님과 왕비님이 반응했다.

항상 음식을 가지고 오니까 반응을 한 건가?

그리고 내가 식사를 가지고 왔는데 젤레프 씨에게 알리지 않으면 민폐를 끼치게 된다.

나는 생각했다. 곰 박스에 빵도 밥도 담겨 있다.

하지만 오늘은 떡을 꺼내기로 했다. 일단 이 날을 위해 만들어 둔 게 있었다.

"입맛에 맞을지는 모르겠지만……."

나는 모치나베#2를 꺼냈다.

여러 가지 재료가 든 전골에 떡이 들어있었다.

"어머, 오늘은 전골이네요."

"왕족도 전골을 먹나요?"

"한 냄비를 다 같이 사용해서 먹지는 않지만 요리사가 각자 퍼주는 건 먹죠."

왕비님이 알려줬다.

수프 같은 걸까.

#2 모치나베 떡이 들어간 전골.

냄비의 뚜껑을 열자 수증기가 올라왔다. 정말로 곰 박스는 편리해.

나는 그릇과 포크, 스푼을 준비했다.

"플로라 님, 싫어하는 채소가 있나요?"

"없어."

"대단하네요."

"응!"

나는 채소와 떡을 그릇에 가득 담았다.

"맛있겠다."

왕비님과 안쥬 씨의 몫도 담았다.

다 같이 먹기 시작하려는데 문이 노크도 없이 열렸고 엘레로라 씨가 방으로 들어왔다.

"딱 맞춰 왔지?"

무엇을 딱 맞췄다는 거지?

엘레로라 씨는 테이블 위를 보더니 「안 늦은 모양이군」 하고 중얼거렸다.

식사 시간을 말한 거구나.

나를 만나러 온 게 아니었어.

"엘레로라 씨도 드실래요?"

"당연하지. 그래서 서둘러 온 건데."

엘레로라 씨가 기뻐하며 의자에 앉았고 엘레로라 씨 앞에도 전골을 담은 그릇을 놓았다.

"고마워."

다 같이 먹기 시작했다.

"어머, 이건 뭐지?"

엘레로라 씨는 떡을 집었다.

"떡이에요. 구워 먹거나 전골에 넣어서 먹기도 하죠."

"우와, 늘어나잖아."

"엄청 늘어나."

플로라 님은 떡을 늘어뜨렸다.

"플로라 님, 음식으로 장난치시면 안 돼요."

"죄송합니다……."

플로라 님은 떡을 점잖게 먹었다.

"탄력이 있어서 맛있네. 이런 걸 먹을 기회는 거의 없으니까 더 맛있어."

역시 전골은 서민 음식인 건가?

왕족과 귀족이 밥상에 둘러앉아 전골을 먹는 이미지는 머릿속에 떠오르지 않는다.

"유나, 정말로 플로라 님에게 인형을 가지고 와 줬구나."

엘레로라 씨는 플로라 님 뒤에 놓여 있는 인형을 봤다.

"약속했으니까요. 게다가 처음부터 선물할 생각이었고, 노아에게도 선물했어요."

"고마워. 그 아이, 부러운 눈으로 미사가 가지고 있는 인형을 바라보고 있었거든."

분명 보고 있었지.

선물을 했을 때 기뻐하기도 했고. 더 주문하려고 하는 걸 보면 노아의 미래가 걱정된다. 곰을 좋아하게 된 건 내 탓이 아니라고 생각하고 싶다. 책임은 지지 않을 거니까 말이지.

그건 그렇고 국왕이 없으니까 조용하네.

문에 있던 문지기가 내가 온 사실을 보고하러 갔을 텐데도 국왕은 보이지 않았다.

"엘레로라 씨, 국왕님은 안 오세요?"

떡을 먹고 있는 엘레로라 씨에게 물어봤다.

"오늘은, 이라고 해야 하나? 그때의 사건으로 당분간은 바빠서 장이랑 엘나트 왕자님이 도망치지 못하게 감시하고 있어."

그때의 사건이라고 하는 건 궁금했던 그 일이겠지.

진행 상황을 물어보면 알려주려나?

"미사랑 상인의 아이들을 유괴했던 것뿐만 아니라 여러 가지 악질 범죄들이 나와서 조사하고 있고, 관계자들 사정 청취도 해야 해서 시간이 걸리고 있어."

내가 물어봐도 될지 고민하고 있는데 멋대로 엘레로라 씨가 말을 꺼냈다.

"그러면 범죄가 입증된 거네요."

"대부분 증거가 있어서 발뺌할 수 없는 상황이야."

귀족이면 이것저것해서 흐지부지될 거라고 생각했는데 제대로 처벌받는 모양이라 다행이었다.

아이들을 유괴했다. 제대로 벌을 주지 않으면 곤란하다. 그 외에도 죄를 지은 것 같고…….

"가쥴드는 꽤 제멋대로 행동했던 것 같아."

엘레로라 씨의 말로는 상인들과의 부정 거래는 물론이거니와 협박, 폭력 등 여러 가지를 저질렀다고 했다. 분명하게 말하지는 않았지만 살인도 저지른 느낌이었다.

지하 감옥에 관해서는 나도 묻지 않았고 엘레로라 씨도 말하려고 하지 않았다. 그러니 알 필요는 없다고 생각한다.

"살바드 가는 작위가 박탈될 거야."

작위 박탈이라는 건 영주가 아니게 된다는 거겠지.

그 부분을 물어보니ー.

"그러니까 시린 마을은 파렌그람 가가 다스리게 될 거야."

이것으로 괴롭힘을 받는 일은 사라지게 될 거고 그란 할아버지도 안심하겠군.

하지만 문제는 작위를 박탈당한 후 그 부자가 시린 마을로 돌아갈지가 걱정이었다.

이 나라의 처벌 수준을 잘 모르지만 마을로 돌아가게 된다면 원한으로 인해 미사가 공격당할 가능성도 있다.

하지만 나의 질문에 엘레로라 씨는 천천히 고개를 가로로 저었다.

"재산은 전부 몰수야. 가줄드는 사형. 아들은 왕도에 있는 친족의 집에 맡겨질 거야."

사형이라는 말에 놀라 아무런 말도 할 수 없었다.

하지만 이것만큼은 어쩔 수 없다.

아들은 왕도의 친족의 집에 맡겨질 테니 미사는 안전하다는 건가?

원한으로 또다시 유괴나 괴롭힘을 당한다면 곤란하다.

"괜찮아. 아들인 란돌은 평생 시린 마을로 돌아갈 수 없을 거야. 그리고 맡기로 한 친족들도 그의 행동을 감시하겠지. 감시를 태만하게 했다간 자신들도 벌을 받는다는 걸 알고 있을 테니까."

그렇다면 안심인가?

하지만 그 성격 안 좋아 보이던 아들이라면 뒤에서 뭔가 저지를 것 같던데. 미사를 납치했던 모험가에게 지시를 내린다든가 말이야. 그 부분도 엘레로라 씨가 말한 대로 맡게 된 사람이 하기 나름인가.

일단 미사를 유괴한 검은 복장을 한 모험가가 신경 쓰여서 물어보니—.

"그 모험가 말이구나. 이외에도 다른 죄를 저지른 모양이라 조사 중이야."

그렇게 엘레로라 씨가 말했다.

"그리고 이것도 말해줘야겠네. 그란 백작은 이번 사건을 일으킨 책임을 진다면서 스스로 영주 자리에서 물러나기로 하고, 아들인 레오날드가 시린 마을의 새로운 영주가 될 거야."

"그렇군요."

"손녀를 납치당하고, 자신의 편에 섰던 상인들이 위해를 입은 것에 대한 책임을 지고 은퇴를 결정한 모양이야."

"미사가 납치당한 것도 상인들의 일도 그란 할아버지는 잘못한 게 없잖아요?"

상대가 괴롭힌 건데 자신이 책임을 지는 건 말도 안 돼.

하지만 이전부터 있었던 일이라면 대처 방법도 있었을 테니 어쩔 수 없으려나. 이야기를 들어보면 상대에게 휘둘렸던 것 같기도 하니까.

어느 세계에서건 이웃 간의 트러블은 존재한다. 이번엔 영주끼리의 트러블이라서 규모가 컸을 뿐이다.

"그럴지도 모르지만 아들에게 넘겨주기 적당한 시기라고도 말했어. 게다가 이 일에 관해서는 우리가 이러쿵저러쿵 말할 입장은 아니니까."

그렇긴 하다. 레오날드 씨와 나이가 비슷한 클리프도 영주를 하고 있다. 그란 할아버지가 정한 거라면 내가 끼어들 일은 아니었다.

"그리고 그란 할아버지는 이것으로 자유롭게 움직일 수 있게 됐다고 기뻐하셨어. 유나의 가게에 미사나를 데리고 갈 수 있다고도 얘기하셨고."

아직도 정정하신 할아버지다.

만약 가게에 방문하신다면 환영해드려야겠다.

🎀 220 곰 씨, 엘프 여자아이를 줍다

식사를 마치고 배가 빵빵해진 플로라 님이 곰 인형을 안은 채 잠이 들어버려서 나는 성을 뒤로 했다.

왕도의 곰 하우스로 돌아가고 있는데 집 담벼락에 기댄 듯이 사람이 쓰러져 있는 게 보였다.

잠깐, 남의 집 앞에 쓰러져 있는 건 무슨 경우야.

내가 빠르게 다가가 봤더니 귀가 길고 연녹색 머리를 한 여자아이였다.

설마, 엘프?

긴 연녹색 머리 사이로 기다란 귀가 보였다. 귀가 긴 것이 특징인 종족이다.

나이는 겉보기엔 나와 비슷해 보인다. 그렇다고 해도 장수하는 엘프가 겉모습과 나이가 일치하지 않는다는 것은 상식이다. 여자아이는 담벼락에 기대어 앉은 채로 움직이지 않았다.

남의 집 앞에서 죽어있거나 하진 않겠지.

쭈그려 앉아 확인해보니 숨은 붙어 있었다.

다행이다. 살아있어.

귀가했더니 집 앞에 시체가 있는 사건은 피한 것 같다.

"괜찮니?"

145

어깨에 손을 대고 가볍게 흔들었다.

그러자 여자아이의 눈이 천천히 뜨였다.

"이런 곳에서 무슨 일이니?"

엘프 여자아이가 나를 멍한 눈으로 바라봤다.

눈이 반 정도만 열렸다.

"곰?"

여자아이는 나를 보고 고개를 살짝 기울였다.

"왜 여기서 자고 있는 거야?"

"꿈을 꾸고 있는 건가? 곰 옷을 입은 여자아이가 있네. 이런 이상한 옷차림을 한 사람이 있을 리가……."

"미안하게 됐네. 이상한 복장이라서."

"다시 잠들면 분명 꿈에서 깰 거야."

여자아이는 정말로 눈을 감아버렸다. 그리고 여자아이에게서 잠자는 숨소리가 들려왔다. 가볍게 흔들어봤지만 일어나지 않았다.

잠깐, 어쩌라는 거야.

경비병을 부를까 생각했지만 자고 있는 여자아이를 경비병에게 넘기는 것도 조금 찝찝했다. 게다가 사람을 부르러 가는 동안에 이대로 방치해둘 수도 없었다. 곰 인형 옷을 입고 있는 내가 안아 들고 걷는 것도 눈에 띌 것 같았다.

생각한 결과, 여자아이를 집 안에 들이기로 했다. 나는 여자아이를 공주님안기로 안았다. 곰 장비 덕분에 가볍게 들어 올릴 수 있었다.

곰 하우스 안으로 들어가 곧장 이층으로 올라가서 손님방 침대에 눕혔다.

으음, 집에 들이긴 했지만 정말로 괜찮은 걸까?

침대에서 조용히 잠들어 있는 엘프 여자아이를 봤다.

그대로 놔둘 순 없으니 어쩔 수 없겠지.

자신을 달랜 뒤 여자아이가 허리춤에 차고 있는 아이템 봉투와 나이프를 풀어서 테이블 위에 올려두었다. 잘 때 방해가 될 것 같아서였다.

허리 주변이 편해진 여자아이는 몸을 뒤척이더니 기분이 좋아진 것 같았다.

이걸로 괜찮을까?

방을 나오려다가 생각이 났다.

아, 맞다. 잊을 뻔 했네.

나는 꼬맹이화 한 곰돌이를 침대 구석에 소환했다.

"여자아이가 깨어나면 알려줘."

곰돌이의 머리를 부드럽게 쓰다듬으며 부탁한 뒤 방을 나왔다.

나는 일층으로 내려와 소파에 앉아 포테이토 칩과 오렌 과즙을 꺼냈다.

와작와작.

그런데 정말로 무슨 일이 있었던 걸까.

설마 엘프 여자아이를 줍게 될 줄은 몰랐다.

꿀꺽꿀꺽.

그런데 저 엘프 여자아이의 얼굴, 어딘가에서 본 것 같은데.

생각해봤지만 떠오르지 않는다. 어딘가에서 스쳐 지나간 적이라도 있었나?

와작와작.

포테이토 칩을 먹고 오렌 과즙을 마시며 여유롭게 있었더니 졸렸다.

나는 꼬맹이화 한 곰순이를 소환해서 끌어안았다.

"곰순아, 무슨 일이 있으면 깨워줘."

나는 곰순이를 껴안은 채 소파에 쓰러졌다.

낮잠은 인류 최고의 사치다.

곰순이를 껴안고 있으면 기분이 좋아진다. 눈을 감자마자 꿈속 세계로 빠져들었다.

톡톡.

볼을 부드러운 무언가가 두들겼다.

아무래도 곰순이가 깨워주는 모양이다.

곰순이를 안은 채 일어났다.

"곰순아, 안녕."

"크~응."

148

……얼마나 잠들었을까.

창밖은 조금 어두웠다. 벌써 저녁인가. 너무 많이 잤나?

소파에서 몸을 일으키자 곰순이가 작게 울며 위를 바라봤다.

"혹시 엘프 여자아이가 일어난 거야?"

곰순이는 고개를 가로로 저었다.

어, 아니야?

그러면 뭐지?

엘프 여자아이가 일어나면 곰돌이에게 알려달라고 했는데 잘 생각해보면 무리였다. 문이 닫혀 있기도 하고…….

곰순이가 위를 바라봤기 때문에 상태를 보러 가 보기로 했다.

나는 이층으로 올라가 엘프 여자아이가 자고 있는 방의 문을 열었다.

거기에는 곰돌이를 껴안고 있는 여자아이의 모습이 있었다.

"으음, 부드럽고 따뜻해."

곰돌이가 도망치려 했지만 여자아이에게 안긴 채 빠져나오지 못하고 있었다.

진심을 다 하면 도망칠 수는 있겠지만 어쩌면 좋을지 곤란해 하고 있었다.

일어나 있는 것처럼은 보이지 않았다. 잠결에 끌어안은 모양이다.

곰돌이가 도움을 구하듯 나를 바라봤다.

아무래도 곰돌이는 곰순이에게 도움을 요청한 듯하다.

하지만 자고 있는 여자아이를 깨우는 것은 가여웠다. 어쩌면 좋을지 생각하고 있는데 여자아이의 눈이 천천히 떠졌다.

오오, 이번에야말로 눈을 뜬 건가?

그리고 자신이 안고 있는 곰돌이를 보고—.

"곰?"

그리고 시선을 내게로 옮기고—.

"곰? ⋯⋯⋯⋯꿈인가."

다시 잠들려고 했다.

나는 자려고 하는 엘프 여자아이의 머리를 가볍게 퐁 하고 쳤다.

"꿈이 아니야."

내게 맞고서는 눈을 떴다. 슬슬 일어나주지 않으면 곤란해.

여자아이는 몸을 일으켜 요리조리 방을 둘러봤다.

"여기는 어디지?"

그 후 다시 나를 보고—.

"곰?"

이제, 그건 됐어.

"여긴 내 집. 너는 내 집 앞에 쓰러져 있었어. 기억 안 나니?"

엘프 여자아이는 골똘히 생각하기 시작했다.

"⋯⋯인파 속을 몇 시간 정도 걸었더니 지쳤고, 어딘가에서 쉬려고 해도 돈이 없어서 비틀비틀 걷다보니 곰집이 보였는데, 거기서부터 기억이 없어요."

"하아……."

한숨밖에 안 나온다.

즉, 지쳐서 남의 집 앞에 쓰러져 있었던 것이다.

"너, 집은 어디야?"

"엘프 마을이에요."

엘프 마을이 어디야?

그렇게 가까운 것처럼 말해도 곤란하다고.

"그러면 왕도에는 집이 없다는 거네. 설마 혼자 엘프 마을에서 여기까지 온 건 아니지?"

이렇게 말해봤자 엘프 마을이 어디인지 모르지만…….

"혼자서 왔어요."

이런 어린 여자아이(나와 비슷해 보이지만)가 혼자서 여행을 하다니 믿을 수 없었다.

돈도 없으면서 잘도 그런 상태로 왕도까지 왔군. 기가 차서 말이 안 나온다. 부모는 무슨 생각을 하고 있는 거지. 아니면 엘프니까 이 아이 정도라면 성인을 맞이해서 홀로 여행을 시키는 걸까. 그렇다고 해도 위험한 건 변하지 않는다.

만약 다른 사람이 내 말을 들으면 너도 마찬가지라고 할지도 모르지만 신경 쓰지 말자.

"그래서, 왜 혼자서 왕도에……."

온 거야? 라고 물어보려 했더니 여자아이의 배가 「꼬르륵」 하고 작게 울렸다.

"그러면 먼저 식사부터 할까. 식사 준비를 할 테니까 밑으로 내려와."

아무것도 안 먹은 것 같기도 하고 이야기는 식사를 하면서 듣기로 했다.

"괜찮나요?"

"괜찮아."

"저기……."

여자아이가 내 이름을 부르려고 한 것을 깨달았다.

"유나야."

"유나 씨, 고맙습니다. 저는 루이밍이라고 해요."

"그러면 루이밍, 슬슬 곰돌이를 놔주지 않을래?"

곰돌이는 루이밍의 팔에 안긴 그대로였다. 조금 전부터 내게 도움을 요청하듯 바라보고 있었다.

"이 아이, 곰돌이라고 하나요?"

곰돌이를 들어올리며 물어왔다.

"검은 곰이 곰돌이. 이쪽에 있는 하얀 곰이 곰순이야."

내 팔에 안겨 있는 곰순이도 소개했다.

"귀엽네요."

루이밍은 곰돌이를 놔줬다.

나는 루이밍을 데리고 일층으로 내려갔다.

"적당히 앉아."

루이밍이 의자에 앉는 것을 보고 모린 씨가 만든 빵과 과즙을 꺼내줬다.

"고맙습니다."

루이밍은 고개를 숙였다. 그와 동시에 루이밍의 배가 다시 울렸다.

나는 어서 먹으라고 말했다.

오늘은 나도 여기에서 저녁을 먹어야지. 자신의 몫도 꺼내서 자리에 앉았다.

"맛있어요. 이렇게 맛있는 빵을 먹은 건 처음이에요."

루이밍은 맛있게 먹었다.

그 말을 들으면 모린 씨도 기뻐할 거야.

"유나 씨, 가족 분들은 안 계신가요? 인사를 하고 싶은데."

"없어. 나 혼자야."

"혼자 산다고요?"

"응, 맞아."

그렇게 대답하자 놀란 얼굴을 했다.

"이렇게 작은데 혼자서 사시는 거예요?!"

작다고 하지마.

루이밍도 그다지 크지 않잖아. 나와 비슷한 정도의 신장이다. 하지만 장수하는 엘프라면 틀림없이 나보다 연상이겠지.

몇 살 정도일까? 겉보기엔 15살 정도로 보이는데…….

"그리고 혼자가 아니야. 곰돌이랑 곰순이가 있으니까."

곰돌이와 곰순이는 소중한 가족이다.

내 말에 곰돌이와 곰순이가 다가왔다.

"저기, 저는 오늘 왕도에 막 도착해서 잘 모르겠는데 유나 씨의 옷차림은 왕도에서 유행하는 건가요?"

조금 전부터 신경이 쓰였는지 내 옷차림에 관해 물어왔다.

뭐, 보통은 신경 쓰이겠지.

"유행 같은 거 아니야."

유행한다면 무서운걸.

"이 복장을 하고 있는 이유는 말해주지 않겠어. 그래서 루이밍 은 무슨 일로 왕도에 온 거야?"

처음 만난 아이에게 말할 생각은 없기 때문에 반대로 루이밍에 대해 물어봤다.

"사람을 찾으러 왔어요. 전에 만났을 때 왕도에서 일을 하고 있 다고 했거든요."

이 왕도에서 사람을 찾다니. 설마 사람을 찾으려고 정처 없이 몇 시간이나 걸었던 거야?

아니겠지. 그렇게 생각하고 싶다.

"그 사람은 어디에 있는데? 알면 안내해줄게."

일단 물어봤다.

아무리 그래도 있는 곳을 모르면 왕도에서 사람을 찾는 건 불가능하다.

장소를 안다면 안내를 해줄 수 있겠지.

내가 모르는 곳은 엘레로라 씨에게 물어보면 되고…….

"십 년 전에 모험가 길드에서 일하고 있다고 했었어요."

"십 년 전!"

"네, 십 년 전인데 그게 무슨 문제라도?"

루이밍은 고개를 작게 갸웃거렸다.

그러면 전에 만났다는 이야기는 십 년 전에 만난 걸 말한 거야?

즉, 십 년간 못 만났다는 거고…….

역시 장수 종족이다. 십 년 정도는 인간의 일 년 감각인 걸지도
모른다.

게다가 모험가 길드에 있다니 모험가라는 건가?

하지만 십 년이나 만나지 않았으면…… 그 사람 죽지 않았겠지?
모험가라면 죽었을 가능성도 있다.

"그 사람은 모험가인 거야?"

"몰라요. 왕도의 모험가 길드에서 일하고 있다는 것만 들어서."

으음, 사냐 씨에게 물어보면 알려나?

길드 마스터이기도 하고 말이지.

무엇보다 사냐 씨도 엘프고…….

나는 루이밍의 얼굴을 바라봤다.

……닮았어.

"왜 그러세요?"

내가 쳐다보자 루이밍이 쑥스러워했다.

"저기, 그 사람의 이름은?"

"사냐예요. 제 언니죠."

역시.

그렇지. 누구를 닮았나 했더니 사냐 씨였어.

어째서 눈치채지 못했지?

같은 엘프잖아. 바로 알아차렸어야지.

"설마 알고 계세요?"

내 반응을 보고 무언가를 느낀 모양이다. 루이밍이 앞 쪽으로 몸을 기울였다.

"알고 있어. 사냐 씨는 모험가 길드의 길드 마스터를 하고 있지."

"길드 마스터요?"

"응, 엘프고 루이밍이랑 같은 머리색을 하고 있고, 이름이 사냐라면 틀림없을 거야."

"유나 씨, 안내해주세요. 부탁드릴게요."

고개를 숙이는 루이밍.

"괜찮지만 오늘은 늦었으니 내일 가자."

슬슬 해가 저문다. 기본 24시간 영업을 하고 있는 모험가 길드지만 슬슬 일을 마치고 돌아오는 모험가들로 복잡해질 시간이었다. 되도록이면 피하고 싶은 시간이다.

사냐 씨도 일을 마치고 집에 돌아갔을지도 모르니까.

루이밍에게는 내일 안내해주기로 약속하고 오늘은 집에서 묵으라고 말했다.

"유나 씨, 고맙습니다."

루이밍은 감사 인사를 했다. 이런 위태로운 아이를 방치할 수는 없다.

🎀 221 곰 씨, 사냐 씨를 만나러 가다

엘프 여자아이 루이밍을 주운 다음 날, 나는 루이밍과 함께 모험가 길드로 향했다. 복잡한 이른 아침 시간을 피해서 가기로 했다. 루이밍은 얼른 가고 싶어 했지만 성가신 일을 조금이라도 줄이기 위해서는 어쩔 수 없었다.

"저기, 유나 씨."

루이밍은 내 그림자에 숨은 채 말을 걸어왔다.

"왜?"

무슨 말을 하고 싶어 하는지 알지만 일부러 물어봤다.

"모두들, 보고 있어요."

응, 보고 있지. 평소와 같은 광경이야.

손가락질을 해오는 아이들도 있었다.

"역시 유나 씨의 옷차림은 이상한 게 아니라…… 특수한 것도 아니고…… 개성적인 건가요?"

여러 가지의 단어를 고민한 듯 보이지만 입에서 새어 나오고 있으니 의미가 없다.

"어쩌면 엘프가 신기해서 루이밍을 보고 있는 걸지도 몰라."

"그럴 리 없어요. 지금까지 한 번도 이런 식으로 시선을 끈 적은 없는 걸요."

그렇게 강하게 부정하지 않아도 시선이 나를 향하는 것 정도는 알고 있어. 왕도를 걸을 땐 피할 수 없는 광경이었다.

크리모니아와 달리 왕도는 넓고 사람도 많다. 왕도에서 나에 관해 알고 있는 사람들은 극히 적겠지.

그러니 언제나 곰 옷차림을 하고 있는 나는 주목의 대상이 되었다.

"으, 왠지 창피해요."

몸을 움츠리는 루이밍.

시선을 받고 있는 건 나인데 내 뒤로 숨으면 안 되지.

그렇게 싫으면 조금 떨어져서 걸으면 될 텐데…….

내 뒤에 숨으니까 자신이 시선을 받고 있는 것처럼 느끼는 거야.

그리고 주변 시선을 신경 쓰니까 더 그런 거라고, 요 몇 개월간 내가 배운 것을 루이밍에게 말해주고 싶었다. 하지만 나도 시선이 신경 쓰여서 곰 후드를 깊게 눌러 쓰고 시선을 보지 않도록 했다.

"유나 씨, 모험가 길드는 아직 멀었나요?"

"곧 도착해."

큰 도로를 걷자 다른 건물과 비교되는 커다란 건물이 보였다.

"저기 있는 커다란 건물이야."

곰 인형 장갑으로 가리킨 곳에는 크리모니아의 모험가 길드보다 더 큰 건물이 보였다.

"저기에 언니가……."

160

루이밍은 갑자기 모험가 길드를 향해서 달리기 시작했다.

"잠깐, 루이밍!"

나도 뒤쫓듯 모험가 길드로 향했다.

모험가 길드에 들어선 루이밍은 길드 안을 이리저리 둘러보고 있었다.

갑자기 들어온 우리에게 시선이 모였다.

내 존재를 눈치챈 모험가들의 입에서 「곰」이라는 단어가 들려왔다. 그렇지만 다가오는 자는 없었다.

저번의 소문이 조금은 퍼진 건가?

트러블이 안 생기니까 이쪽으로서는 도움이 된다.

"언니는요?"

"잠깐 기다려."

입구 앞에 계속 있으면 출입의 방해가 되기 때문에 루이밍의 손을 곰 인형 장갑으로 잡고 안쪽으로 향했다.

나는 접수대 쪽을 봤다. 복잡한 시간대를 피한 덕분에 비어 있었다. 루이밍의 손을 당겨 접수대로 갔다.

"잠시 괜찮나요?"

"네, 무슨 일이죠?"

나를 보고도 제대로 대답하는 접수대 직원.

뭐, 길드 직원이라면 나에 관해서는 알고 있겠지.

"길드 마스터인 사냐 씨를 만나고 싶은데 만날 수 있을까요?"

"약속은 하셨나요?"

"안 했는데 유나가 만나고 싶어 한다고 전해주겠어요?"

사냐 씨에게는 빚이 있으니 만나줄 거다.

"여동생인 루이밍이 왔다고 전해주세요. 저는 사냐 언니의 동생이에요."

"길드 마스터의 동생이신가요?!"

접수대 직원은 옆에서 끼어든 루이밍의 말에 놀랐다. 근처에 있는 길드 직원도 놀라 루이밍을 바라봤다.

그렇게 놀랄 일인가?

"그러니까 부탁드려요. 꼭 언니를 만나고 싶어요."

루이밍은 고개를 숙였다.

"아, 알겠습니다. 전달할 테니 잠시만 기다려주세요."

접수대 직원은 자리에서 일어난 뒤 안쪽 방으로 향했다.

길드 마스터를 만나려면 미리 약속을 해야 하는 건가?

역시 왕도의 길드 마스터 정도면 바쁘니까 쉽게는 못 만나는 거겠지?

그런 생각을 하고 있는데 조금 전까지의 「곰」이라는 단어가 들리지 않게 되고, 대신 「길드 마스터의 동생」이라는 단어가 모험가들 사이에서 퍼져갔다.

그 모습에 루이밍은 놀란 듯 주위를 둘러봤다. 그러자 오히려 길드 마스터의 여동생인 루이밍의 얼굴을 보기 위해 모험가들의 시선이 집중됐다.

"뭐, 뭐죠?!"

루이밍은 내 등 뒤로 숨었다.

그러니까 내 뒤에 숨는 건 그만 둬.

"모두들 사냐 씨의 여동생이라는 걸 듣고 반응하는 모양이야."

"으, 창피해요."

이번 시선은 루이밍을 향하고 있으니 착실하게 받아들여야지.

루이밍이 창피해 하고 있는데 안쪽 문이 기세 좋게 열렸다.

"루이밍?!"

방에서 사냐 씨가 당황한 모습으로 나왔다.

"언니!"

사냐 씨는 달려오더니 루이밍을 끌어안았다.

"5년 만인가. 많이 컸네."

"언니, 10년이야."

"어머, 벌써 그렇게 됐니?"

서로 웃어보였다.

이 엘프 자매들 안 되겠네. 역시 시간 감각이 나와는 달라.

"그래서 웬일이야? 왕도까지."

사냐 씨는 그렇게 묻고 나서 주위의 시선을 눈치챘다.

모험가들과 길드 직원들의 시선이 모여 있었다.

"당신들은 어서 일하세요. 모험가들도 계속 여기에 있지 말고 얼른 의뢰를 받으세요."

사냐 씨는 주위에 주의를 주고 우리를 흥미롭게 바라보는 모험가들과 길드 직원들의 시선을 피했다. 그리고 한숨을 내쉰 뒤 우리들을 길드 마스터 방으로 데리고 갔다.

어쩌다 보니 나도 같이 와버렸는데 괜찮나?

"루이밍, 오랜만이야. 그런데 어째서 두 사람이 함께 있는 거야?"

사냐 씨가 번갈아가며 우리를 봤다.

"그게⋯⋯."

루이밍은 말하기 어려워했다.

뭐, 길가에 쓰러져 있는 것을 내가 주웠다고는 말 못하겠지.

"길을 헤매던 중에 저랑 만나서 여기로 데리고 왔어요."

루이밍의 명예를 위해 쓰러졌다는 것은 비밀로 해줬다.

"정말이야?"

사냐 씨는 의심의 눈초리를 루이밍에게 보냈다.

루이밍은 눈을 마주치지 못하고 대답했다.

"응."

아무래도 거짓말을 할 모양이다.

"유나, 미안해. 동생이 신세를 졌나보네."

"우연이었으니까 신경 쓰지 마세요."

우연히 집 앞에 쓰러져 있는 걸 발견한 것뿐이라고 마음속으로 덧붙여 둔다.

"그런데, 왜 왕도까지 온 거야? 나를 만나러 와준 거야?"

"엘프 숲의 결계가 약해지고 있어서 촌장님이 언니를 데리고 오래."

"숲의 결계가 약해졌다고?!"

루이밍의 말에 사냐 씨가 놀란 목소리를 냈다.

엘프 숲이라는 이야기를 듣기만 해도 신비의 숲이라는 이미지가 떠오르기 때문에, 엘프 숲의 결계가 약해졌다는 말을 듣고 중요한 일이라는 것을 짐작할 수 있었다.

"응, 결계에 틈이 생긴 모양이라 엘프 숲에 마물들이 들어오고 있어. 그래서 결계를 다시 만들어야 하니까 촌장님은 언니가 돌아오길 바란대."

"이야기는 알겠지만 결계가 약해졌다니 믿기지 않아. 앞으로 100년은 괜찮을 거라 예상했잖아."

"나한테 말해도 몰라. 정말로 약해져서 가끔 마물이 들어오고 있으니까."

루이밍의 말도 이해가 간다.

100년은 괜찮을 거라고 한들 마물이 들어와 버린 이상, 결계가 약해졌다고 생각할 수밖에 없다.

하지만 사냐 씨의 말에서 짐작해보면 결계가 약해진 다른 이유가 있는 걸까?

게임과 만화에서는 이런 경우 엘프 마을을 습격하는 악당이 있는 게 대부분이지만…….

결계를 무너뜨리고 엘프 마을의 보물을 훔치려고 한다든지, 자주 있는 이야기다.

"저기, 잠깐 괜찮을까요?"

"왜 그래, 유나?"

"그 결계라는 게 있으면 엘프 외에는 마을로 들어가지 못하나요?"

"들어갈 수 있어. 못 들어오는 건 마물뿐이야."

아무래도 들어가지 못하는 건 마물뿐이고 사람은 들어갈 수 있나보다. 엘프 숲이라던가 엘프 마을은 판타지에 자주 나오는 장소다. 부탁하면 데리고 가주려나?

모처럼 이세계에 왔으니까 엘프 마을에는 한 번 가보고 싶은데…….

"성가시네. 하지만 가지 않을 수는 없지."

"사냐 씨가 아니면 그 결계를 못 고치나요?"

내가 대신 갈까요, 라고 말하고 싶었지만 참았다.

"못 고치는 건 아니지만 결계에 사용되는 마법은 촌장 일가만의 비밀이거든."

"그러면 촌장님이라는 건…….'

"우리 할아버지야. 그러니까 결계를 만들려면 내가 필요한 거고."

"그러면 루이밍은?"

"아직 작으니까."

"으, 작지 않아."

"그러게, 많이 컸어. 그래서 내가 있는 곳을 알고 있으니까 나를 찾으러 왔구나."

집안의 비밀이라고 하니까 대신 내가 가는 건 아무래도 무리일 것 같다.

"하지만 엘프 마을이라······. 조금 멀단 말이지."

"그렇게 멀어요?"

"옆 나라에 있으니까."

옆 나라라고 해도 잘 모른다. 얼마나 멀지?

루이밍은 그렇게 먼 곳에서 혼자 찾아왔다.

우리집 앞에 쓰러져 있었던 것을 떠올리니 용케 왕도까지 도착했다는 생각이 들었다.

"루이밍, 지금은 어느 숙소에서 머물고 있어? 당분간은 우리 집에 묵으렴."

"당분간이라니?"

"아무리 그래도 곧바로는 출발하기 어려워. 인수인계도 해야 하고 급한 일을 끝내야 하니까. 일단 길드 마스터라서 일을 제대로 끝내놓지 않으면 여러 사람들에게 민폐를 끼치게 돼."

하긴, 사냐 씨는 왕도의 길드 마스터이다. 업무량도 많을 거고 인수인계도 해야겠지. 일을 하는 어른이라면 어쩔 수 없다. 매일 쉬고 있는 나와는 다르다.

"그래서, 어디서 묵고 있는데?"

"그게……."

루이밍은 흘깃 내 쪽을 바라봤다.

"솔직하게 대답해."

사냐 씨는 루이밍을 추궁했다.

"어제 왕도에 도착하고, 유나 씨의 집에서 머물었어요."

루이밍은 솔직하게 대답했다.

"하아, 그럴 줄 알았어. 유나, 정말 고마워. 이 아이, 덜렁거려서 조금 걱정이었거든. 뭐라도 보답하고 싶은데. 아까 말했지만 일의 인수인계를 해야 해서…… 보답은 엘프 마을에서 돌아온 뒤에 해도 될까?"

사냐 씨는 미안한 듯 말했다.

"그러면 저를 엘프 마을로 데려가 주지 않을래요?"

나는 기회를 놓치지 않고 부탁했다.

🎀 222 곰 씨, 엘프 마을에 가길 원하다

"어? 유나는 엘프 마을에 가고 싶은 거야?"

"네, 가보고 싶은데 사냐 씨 가족에게 폐가 될까요?"

판타지에서는 엘프 숲에 들어가면 엘프가 공격해오는 장면이
자주 등장한다. 나무 위에서 활을 든 엘프가「여기서 꺼져, 이 이
상 들어오면 공격한다」라고 말한다거나……. 만약 두 사람에게 방
해가 된다면 아쉬워도 포기해야지.

"그건 괜찮아. 모르는 사람이 오면 경계하지만 나랑 루이밍이
같이 있을 테니 걱정 없어. 하지만 엘프 마을은 멀기도 하고 숲
깊숙한 곳에 있어. 평범한 사람이 가기엔 힘들지."

나는 곰 장비가 있어서 아무리 걸어도 끄떡없다. 게다가 곰돌이
와 곰순이도 있다. 곰돌이와 곰순이에게 맡기면 자면서도 목적지
에 도착할 수 있으리라. 그러니 문제될 건 아무것도 없었다.

이제 와서 이런 말 하는 것도 그렇지만 전부 곰한테 떠맡기고
있네.

"게다가 의뢰가 아니라서 보수도 없고 랭크도 올릴 수 없을 거야."

돈도, 랭크도 필요 없다. 나는 판타지의 단골 장소인 엘프 마을
을 보고 싶을 뿐이다. 내가 돈도 랭크도 필요 없다고 말하자 사
냐 씨는 어안이 벙벙한 얼굴을 지었다.

"유나가 그렇게까지 말하면 괜찮지만, 거기 가도 정말 아무것도 없어."

그건 엘프의 생각이지 다른 사람이 봤을 땐 여러 가지로 신기할 것이다.

보물이라든가, 엘프 숲에서 채취할 수 있는 귀중한 약초라든가, 아무튼 엘프 숲은 미지의 영역이다. 게다가 엘프 마을이라고 하면 게임, 소설, 만화에서 나오는 중요한 장소이기도 하다. 모처럼 이세계에 왔으니까 한 번쯤은 가봐야지.

뭐, 실제로 아무것도 없다고 해도 이 세계에 사는 엘프들의 생활을 보는 것만으로 족하다.

관광 여행이랄까.

일단 사냐 씨의 허가가 내려져서 기뻐하고 있는데 다른 쪽에서 조금 부정적인 말이 나왔다.

"언니, 정말로 유나 씨를 데리고 갈 생각이야?"

루이밍이 믿기지 않는 듯 사냐 씨를 바라봤다.

어, 루이밍은 반대하는 건가.

가능하다면 루이밍에게도 허락을 얻고 싶다. 같이 떠나야 하는데 분위기가 험악해지는 것만은 피하고 싶다.

"너무 멀어. 유나 씨는 아직 어린 아이잖아."

어린 아이라니, 나 그렇게까지 어리지 않아. 게다가 신장이라면 루이밍도 비슷하면서. 어느 부분도 포함해서 말이지.

루이밍이 반대하는 이유는 내 몸의 안전을 신경 써서 그런 것 같았다.

"작다니, 루이밍이랑 비슷한걸."

"나랑 비슷하다고 해도 유나 씨는 사람이고 엘프가 아니잖아. 위험해."

루이밍이 내 걱정을 해주는 건 매우 기쁜 일이지만⋯⋯.

이런 것을 달갑지 않은 친절이라고 하는 걸까.

"유나가 위험에 처한다라⋯⋯."

사냐 씨는 석연치 않은 표정으로 내 쪽을 바라봤다.

그 시선은 뭐죠? 하고 싶은 말은 알고 있지만⋯⋯.

일단 스스로 루이밍을 설득할 수밖에 없나.

"루이밍, 나는 모험가라서 내 몸 정도는 지킬 수 있어. 그러니까 걱정하지 마."

"유나 씨가 모험가라고요?"

루이밍은 내 말이 믿기지 않는지 의심의 눈초리로 나를 바라봤다.

그래, 항상 있는 일이지만 곰 인형 옷을 입고 있는 여자아이가 모험가라고 말해도 믿을 수 없겠지.

내가 어떻게 설명하면 좋을지 고민하고 있는데 사냐 씨가 도움의 손길을 내밀어줬다.

"이런 모습을 하고 있지만 유나는 우수한 모험가야. 여행의 걸림돌이 되진 않을 테니까 걱정하지 마."

이런 모습이라는 말에 반론할 수 없어서 조금 분했다.

도움의 손길을 내밀어 줄 거면 조금 더 좋게 말해줘요.

"유나 씨, 긴 여행이 될 거예요. 며칠 만에 돌아오진 못할 거고요. 마물이 습격해 와서 위험할 거예요. 비가 갑자기 내려서 다 젖을 수도 있어요. 위험한 건 마물만이 아니라 사람도 위험하답니다. 우리가 아무것도 모른다고 생각하고 접근해서는 사기를 치기도 해요."

마치 경험을 했던 것처럼 말했다.

루이밍이 왕도에 오기까지 고생을 했다는 게 눈에 선했다. 「열심히 했구나」라고 말하며 머리를 쓰다듬어 주고 싶어졌다.

하지만 나의 경우는 비가 내리면 곰 하우스에서 비를 피하면 되고, 마물이라면 쓰러뜨리면 되는 거고, 사람이 위험하다는 것은 알고 있으니 되갚아 주면 끝이다. 하지만 마지막의 「사기를 치기도 해요」라는 말에 힘이 들어가 있던 건 기분 탓일까.

"그렇게 걱정이라면 루이밍이 유나를 지켜주는 건 어때? 조금은 성장했을 테니까 말이야."

사냐 씨가 못된 미소를 짓고 제안했다.

루이밍은 내 쪽을 가만히 바라 봤다.

그리고 조금 고민하더니 대답을 내놨다.

"알겠어. 유나 씨는 내가 지킬게. 하지만 돌아갈 때는 언니가 확실히 지켜줘야 돼."

172

어쩐지 이야기가 이상한 방향으로 흘러가고 있지만 루이밍도 승낙해준 것 같군.

하지만 나는 곰 하우스 앞에 쓰러져 있던 루이밍 쪽이 걱정인데……. 뭔가 덜렁이 같은, 혼자서 걷게 하면 위험할 것 같은 분위기를 품고 있다.

그래도 루이밍은 내 쪽이 걱정이겠지.

"그럼, 계획을 정해보자."

사냐 씨는 업무량을 살펴보면서 출발할 날짜 등을 정했다.

"언니, 이동은 어떻게 할 거야? 역시 마차로?"

마차는 귀찮은데. 무엇보다도 느린 게 단점이다. 타야한다면 말 쪽이 나으리라.

하지만 루이밍이 마차를 제안한 건 나를 위해서일지도 모른다.

"루이밍, 너는 여기까지 어떻게 왔어?"

"승합 마차를 타거나 걸어서 왔어요."

승합 마차는 마을과 마을을 이동할 때 쓰이는 이동수단이다. 원래의 세계와 비교하자면 버스나 전철 같은 것으로, 돈을 내고 정해진 목적지로 가는 교통수단이 되겠다. 비싼 승합 마차에는 호위가 붙어 있기도 한다.

마차의 호위 의뢰는 가끔 본 적이 있지만 보통은 모험가들과 장기 계약을 맺는 경우가 많아서 모험가 길드 게시판에 걸리는 일은 적었다.

"으음, 그렇네. 유나, 부탁할 수 있을까?"

사냐 씨가 조금 고민하며 내게 부탁했다.

말을 생략하고 있지만 곰돌이와 곰순이를 말하는 것이리라. 나는 상관없어서 승낙했다.

마차 같은 걸 타면 시간이 많이 걸린다. 그러니까 나로써도 곰돌이와 곰순이로 이동하는 쪽이 좋았다.

일정과 이동 수단을 정하고 출발 당일의 아침에 모험가 길드에서 만나기로 약속하고 헤어졌다.

모험가 길드를 나온 나는 곰 이동문을 사용해서 크리모니아로 잠깐 돌아가 피나와 티루미나 씨에게 멀리 다녀오겠다고 전했다.

"유나 언니, 조심히 다녀오세요."

"무슨 일 있으면 곰 폰으로 연락해."

내 입장에선 피나 쪽이 걱정이다. 그래서 피나에게는 곰 폰으로 연락하도록 확실하게 말해뒀다.

곰 이동문이 있으면 금방 돌아올 수 있다.

"유나는 강하고 곰돌이랑 곰순이가 있어서 괜찮겠지만 되도록 빨리 돌아와야 돼. 고아원 아이들도 오랫동안 못 만나면 걱정할 거고, 피나와 슈리도 외로워할 테니까."

"되도록 빨리 올게요."

티루미나 씨와 약속했다.

뭔가 이렇게 걱정해주는 사람이 있다는 건 기뻤다. 원래의 세계에선 그다지 경험하지 못해서일까.

여차하면 엘프 마을에 곰 이동문을 설치해서 돌아오는 시간을 단축시킬 수도 있었다. 한가지 문제가 있다면 사냐 씨와 루이밍에게 곰 이동문에 관해 말해야 하는 정도이다.

그리고 출발 당일, 모험가 길드로 향했다.

아직 해가 막 뜨기 시작한 시간이었다.

으, 졸려.

이렇게 빨리 출발하지 않아도 될 것 같지만 사냐 씨가 문의 출입이 복잡해지기 전에 나서고 싶다고 했다.

분명 왕도의 출입은 복잡했다. 나는 하품을 하면서 모험가 길드로 향했다. 이른 아침이라 사람이 적어서 다행인 걸지도 모른다고 생각을 고쳤다. 나한테 손가락질을 하는 아이도 없고 속닥속닥 거리는 말소리도 들리지 않았다.

가끔 나를 보고 놀라는 사람이 있었지만 사람이 많은 시간과 비교하면 없는 거나 마찬가지였다.

모험가 길드 앞에 도착하니 사냐 씨와 루이밍이 이미 기다리고 있었다.

"조, 좋은 아침~이에요."

하품을 하면서 인사해버렸다.

"유나, 졸리구나?"

"이렇게 아침 일찍 일어나는 일은 없거든요."

평소라면 앞으로 한, 두 시간은 더 잤을 거다.

딱히 아침 일찍 일어나 일을 하는 게 아니기도 하고, 이동을 한다고 해도 곰돌이와 곰순이의 속도라면 눈 깜짝할 사이에 가고, 왕도에 온다고 해도 곰 이동문이 있으니 아침 일찍 일어날 이유가 없었다.

피나가 해체 작업을 하러 집에 올 때도 해가 뜬 뒤에 찾아왔었다.

"두 사람은 괜찮아 보이네요."

"우리는 엘프니까 해가 뜨는 것과 동시에 일어나는 습관이 있어."

사냐 씨는 그렇게 말했지만 루이밍이 곧바로 부정했다.

"언니! 무슨 말을 하는 거야. 내가 깨우지 않았으면 계속 자고 있었을 거면서. 그렇게 깨워도 일어나지도 않고……. 게다가 조금 전까지 언니도 하품하고 있었잖아.

루이밍이 폭로했다.

그렇군. 그러면 하품이 나와도 이상할 건 없겠지.

나는 참지 않고 한 번 더 하품을 했다.

출발하면 곰돌이와 곰순이 위에서 자야지.

"오늘은 다르잖아. 어제 밤늦게까지 일을 했으니까 일어나지 못했던 것뿐이야. 절대로 매일 못 일어나는 건 아니야."

사냐 씨의 하품은 나와 다른 이유가 있었던 모양이다.

"그래서 유나 씨, 말이나 마차는 어디에 있는 거예요?"

루이밍이 이상한 말을 했다.

어째서 내가 말을 준비해야 하는 거지?

나와 샤냐 씨가 이상한 듯 루이밍을 보자 당황하여 설명하기 시작했다.

"그렇지만, 저번에 언니가 유나 씨에게 이동 수단을 부탁했으니까, 유나 씨가 마차나 말을 준비해줄 거라고 생각했는걸요. 설마 아니었나요? 아니면 승합 마차를 예약한 거예요?"

샤냐 씨 쪽을 바라보니 작게 웃고 있었다.

아무래도 곰돌이와 곰순이에 대해 말하지 않은 모양이다.

동생을 놀리는 걸 즐기고 있는 것 같다.

"루이밍, 괜찮아. 유나는 제대로 엘프 마을로 향하는 수단을 준비해뒀으니까."

"그런 거예요?"

내 쪽을 보길래 고개를 끄덕였다.

거짓말은 아니다.

"그러면, 얼른 출발 해볼까."

샤냐 씨는 문을 향해 걷기 시작했다.

고개를 갸웃거리는 루이밍이 그 뒤를 따랐다.

🎀 223 곰 씨, 엘프 마을을 향해 출발하다

상인과 승합 마차가 출발하는 와중에 우리들도 문 밖으로 나왔다.

"저기, 설마 걸어서 가는 거 아니죠?"

불안해 보이는 루이밍이 물었다.

뭐, 아무런 설명도 듣지 못한 채 문밖까지 나오면 불안해지긴 하겠지.

우리는 통행이 적은 곳으로 이동했다.

"이 부근이 좋으려나?"

나는 양 팔을 뻗어 곰돌이와 곰순이를 소환했다.

"뭐, 뭐, 뭐예요!"

루이밍이 소리쳤다.

"곰돌이와 곰순이야. 루이밍에게는 소개했었지."

"곰돌이랑 곰순이? 하지만 더 작았는데."

루이밍은 손으로 새끼 곰인 곰돌이와 곰순이의 크기를 만들었다.

"루이밍이 본 건 꼬맹이화 된 상태였거든."

나는 곰돌이와 곰순이를 꼬맹이화 시켰다.

그러자 이번엔 다른 방향에서 놀란 목소리가 들렸다.

"유나! 이 작은 곰은 뭐야?!"

이번엔 사냐 씨가 눈을 동그랗게 뜨고 놀랐다.

그러고 보니 사냐 씨는 꼬맹이화에 대해 모르고 있었지.

"곰돌이와 곰순이는 평소엔 크니까 이 작은 아기 곰의 사이즈로 변할 수 있어요."

"그럴 수가……."

사냐 씨와 루이밍은 꼬맹이화 된 곰돌이와 곰순이를 각각 안아들었다. 자매가 똑같은 행동을 했다.

나는 곰돌이와 곰순이를 놓아주도록 부탁하고 원래의 크기로 되돌렸다.

"신기하네."

"신기해."

"그러면, 두 사람은 곰돌이에 타요."

"설마, 곰돌이와 곰순이를 타고 간다는 거예요?"

"말보다도 빠르고, 승차감도 좋아."

사냐 씨와 루이밍은 곰돌이에게 다가갔다.

"곰에 타다니 첫 경험이야."

"보통 곰에 타는 일은 없으니까."

곰돌이가 등을 보이자 루이밍이 먼저 타고 그 뒤에 사냐 씨가 탔다.

"저기, 곰돌아 잘 부탁해."

나도 곰순이의 등에 타고 상냥하게 쓰다듬어줬다.

"오늘도 부탁할게."

곰순이는 작게 울며 대답해줬다.

"떨어지지 않겠지만 곰돌이 위에서 난동부리지 말아요. 그럼 가보죠."

우리는 엘프 마을로 출발했다.

"빠르네요."

"빠르네."

"이렇게 빨리 달려도 곰돌이는 괜찮은 거예요?"

루이밍은 걱정했다.

빠르다고 해도 말이 뛰는 것보다 살짝 빠른 정도였다.

속도를 더 올리는 것도 가능하지만 긴 여정이니까 곰돌이와 곰순이에게 부담을 주고 싶지 않아서 천천히 가도록 했다.

게다가 곰돌이와 곰순이의 힘을 어디까지 보여줘야 하는지 잘 모르겠고……

그래서 말보다 조금 빠르고 지구력이 좋은 편이라고 했다.

지구력이 좋다고 해두면 말보다도 장시간 달릴 수 있는 이유가 된다.

"중간에 휴식할 거니까 괜찮아. 사냐 씨, 우선은 랄즈 마을로 가면 될까요?"

저번에 의논할 당시에 가야하는 장소의 이름은 들었다. 하지만 방향과 거리는 파악하고 있지 않았다.

길 안내를 해주는 사냐 씨와 루이밍이 있으니까 괜찮을 거라고

181

생각했기 때문이다. 엘프 마을로 가려면 어떤 길을 지나가야 하는지는 두 사람에게 맡겼다.

나는 이동 수단을 제공하고 따라갈 뿐이다.

"맞아, 그 마을이 옆 나라와 인접해있는 마을이거든. 거기에서 옆 나라인 솔조나크로 들어갈 거야."

사냐 씨의 말에 따르면 랄즈 마을까지 가는 도중에도 다른 마을이나 동네가 있다고 했지만, 그곳에 들릴지 어쩔지는 상황에 따라 정하겠다고 했다.

지도를 만들고 싶긴 해도 마을에 들리고 싶은 건 아니었다.

곰 옷차림이 아니라면 마을 안을 구경하는 것도 좋겠지만 나로서는 어렵다.

혼자서 여행하는 거라면 몰라도 지금은 사냐 씨와 루이밍이 같이 있으니 두 사람에게 폐를 끼치고 싶지 않았다.

그리고 오늘은 아침 일찍 일어나서 졸리다.

하늘을 보니 화창했고 햇볕이 기분 좋아서 자기 딱 좋았다. 이대로 곰순이에게 몸을 맡기고 자고 싶었다.

하지만 옆을 나란히 달리고 있는 두 사람이 말을 걸어와서 좀처럼 잠들 수가 없었다.

"그건 그렇고 소환수인 곰이 작아질 수 있다는 건 듣지 못했어."

"저는 커질 수 있다는 걸 듣지 못했어요."

두 사람은 다른 이유로 나를 추궁했다. 그런 말을 해도 곤란하

다. 소문내고 다닐 일도 아니고 이번에는 말할 타이밍이 없었을
뿐이다.

"하지만 귀여워요."

루이밍은 곰돌이의 머리를 쓰다듬었다.

그 모습에서 공포심은 보이지 않았다.

"그러고 보니 루이밍은 처음 곰돌이를 봤을 때도 무서워하지
않았지."

놀라긴 했지만 무서워하는 것보단 좋았다. 곰돌이와 곰순이를
무서워하면 둘 다 슬퍼할 테니까.

"엘프 숲에도 귀여운 곰 가족이 있어요. 그 덕분에 무섭지 않은
걸지도 몰라요."

"공격하거나 하지 않아?"

"사람을 잘 따르는 곰이라 괜찮아요. 게다가 공격한다고 해도
곰에게 지지는 않아요."

이야기를 듣고 안심했다.

다른 곰이라곤 해도 무섭다고 하지 않아줘서 다행이다.

뭐, 곰은 실제로는 무서운 동물이지만…….

곰돌이와 곰순이와 함께 있으면 그런 감각이 무뎌진다.

이동은 순조로웠고 진로에 사람이 보이는 경우에는 놀라지 않
도록 조금 떨어져서 이동하도록 했다.

말 같은 걸 놀라게 해서 소동이 일어나면 큰일이 될 테니까.

도중에 몇 번인가 휴식을 취하고 그때마다 곰돌이와 곰순이를 바꿔 탔다. 한 쪽만 계속 타면 다른 한 쪽이 토라져 버리기 때문이었다.

"토라진다고요? 그렇게 생각하니 귀엽네요."

"웃을 일이 아니야. 토라지면 이쪽을 봐주지도 않아서 기분을 풀어주려면 힘들어."

뭐, 밤새 같이 있으면 대부분은 기분을 풀어준다. 그렇다고 해서 기분이 나빠지는 행동을 일부러 할 필요는 없다.

몇 번째인가의 휴식을 취할 때 사냐 씨가 오늘의 예정을 말했다.

슬슬 해가 저물 시간이다.

"이대로 곰돌이와 곰순이가 달리면 오늘 중에는 다음 마을에 도착할 거야."

"오늘은 그 마을에서 묵는 거야?"

루이밍이 물었나.

마을이라. 딱히 상관은 없지만 복잡한 마음이다.

"하지만 아직 거리가 좀 있어. 그러니 무리는 하지 말고 오늘은 이 부근에서 야영할까 생각하는데 어떻게 할까?"

아마 곰돌이와 곰순이라면 괜찮을 거다. 더 달릴 수 있기도 하고 틀림없이 마을에 도착할 수 있다. 하지만 사냐 씨는 곰돌이와 곰순이를 신경써주고 있었다. 소환수라고 해서 무리를 시키진 않는다. 그런 사냐 씨의 마음이 기뻤다.

"나도 야영이 나을 것 같아. 곰돌이랑 곰순이에게 무리를 시키고 싶진 않아. 게다가 하루만에 엄청 많이 왔어. 곰돌이, 곰순이는 대단해."

"정말이야. 나도 설마 여기까지 올 줄은 몰랐어. 이 아이들은 지치지 않는 걸까?"

사냐 씨는 상냥한 눈으로 곰돌이와 곰순이를 보면서 물었다.

나도 자세한 건 모른다. 하지만 곰돌이와 곰순이의 한계를 알고 싶지는 않다.

한계를 안다는 것은 곰돌이와 곰순이에게 무리를 시킨다는 뜻이다. 그런 걸 하고 싶지는 않았다.

그러니 지쳐보이지 않아도 휴식을 취하고, 최고 속도로 장시간 달리는 일도 하지 않는다.

"유나는 야영해도 괜찮니?"

"야영할 거라면 저곳은 어때요?"

내가 가리킨 곳에는 곰 하우스를 꺼내도 안 보이도록 가려줄 나무가 몇 그루 있었다.

엘프 마을까지 얼마나 걸릴지는 모르지만 앞으로도 야영을 하게 될 것이다.

그렇다면 빨리 곰 하우스에 관해 말해두는 편이 좋다.

"그래, 좋아. 그러면 오늘은 저 나무 아래에서 야영하자."

의심하지 않고 내 제안을 받아들여줬다.

나는 나무 가까이로 이동한 뒤 두 사람에게 말했다.

"사냐 씨, 루이밍, 잠깐 괜찮나요."

"뭔데?"

"지금부터 일어나는 일을 다른 사람에게는 말하지 않아줬으면 해요."

"무슨 일이 일어나는데?"

"잘 모르겠지만 말하지 말라고 하면 아무에게도 이야기하지 않을게요."

루이밍은 바로 승낙해줬다.

나는 사냐 씨 쪽을 바라봤다.

"알았어. 나도 아무에게도 말 안 할게."

두 사람에게 약속을 받고 나는 곰 박스에서 여행용 곰 하우스를 꺼냈다.

"……곰?!"

"……집?!"

두 사람이 동시에 꺼낸 말은 다른 것이었지만 둘 다 놀라고 있었다.

"유나, 이건 뭐야?"

사냐 씨는 곰 하우스를 가리키며 물었다.

"집인데요."

그렇게 대답할 수밖에 없다.

"언니, 왕도에서는 집을 가지고 다닐 수 있는 거야?"

"보통은 불가능하지. 그렇지만 유나의 아이템 봉투는 최상급 아이템 봉투라서 가능한 건가?"

그리고 보니 마물을 일만 마리 쓰러뜨렸을 때 귀찮다고 그렇게 설명했던 일을 떠올렸다.

"최상급 아이템 봉투인가요."

루이밍이 곰돌이, 곰순이, 곰 하우스, 곰 인형 장갑, 마지막으로 나를 바라봤다.

"유나 씨는 대체 뭐하는 사람이에요?"

그리고 대답하기 어려운 질문을 했다.

"평범한 모험가야."

그렇게 얼버무린 후 두 사람에게 곰 하우스로 들어가도록 재촉했다.

두 사람은 납득하지 못한 듯했지만 그 이상은 물어보지 않았다.

🎀 224 곰 씨, 엘프 자매와 목욕을 하다

곰돌이와 곰순이를 꼬맹이화 시킨 뒤 사냐 씨와 루이밍을 데리고 곰 하우스 안으로 들어갔다.

"그러면 저녁밥을 준비할 테니까 두 사람은 적당히 앉아 있어요."

"도와줄게."

"그러면 저도……."

사냐 씨의 말에 루이밍도 돕겠다고 말했다.

"괜찮아요. 두 사람은 쉬고 있어요."

두 사람을 쉬게 한 나는 식사 준비에 앞서 욕실로 향해 욕조와 타월의 준비를 해뒀다. 몸을 따뜻하게 한 다음 자고 싶으니까.

목욕 준비를 마치고 부엌으로 돌아와 식사 준비를 시작했다.

저녁 식사는 여느 때처럼 모린 씨가 만든 빵과 안즈가 만든 수프였다. 나머진 적당한 채소를 꺼내 영양 밸런스가 좋도록 신경 썼다.

요리를 테이블로 옮겼다.

"어머나, 맛있겠다."

"정말이에요."

"유나, 고마워."

"고맙습니다."

"그러면 먹어요."

우리는 식사를 시작했다.

"맛있어."

"수프도 따뜻해서 맛있어요."

"더 있으니까 필요하면 말해."

"설마 야영을 하는데 집에서 식사가 가능할 줄은 생각도 못했어."

사냐 씨는 새삼 집을 둘러봤다.

"비가 내려도 젖지 않고 쉴 수 있네요."

루이밍이 진지하게 말해서 여행 도중에 비에 젖은 루이밍의 모습이 상상됐다.

"그리고 불침번을 서지 않아도 되니 좋네요."

루이밍은 조금 기쁜 듯 말했다.

하지만 루이밍의 기분도 알 것 같다. 나도 밤중에 불침번을 서고 싶지는 않았다.

상상하는 것만으로도 졸음이 몰려온다.

"집이 있다고 해도 불침번은 필요하지. 어쩌면 도적들이 들이닥칠 가능성도 있으니까."

사냐 씨의 말에 루이밍의 얼굴에 그림자가 드리웠다.

"불침번이라면 괜찮아요. 이 아이들이 있으니까."

두 사람은 내 발 부근에서 둥글게 몸을 말고 있는 곰돌이와 곰순이를 바라봤다.

"곰돌이와 곰순이?"

"이 아이들이 위험을 감지하면 바로 알려줘서 불침번은 필요 없어요."

자신들에 관해 이야기하는 걸 알았는지 곰돌이와 곰순이는 얼굴을 들어 올리고 작게 울었다.

"곰돌이와 곰순이는 대단하네요."

"정말 대단해."

두 사람은 감탄한 듯 곰돌이와 곰순이를 봤다.

"그러니 안심하고 자도 돼요."

"설마 마을이나 촌락에 들릴 필요가 없는 거 아냐?"

내 말에 사냐 씨는 그런 말을 꺼냈다.

뭐, 자는데 곤란하지도 않고 식재료도 곰 박스에 들어 있고 욕조도 있다. 여행에 필요한 건 갖춰져 있었다. 그렇게 생각하니 멀리 돌아서 마을이나 촌락에 들릴 필요는 없을지도 모른다.

나로서도 묵는 것만을 위해 마을에 들리는 것은 거부하고 싶었다.

식사를 마치고 우리는 휴식을 취했다.

루이밍은 곰돌이, 곰순이와 놀았고 그런 루이밍을 사냐 씨와 내가 바라보고 있었다.

"그러면 유나, 우리는 어디서 자면 될까. 물론 여기여도 충분하지만."

"방은 있으니까 걱정 마세요. 그러면 그 전에 목욕하시겠어요?"

"목욕?"

"설마, 엘프는 목욕을 안 하나요?"

머릿속에서 몸에 물만 끼얹는 요정이 떠올랐다. 그래서 엘프는 목욕을 하지 않을 수도 있다고 생각했다.

"아니, 하는데. 그래도 목욕이라니?"

아무래도 엘프도 목욕을 하는 모양이다.

"그러면 목욕 준비를 해뒀으니까, 하고 나서 주무실래요?"

해가 뜰 때부터 하루 종일 곰돌이와 곰순이를 타고 이동했다. 땀 정도는 났겠지. 이불에 들어가기 전에는 땀을 씻어주길 바랐다.

"그런 걸 묻는 게 아니라 이 집에는 욕조가 있는 거야?"

"있어요."

나는 두 사람을 욕실로 안내했다.

"타월은 그걸 사용하세요. 갈아입을 옷은 있으시죠? 잘 때만이라도 괜찮으니까 옷은 갈아입어주세요."

되도록 깔끔한 차림으로 침대에 눕기를 바랐다.

내가 설명하자 사냐 씨와 루이밍이 희한한 눈으로 내 쪽을 바라봤다.

"유나, 한 마디 해도 될까?"

"뭐죠?"

"너무 비상식적이야."

이상하다, 상식을 말했더니 비상식 취급을 받았다.

하지만 클리프와도 똑같은 대화를 했던 기억이 떠올랐다.

"언니, 이건 왕도의 상식이 아니지?"

"이건 비상식이라는 거야."

심한 말을 들었다.

"뭐, 피로를 풀기 위해서 천천히 목욕해주세요. 두 사람이 같이 들어갈 수 있을 거예요."

과거에 피나, 노아와 세 명이서 들어간 적도 있다.

그러니까 크기는 충분했다.

"두 사람이라니, 세 사람도 괜찮을 것 같은데? 모처럼이니 이야기도 하고 싶으니까 유나도 같이 들어가자."

욕조를 흘긋 쳐다본 사냐 씨가 그런 말을 꺼냈다.

"저는 나중에 해도……."

"안 돼. 그러면 우리가 나중에 할래. 우리들은 손님이 아니니까."

"맞아요. 제가 유나 씨의 등을 닦아드릴게요."

"딱히 닦아주지 않아도 괜찮아."

루이밍까지 그런 말을 꺼냈다.

나는 혼자서 들어가겠다고 설득했으나 보기 좋게 실패했고, 결국 세 명이 함께 들어가게 되었다.

사냐 씨는 역시 엘프라고 해야 하나 예쁜 몸을 가지고 있었다. 가슴은 크지 않았지만 늘씬해서 굴곡이 대단했다. 옅은 녹색의 긴 머리가 등에 닿았다. 어른 여성이라는 느낌이다.

루이밍의 몸은 어린 티가 남아 있었지만 매우 가늘었다. 가슴 크기는…… 친구가 될 수 있을 것 같다. 그건 그렇고 자매의 체형을 봤을 때 엘프는 살이 찌지 않는 체질일까?

만화와 게임에서도 뚱뚱한 엘프는 본 적이 없다.

나도 인형 옷을 벗고 알몸이 됐다. 그런 나를 루이밍이 바라봤다.

"유나 씨, 예쁜 머리카락을 가지고 계시네요."

"루이밍의 머리도 예뻐."

자매여서 그런지 사냐 씨와 닮아 예쁜 머리카락이었다.

루이밍과 나는 준비가 끝나서 사냐 씨 쪽을 바라봤는데 그녀는 손목에 차고 있던 팔찌를 빼고 있었다.

팔찌에는 예쁜 녹색 보석이 붙어 있었다. 역시 성인 여성이 찰 법한 예쁜 색을 띠고 있는 세련된 팔찌였다.

"그러면 먼저 들어갈게요."

알몸이 된 루이밍이 욕실로 들어갔다.

그 순간 사냐 씨가 루이밍의 팔을 붙잡았다.

"루이밍, 기다려."

"왜 그래, 언니?"

"너, 팔찌는 어떻게 했어?"

사냐 씨가 루이밍에게 팔찌에 관해 물은 순간 루이밍의 안색이 변했다.

"이제껏 눈치를 못 챘는데. 너 팔찌를 안 차고 있었구나."

"그게……."

루이밍은 머뭇거렸다.

팔찌라면 사냐 씨가 차고 다니는 예쁜 팔찌를 말하는 거겠지?

"팔찌는 어디에 있어?!"

"언니, 아파."

왠지 갑자기 험악한 분위기가 돼버렸는데.

"잘 모르겠지만 욕조에 들어가고 나서 이야기해도 될까요?"

알몸인 채로 계속 탈의실에 있고 싶지 않았다.

내 마음을 이해해준 건지 사냐 씨는 루이밍의 팔을 놓았다.

몸을 씻는 동안 사냐 씨는 노려보듯 루이밍을 봤고 루이밍은
웅크린 채 몸을 씻었다.

으음, 역시 조금 전 사냐 씨가 차고 있던 팔찌와 관계가 있는 건가?

예쁜 팔찌기도 하고…….

루이밍의 반응을 보면 잃어버린 걸지도 모른다.

"루이밍, 언제까지 씻을 거야. 얼른 이쪽으로 와서 설명해."

욕조에 들어오지 않는 루이밍에게 사냐 씨가 말을 걸었다.

루이밍은 떨면서 욕조로 들어왔다.

"그러면 설명을 해주겠니? 네가 팔찌를 차고 있지 않는 이유를
말이야."

"……팔아버렸어."

"……루이밍! 그 팔찌가 우리 엘프에게 있어서 얼마나 소중한

것인지 알고 있는 거야?!"

"미안해."

루이밍은 몸을 웅크리고 사과했다.

"자세하게 설명해봐."

루이밍의 설명에 따르면 왕도로 가는데 여행 자금이 떨어져버렸다고 한다. 그래서 돈을 벌 방법을 찾고 있는데 돈을 벌 방법이 있다면서 모험가가 말을 걸어왔다고 했다.

"그 방법이라는 게 뭔데?"

"짐 옮기는 거랑 짐 정리를 하는 일이었어."

듣자하니 그 짐 중에는 귀중한 그림이 있었고, 짐 정리를 하고 있을 때 망가뜨려버렸다고 했다.

여기까지 이야기를 듣고 나서 나도 팔찌가 없는 이유를 이해했다.

"변상을 할 돈이 없어서……."

"그래서 줘버렸구나."

이야기를 듣던 사냐 씨는 한숨을 내쉬었다.

루이밍은 작게 고개를 끄덕였다. 무릎을 끌어안은 채 욕조 안에 앉아 있었다.

"하아, 대충 사정은 알았어. 하지만 돌려받아야 돼."

"하지만 돈이 없는데……."

"그 정도의 돈은 있어. 언니에게 맡겨둬."

"언니, 미안해."

뭔가 좋은 느낌으로 정리됐다.

험악한 분위기로 여행을 계속하지 않아도 되는 모양이다.

일단 한시름 놓았나.

"그 팔찌라는 게 그렇게나 중요한 거예요?"

"우리 마을에서는 소중한 거야. 팔찌는 부모님에게서 받는 물건이거든."

이야기를 들어보니 아이가 태어나면 부모는 정령석이라 불리는 돌을 몸에 지니고 있다가, 아이가 열 살이 될 때 그 정령석으로 만든 장식품을 아이에게 준다고 했다.

참고로 팔찌가 아니어도 된다고 한다. 목걸이나 머리끈 등 여러 가지 물건이 있다고 설명해줬다.

"부모님이 아이의 안전을 빌면서 건네주는 소중한 건데……, 이 아이는 정말이지."

"미안해."

"이제 됐어. 나쁜 마음으로 판 게 아니라는 걸 알았으니까. 네가 딜렁이라는 걸 잊고 있었어."

루이밍은 물에 얼굴을 반 정도 담근 채 입으로 숨을 내쉬고 있었다.

"그래도 숨기지 말고 빨리 이야기해주길 바랐어."

사냐 씨는 루이밍의 머리에 부드럽게 손을 올렸다.

"엘프에게 소중한 것이라는 건 알겠는데. 그 팔찌는 돈이 될 정도의 가치가 있는 거예요?"

엘프에게 가치가 있다고 해서 평범한 사람들에게도 가치가 있는 것은 아니다.

고급 그림이 얼마인지 모르겠지만 돈 대신 줬다고 해도 가치가 없으면 팔 수 없다.

"팔찌를 찬 사람은 바람의 가호를 얻을 수 있어."

"바람의 가호요?"

"쉽게 말하자면 바람 마법을 강화할 수 있지. 그러니까 그 사실을 아는 사람은 돈을 줘서라도 가지고 싶어 해."

뭐야, 그 파워 업 아이템.

나도 갖고 싶어지는데…….

하지만 지금 입고 있는 곰 장비를 파워 업 해봐야 의미가 없으려나?

곰 장비도 세니까 충분하다. 게임이었다면 얻으려고 노력했을 것이다.

엘프 자매는 무사히 화해를 하고 목욕을 마쳤다.

나는 흰 곰과 검은 곰 중 어느 쪽으로 갈아입을지 고민했지만 결국 검은 곰으로 입었다.

두 사람에게 흰 곰 옷을 보여주면 성가실 것 같았기 때문이다.

머리를 드라이기로 말리고 나서 두 사람을 방으로 안내했다. 클

리프 일행이 사용했던 방이다. 확실하게 방 청소와 시트 세탁도
해뒀다.

　남자 냄새는 남아있지 않겠지?

　"침대가 있네."

　"이 방을 사용해도 되는 거야?"

　"자유롭게 써도 돼요."

　두 사람은 방 안으로 들어왔다.

　"곰돌이와 곰순이로 이동하고, 밤에 경계도 서주고, 게다가 따
뜻한 식사에 목욕, 마지막에는 푹신한 이불이라니. 데리고 가는
쪽이 어느 쪽인지 헷갈리기 시작했어."

　그렇게 말해도 나 혼자서는 엘프 마을까지 갈 수 없다. 길 안내
는 필요하다.

　"마물이 나오면 제가 유나 씨를 지킬게요."

　불끈 쥔 주먹을 들어 올리는 루이밍을 보고 사냐 씨는 미소를
지었다.

🎀 225 곰 씨, 비를 피하다

여행 중엔 늦잠을 잘 수 없어서 곰돌이 & 곰순이 알람시계를 설치했다.

아침이 되고 평소처럼 발바닥 펀치로 깨워준 곰돌이와 곰순이에게 고맙다 말한 뒤 일층으로 향했다.

"유나, 좋은 아침."

"유나 씨, 좋은 아침이에요."

아래로 내려가자 사냐 씨와 루이밍이 이미 일어나 있었다.

"일찍 일어나셨네요."

"루이밍이 깨웠거든. 그리고 유나만큼 맛있는 아침 식사는 못 만들지만 준비해 뒀으니까 먹어주겠어?"

테이블 위에 세 명 분의 빵과 음료가 준비되어 있었다.

나는 감사히 먹기로 하고 의자에 앉았다.

"잘 잤어요?"

"응, 저렇게 기분 좋은 이불에서 잠을 못 잘 이유가 없지."

"네, 이불이 폭신폭신 했어요."

"햇볕에 말려두길 잘했네요."

나는 사냐 씨가 준비해준 빵을 먹으면서 이야기를 들었다.

역시 빵은 모린 씨가 만든 빵이 맛있다. 사냐 씨가 준비해준 빵

도 맛이 없는 건 아니지만 모린 씨의 빵을 이길 수는 없었다.

아침 식사를 마친 우리는 엘프 마을을 향해 출발했다.

향하는 곳은 국경 마을인 랄즈다. 우리들이 목표로 했던 마을 이기도 하고, 루이밍이 일을 하다 그림을 망가뜨려서 변상하는 대신 팔찌를 팔았던 마을이기도 했다.

"으음, 팔아버렸던 상인에게 물어보기 전에 모험가에게 물어보는 편이 좋을지도 몰라. 모험가가 그 일을 알려줬으니까 자세한 내용을 알고 있을지도 모르고."

"모험가 모두에게?"

"그래, 그 편이 상인에게 말이 잘 통할지도 모르거든."

사냐 씨가 일을 알려준 모험가에 관해 물었다.

"여자만 있는 파티로 리더는 미란다 씨였어. 내가 모험가 길드에서 곤란해 하던 중에 도움을 줬었거든. 내가 돈에 궁해있는 걸 알고 일을 권해줬어. 알려줄 때도 친절하게 대해준 좋은 사람들이야."

루이밍은 웃는 얼굴로 모험가들에 관해 이야기해줬다.

"그렇지만 내 실수로 모두에게 폐를 끼쳐버리게 돼서……"

"분명, 일이라는 건 짐을 옮기고 정리하는 거였지?"

"응, 짐을 옮기고 그걸 정리하는 일이었어."

루이밍은 그 정리를 할 때 그림을 파손시켰다고 했다.

으음, 이야기만 들으면 모험가와 상인이 한패라서 사기를 당한 것 같은데…….

루이밍의 팔찌에 관해 알고 있던 모험가가 다가와서 루이밍이 싸구려 그림을 망가뜨리게 만든 뒤 변상을 시킨다. 만화나 소설에서는 자주 있는 수단이다.

하지만 증거가 없기도 하고 루이밍은 모험가들을 믿고 있는 것 같았다.

이런 생각을 하고 있는 나는 만화나 소설, 게임의 영향을 너무 많이 받은 걸까…….

"상인 쪽은 어땠어? 돈을 지불하면 돌려줄 것 같았어?"

"아마도 그렇지 않을까……?"

그렇다면 문제는 없지만…….

"하지만 가치가 있는 팔찌니까 가지고 싶어 하는 사람은 많을 거야."

그건 안 되잖아.

이미 팔려버린 거 아냐?

"지금은 아무에게도 팔리지 않았기를 빌 수밖에 없겠어."

우리에게는 하늘에 비는 것 정도밖에 할 게 없었다. 나머진 가능한 빨리 서두르는 것 뿐이다.

만약 팔려버렸다고 해도 다시 사면 되지만…….

거절당한다면 엘레로라 씨에게 받은 문장이 새겨진 나이프가 도움이 될지도 모른다.

옛날 드라마 같은 느낌으로 『되돌려 주지 않으면 포슈로제 가문이……』라고 하면 되지 않을까? 그런 일로 사용해도 되는 건가?

사용하면 보이지 않는 무언가가 쌓일 것 같아서 무섭다. 그건 최종수단으로 남겨두자.

곰돌이와 곰순이에게 말해서 속도를 올렸다.

"정말 빠르네."

"맞아. 이렇게 계속 달릴 수 있는 곰돌이랑 곰순이는 정말 대단해."

"설마 이렇게까지 빠를 줄은 몰랐어."

순조롭게 달리고 있는데 진행 방향의 구름의 움직임이 심상치 않았다. 구름이 어두침침해졌다. 기상캐스터가 아닌 나라도 비가 내릴 거라는 것을 알 수 있었다.

"곰돌이랑 곰순이라면 오늘 중에는 도착할 것 같았는데……."

아무리 나라도 자연에게는 이길 수 없고 날씨를 바꾸는 마법도 사용하지 못한다. 만약 날씨를 바꿀 수 있다면 이미 신의 경지다.

그런 생각을 하고 있는데 톡톡 하고 빗방울이 떨어지기 시작했다. 곰 장비 위로 떨어진 비는 스며들지 않고 방울져 흘러내렸다.

다시 하늘을 봤다. 비가 쏟아지는 것은 시간 문제였다.

"유나, 집을 부탁해도 될까?"

사냐 씨는 곰 하우스에서 비를 피하는 것을 제안했다.

물론, 나는 승낙했다.

곰돌이와 곰순이를 빗속에서 달리게 하고 싶지 않을 뿐더러 나도 달리고 싶지 않다.

비가 본격적으로 내리기 전에 곰 하우스를 꺼낼만한 눈에 띄지 않는 곳을 찾았다.

"곰돌아, 저쪽으로 가줘."

내 곰 인형 장갑이 가리킨 곳에는 약간의 나무들이 있어서 곰 하우스를 꺼내기에는 적합한 장소였다. 곰돌이는 「크~응」 하고 울더니 속도를 올렸다.

"다행히 딱 맞춘 모양이네."

비가 본격적으로 내리기 전에 곰 하우스로 도망쳐 들어올 수 있었다.

두 사람 모두 조금밖에 안 젖었고 나는 곰 장비 덕분에 젖지 않았다. 곰돌이와 곰순이도 괜찮아 보였다.

"정말로 이 집은 편리하네."

"원래라면 더 젖었을 텐데."

"나무 아래로 도망쳤어도 완전히 못 피했을 거고 바람이 강하게 분다면 온몸이 젖었을 거야."

"이 비는 금방 그칠까?"

밖에서는 이미 비가 억수같이 내리고 있었다.

조금만 더 늦었더라면 쫄딱 젖었을 거다.

"저 검은 구름을 보니까 무리일 것 같아."

나는 이야기를 하고 있는 두 사람에게 따뜻한 홍차를 내줬다.

확실히 하늘의 검은 구름을 보면 오늘 더 이동하는 것은 무리였다. 내일 아침에라도 그치면 다행이다.

사냐 씨가 무리하게 갈 필요 없다고 해서 오늘은 느긋하게 보내기로 했다.

두 사람은 즐겁게 이야기를 나누기 시작했다.

오랜만에 만났으니 쌓였던 이야기도 많겠지. 왕도에 있을 때는 사냐 씨의 일 때문에 그다지 대화를 나누지 못했던 모양이다.

둘이서 나누고 싶은 이야기도 분명 많을 테고 마침 비 때문에 움직이지 못한다. 그래서 나는 둘만의 시간을 주자고 생각했다.

나는 두 사람에게 방에서 쉬겠다고 말한 뒤 곰돌이와 곰순이를 데리고 방으로 갔다.

나는 방에 들어가서 책상으로 갔다. 그리고 곰 박스에서 종이를 꺼내 이전부터 생각했던 트럼프 카드를 만들기로 했다.

트럼프 카드의 네 개의 마크는 이 세계에 익숙한 불, 물, 바람, 흙 마크로 했다.

문제는 잭, 퀸, 킹을 누구로 할지였다. 국왕과 클리프를 그리면 재미없고 나중에 문제가 생길 수도 있으니 패스했다.

그 후에 떠오른 그림은 『곰』밖에 없었다.

트럼프 카드를 만들면 고아원 아이들과 피나와 놀 테니까 국왕과 클리프 보다는 곰 쪽이 났겠지. 이제 와서 곰을 부정할 필요는 없으니까.

그런 이유로 킹, 퀸, 잭의 그림은 이등신 곰 캐릭터로 했다.

나는 밖에서 폭우가 쏟아지는 와중에 방 안에서 아기자기한 그림을 그렸다.

킹 곰은 왕관을 썼고, 퀸 곰은 여왕답게 드레스를 입혔고, 잭 곰에게는 검을 쥐게 했다.

물론 조커도 곰으로 했다.

지금 뒷면은 흰색 종이지만 인쇄가 가능하게 된다면 곰 그림을 인쇄하고 싶다. 샘플로 뒷면용 그림도 그려뒀다.

집중해서 그리고 있는데 갑자기 등으로 무언가가 다이빙을 했다.

뭔가 싶어 뒤를 돌아보니 곰돌이었다.

"무슨 일이야?"

똑똑.

곰돌이가 대답하기 전에 누군가가 문을 두드리고 있는 것을 눈치챘다.

"유나 씨, 계세요? 설마, 주무세요? 열게요?"

문을 열더니 루이밍이 들어왔다.

"루이밍, 무슨 일이야?"

"유나 씨, 일어나 계시면 대답 좀 해주세요."

"미안, 작업에 열중해서 몰랐어."

책상 위에 어지럽혀져 있는 트럼프 카드를 모아 곰 박스에 담았다.

"그래서 무슨 일이야?"

다시 물어봤다.

"저녁 식사는 어떻게 하실 건가요?"

"벌써 그런 시간이야?"

밖을 보니 비구름 때문인지는 모르지만 새까맸다. 비도 계속 내리고 있었다. 이러면 내일 아침까지 내리는 걸까?

나와 루이밍은 저녁 식사 준비를 하기 위해 아래층으로 내려갔다. 그 뒤를 곰돌이와 곰순이가 따라왔다.

식당에 도착한 뒤 식사 준비를 했다.

대부분 곰 박스에서 꺼내는 거라서 많은 시간이 걸리지 않았다. 정말로 곰 박스에는 항상 감사함을 느낀다.

저녁 식사를 마치고 느긋하게 있는데 밖의 상태를 보러 간 사냐 씨가 돌아왔다.

"이렇게 비가 많이 오면 내일 랄즈 마을에 도착해도 당분간은 발이 묶이게 될 것 같아."

"그런가요?"

"말 안 했던가? 랄즈 마을은 커다란 강 근처에 있어서 옆 마을로 가려면 배를 사용해야 돼. 이렇게 비가 많이 오면 그친다 해도 당분간은 배를 움직이지 못할 거야."

그런 이야기는 듣지 못했다.

하지만 강이라…….

분명 폭우가 내린 뒤의 강은 유속이 빨라서 위험하다. 원래의
세계에서도 사람이 떠내려 갔다는 뉴스를 자주 봤다.

사냐 씨는 홍차를 마시면서 랄즈 마을에 관해 알려주었다.

들어보니 랄즈 마을은 큰 강과 붙어 있다고 했다. 그 강이 나라
와 나라의 경계가 되어 있어서 강 반대편 쪽이 옆 나라, 솔조나크
라고 했다.

그 솔조나크로 가려면 배를 사용한다고 한다.

강 반대편에도 커다란 마을이 있어서 깊은 교류가 이루어진다
고 했다.

이야기를 들으니 조금 기대가 됐다. 두 나라의 물건들이 많이
있을 것 같다.

중간 지점으로 삼기 위해 곰 이동문을 설치하고 싶었다. 그건
마을에 도착하고 나서 생각해볼까.

"루이밍도 배를 타고 넘어온 거야?"

"네, 탔어요. 컸어요. 마차가 몇 대나 들어갔어요."

그렇게나 크구나. 나룻배 같은 게 아니라 제대로 된 커다란 배
인 모양이다.

🎀 226 곰 씨, 랄즈 마을에 도착하다

다음 날, 눈을 떠보니 비는 그쳤지만 하늘은 아직 많이 흐렸다.

출발은 가능하지만 비가 언제 내려도 이상하지 않은 상태. 일단은 갈 수 있는 곳까지 가보기로 했다.

어제 내린 비 때문에 지면 상태가 심각했다. 장소에 따라서는 물이 심하게 고여 마차로는 지나갈 수 없는 곳도 보였다.

곰돌이와 곰순이를 타고 있는 우리들 지나갈 수는 있지만 곰돌이와 곰순이의 발이 더럽혀지겠지. 특히 곰순이는 하얘서 괜스레 오염된 부분이 더 눈에 띈다. 송환한다면 말끔해지지만 조금은 안쓰럽군.

속도를 올리면 흙탕물이 튀기 때문에 천천히 달리도록 했다.

"보이네."

중간에 휴식을 취하면서 나아가자 마을을 에워싼 벽이 보였다. 당장에라도 비가 내릴 것 같았지만 어떻게든 내리기 전에 도착해서 다행이었다.

곰돌이와 곰순이를 올라탄 채 들어가면 소동이 일어날 테니까 송환하고 싶다는 뜻을 사냐 씨에게 전달했다.

"그렇지. 이 이상 다가가면 누군가가 발견해서 소란스러워질지도 모르겠어."

우리는 곰돌이와 곰순이에게서 내렸다.

"여기까지 태워줘서 고마워."

루이밍이 곰돌이와 곰순이에게 감사 인사를 했다. 사냐 씨도 루이밍과 같이 인사를 하고 곰돌이와 곰순이를 쓰다듬었다.

나도 고맙단 말을 한 뒤 송환했다.

"그러면 가볼까."

여기서부터는 걸어서 랄즈 마을로 향했다.

마을이 보이는 거리니까 엄청 멀지는 않았고 마을에 다다르자 마을에서 나오는 말들이 보였다.

사냐 씨가 말하길 평소에는 마을에 출입하는 사람의 수가 많다고 했지만 오늘은 적은 듯했다. 이것도 어제의 비가 원인이겠지. 나로서는 기다리지 않아도 되니 다행이었다.

문에 도착했을 때는 마을 안으로 들어가는 사람이 아무도 없어서 우리는 기다리는 일 없이 마을 안으로 들어갈 수 있었다.

그때 대응을 해준 문지기가 깜짝 놀랐다.

"꼬마 아가씨, 그 옷차림은 뭐야?"

"곰인데요."

항상 하는 말이지만 그렇게 대답할 수밖에 없었다.

"그런 복장으로 여기까지 온 거야?"

"신경 쓰지 말아줬으면 감사하겠습니다."

"그렇군. 꼬마 아가씨에게도 뭔가 이유가 있겠지."

문지기는 혼자 납득했는지 그 이상은 물어오지 않았고 나는 길드 카드를 수정판에 두었다.

물론 수정판은 범죄자를 나타내는 붉은색으로 바뀌지 않았다.

문지기는 「들어가도 좋아」라고 한 마디했다.

커다란 마을의 문지기를 맡고 있으면 여러 사람들과 만나겠지. 그러니까 못 본 척하는 기술도 대단할 것이다.

내 입장에서는 고마운 일이어서 아무런 말없이 마을 안으로 들어갔다.

마을 안으로 들어간 순간 시선이 모였다.

"보고 있네요."

"보고 있어."

응, 보고 있네.

갑자기 마을 밖에서 곰 인형 옷차림을 한 여자아이가 들어온다면 누구라도 보겠지.

뭐, 항상 있는 일이다.

그런 뒤 우리는 숙소를 잡고 그대로 모험가 길드로 향했다. 조금이라도 빨리 루이밍과 함께 일을 했던 모험가를 만나기 위해서였다.

"유나는 숙소에서 기다릴래?"

그 말에는 「같이 다니면 창피하니까 숙소에서 기다려」라는 숨은 뜻이 있는 건가?

모험가 길드에는 나도 가고 싶었다.

전직 게이머로서 여기까지 와서 숙소에서 가만히 있을 수는 없었다.

게다가 루이밍에게 말을 걸었던 모험가에 관해서도 신경 쓰이고, 만난 후에 곧장 상인이 있는 쪽으로 갈지도 모른다.

루이밍이 모르는 생판 남이라면 신경 쓰지 않겠지만 여기까지 함께 오면서 친해졌다. 그러니 가능하다면 따라가고 싶었다.

"폐가 안 된다면 따라가고 싶은데…… 사냐 씨가 저를 숙소에 남겨두고 싶으시다면 참아볼게요."

사냐 씨가 예상했던 대답과는 달랐던 모양인지 조금 당황하며 부정했다.

"유나, 미안해. 그런 의미로 말했던 게 아니야. 모두들 유나를 기이한 눈으로 보고 있잖니. 그래서 유나가 그런 시선을 받는 걸 싫어한다고 생각해서……. 그렇다면 숙소에 있는 편이 낫지 않을까 생각했던 것뿐이야."

아무래도 내 착각이었던 모양이다. 배려해 준 것 같다.

"저는 항상 있는 일이라 괜찮아요. 두 사람이 싫지 않다면 따라가고 싶어요."

214

"저는 괜찮아요."

"루이밍?"

"유나 씨 혼자 숙소에서 기다리게 하는 건 가엾잖아, 언니. 같이 가요."

루이밍이 기특한 말을 했다.

조금 기쁜데.

"그렇네. 그러면 셋이서 같이 모험가 길드에 가자."

두 사람의 따뜻한 말에 모험가 길드로 향했다.

하지만 몇 분 후—.

"보고 있네요."

"보고 있어."

조금 전과 같은 말을 하는 두 사람이었다.

지나쳐 가는 사람과 멈춰서는 사람 모두의 시선이 내게로 향해 있었다.

나는 곰 후드를 얼굴이 보이지 않을 정도로 깊게 눌러 썼다.

"서두르자."

"응."

두 사람은 시선에서 도망치듯 빠른 걸음으로 걷기 시작했다.

지금 상황은 두 사람에게서 거리를 두는 편이 나으려나?

그렇게 생각한 뒤 두 사람에게서 조금 떨어져서 걸었다.

"유나 씨, 뭐하고 계세요. 서둘러 갈 거예요."

내가 멀어지는 것에 눈치를 챈 루이밍이 내 쪽으로 다가와선 곰 인형 장갑을 붙잡고 끌어당기기 시작했다.

아무래도 내 배려를 눈치채지 못한 모양이다. 하지만 루이밍의 이 행동은 기쁘기도 했다.

손을 잡힌 채로 모험가 길드에 도착했다.

왕도에 있는 모험가 길드와 견줄 만큼 커다란 건물이었다.

"나는 여기 길드 마스터에게 인사를 하고 올게. 루이밍은 그 모험가가 있는지 살펴보고, 유나는……."

사냐 씨는 나를 보고 조용해졌다.

뭐죠, 그 침묵은…….

"트러블이 생기지 않도록 해."

어려운 주문을 해온다.

나라고 항상 원해서 트러블에 휘말리는 게 아니다. 트러블 쪽이 먼서 찾아오는 거나.

뭐, 곰 옷차림 탓에 다가오는 거라면 어쩔 수 없지만.

일단 되도록 노력하기로 약속했다.

길드 마스터를 만나러 가는 사냐 씨와 헤어진 뒤 나는 모험가를 찾는 루이밍과 같이 있기로 했다.

만약 루이밍이 사기를 당한 거라면 그 나름의 보답을 해줘야 한다.

길드 안으로 들어가자 바깥 이상으로 시선이 모여들었다.

「곰?」, 「뭐야, 저 옷차림은?」, 「어, 곰이네」, 「여자애?」, 「어째서 모험가 길드에 곰이?」, 「귀엽네」, 「루이밍?」, 「곰이다」.

나에 관한 말들 중에 하나만 다른 말이 섞여 있었다.

목소리의 주인공을 찾으려고 했는데 상대방 쪽에서 다가왔다.

"미란다 씨?"

"역시, 루이밍이구나."

루이밍이 바라본 곳에는 20대 초반 정도의 여성 모험가가 있었다.

"루이밍이 있다니, 진짜야?"

"진짜로 있어."

루이밍이 미란다라고 부른 사람의 뒤에서 두 명의 여자가 나타났다.

"미란다 씨, 오랜만이에요."

"「오랜만이에요」가 아니지. 제멋대로 사라져서 걱정했잖아."

미란다라고 불린 여자 모험가는 루이밍을 강하게 끌어안았다.

"수, 숨 막혀요."

세게 안겨 있던 루이밍이 괴로워했다. 하지만 곧바로 해방됐다.

"정말, 사람을 걱정시켜 놓고는……."

"죄송해요."

루이밍이 미란다라는 사람에게 사과하는데 다른 한 명의 여자가 다가왔다.

"맞아. 그리고 멋대로 소중한 팔찌를 도글드 씨에게 주고."

여자는 루이밍의 볼을 양쪽으로 당겼다.

"제, 성에여. 모두에게 민폐를 끼치고 싶지 않아서……."

"그렇다고 우리에게 말도 안 하고 사라지면 안 되지."

"제성하니다."

루이밍은 볼 공격에서 해방되었다.

"그래도 무사해서 다행이야."

이번엔 상냥하게 끌어안았다.

"왕도에는 무사히 도착한 거야?"

마지막으로 마법사 복장을 한 여자가 말을 걸었다.

"네. 그럭저럭."

"에리엘은 계속 따라갔어야 한다고 말했어."

"너네도 걱정했잖아."

"그거야 당연하지."

이 사람들이 루이밍이 신세를 졌던 모험가들인가.

루이밍과의 대화를 들어보니 사기 쳐서 쌀찌를 빼앗을 섯 같은 사람들로는 생각되지 않았다. 진심으로 루이밍을 걱정한 것 같았다. 아무래도 괜한 노파심이었던 모양이다.

"그런데 루이밍, 그 곰 옷차림을 한 귀여운 여자애랑은 아는 사이야?"

루이밍과 함께 있던 내게로 시선이 모였다.

"네, 언니랑 같이 셋이서 왕도에서부터 여기까지 왔어요."

"귀여운 옷차림을 한 아이네."

그 말에 루이밍은 긍정도 부정도 하지 않았다. 그저 웃으며 무마하고 있었다.

미란다 씨가 나를 바라봐서 인사를 했다.

"유나라고 해요. 루이밍과는 왕도에서 만났고 루이밍네 언니랑 같이 여기에 왔어요."

"나는 미란다. 루이밍과는 잠깐이지만 일을 했었지."

"나는 에리엘이야. 귀여운 옷차림이구나."

그렇게 말한 여성은 나를 향해 다가왔다.

나는 한 발 물러섰다.

"이봐, 무서워하잖아. 떨어져, 떨어지라고. 나는 샤라야, 잘 부탁해."

샤라라고 하는 여성 마법사는, 나를 끌어안으려고 하는 에리엘이라는 이름의 여성을 끌어당겼다.

"그렇지만 이렇게 귀여운 옷차림을 하고 있다고. 껴안지 않을 수 없잖아."

"그런 궤변 늘어놓지 마! 미안해. 에리엘은 귀여운 여자아이를 좋아하거든."

샤라 씨는 에리엘 씨의 머리를 살짝 때린 후 내게 사과했다.

그 말을 들은 나는 에리엘 씨에게서 한 발 더 물러섰다.

"오해하지 마. 나는 평범한 사람이야."

나는 한 발자국 더 물러섰다.

"으앙~ 도망치지 마. 딱 한 번만, 안기만 할게. 폭신폭신함을 느끼고 싶다고."

주위에서 웃음이 일었다.

"시끄럽다 했더니 역시 유나였구나."

사냐 씨가 돌아왔다. 이 사람은 갑자기 나타나서 무슨 말을 하는 거야. 이번엔 나 때문이 아니라고.

"사냐 씨 쪽의 이야기는 끝났나요?"

"그래, 이야기는 마쳤어. 혹시, 당신들이 루이밍이 신세졌던 모험가들?"

우리와 함께 있는 여성 모험가들을 바라봤다.

"응, 미란다 씨 일행이야."

루이밍이 각자를 소개했다.

"여동생이 신세를 진 모양이네요. 고마워요."

"아뇨, 루이밍의 팔씨가 그렇게 되어서 정말 죄송해요."

사냐 씨와 미란다 씨는 서로에게 인사를 했다.

🎀 227 곰 씨, 상인과 교섭하다 1

사냐 씨가 길드에서 방을 빌렸다고 해서 그곳에서 이야기를 듣기로 했다.

그리고 대충 이야기를 들은 사냐 씨는 어이없는 얼굴을 하고 있었다.

그림을 망가뜨린 루이밍은 미란다 씨 일행에게 폐를 끼치지 않도록, 팔찌를 상인에게 넘긴 뒤 미란다 씨 일행에게 아무런 말도 없이 마을을 떠나버렸다고 한다.

"그렇지만, 나 때문에 모두에게 폐를 끼치고 싶지 않았는걸."

"우리가 의논해 보자고 했었잖아."

"⋯⋯⋯⋯."

루이밍은 고개를 숙인 채 모두의 얼굴을 보려고 하지 않았다.

"도글드 씨에게 팔찌에 관해서 물었더니 엘프에게는 중요한 물건이라고 하지 뭐야."

"우리가 일을 같이 하자고 권한 탓에 이렇게 돼버렸으니까 모두의 책임이잖아."

미란다의 말에 두 사람도 이어서 루이밍에게 말을 했다.

"하지만 제가 망가뜨린 게 잘못인 걸요. 미란다 씨 일행은 잘못 없어요."

"우리가 권한 거니까 우리에게도 책임은 있어."

"그래도 그런 금액……."

"분명 그렇긴 하지만……."

"그렇다고 아무 말 없이 떠나버리는 건 아니잖아. 우리가 얼마나 걱정했는지 알아?"

"죄송해요."

루이밍은 몸을 웅크리고 작은 목소리로 사과했다.

으아~ 나는 마음속으로 세 모험가에게 사과했다.

루이밍의 팔찌를 노린 거라고 의심해서 죄송합니다. 악덕 상인과 그 한패라고 의심해서 죄송합니다.

루이밍의 이야기를 들었을 때는 틀림없이 질 나쁜 모험가에게 사기를 당한 거라고 생각했는데, 사실은 루이밍을 진심으로 걱정해주는 모험가들이었다. 모험가 길드에서 이리저리 일을 찾고 있는 루이밍에게 말을 길어서 왕도까지 갈 돈이 없다는 것을 알고는 자신들의 일을 같이 하지 않겠다고 권했던 것이다. 루이밍이 일을 하다 실수를 했지만 같이 대응책을 강구하려고도 했다.

원래의 세계에서도 만난 지 얼마 안 된 사람의 실수로 발생한 벌금을 같이 갚으려고 하는 사람은 없을 텐데…….

더욱이 루이밍이 마을에서 나간 후의 이야기를 들었을 때는 귀를 의심했다.

"그러면 팔찌는 괜찮다는 거네."

"네, 루이밍이 팔찌를 놓고 사라졌다는 걸 안 후에, 도글드 씨에게 교섭해서 팔찌는 다른 사람에게 팔지 말아달라고 부탁했어요."

"언제가 될지 모르지만 우리가 다시 사들이기로 했어."

"우리 같이 랭크가 낮은 모험가의 벌이로는 엄청 오래 걸리겠지만……."

"여러분……."

루이밍이 눈을 적시고 미란다 씨 일행을 바라봤다.

그렇다, 이 사람들은 루이밍의 팔찌를 되사기 위해 상인과 교섭을 하고 있었다.

언젠가 되살 테니 팔지 말아달라고 말이다.

바보다. 확실하게 말해서 바보다. 알고 지낸지 얼마 안 된 생판 남을 위해 팔찌를 되사려고 하다니 보통은 하지 않는다.

……그렇지만 이런 바보는 싫지 않다.

"이 아이를 위해 그렇게까지 해줘서 고마워. 다시 한 번 감사 인사를 할게."

"아뇨, 결국 돌려 받지는 못했어요."

"다른 사람에게 팔지 말아달라고 해준 것만으로도 충분해."

정말 그렇다.

미란다 씨 일행이 교섭을 해주지 않았더라면 누군가에게 팔려서 행방불명이 됐을지도 모른다.

"이 보답은 꼭 할게."

"저희는 보답을 원했던 게……."

"보답이라면 유나를 안도록 해주신다면……."

미란다 씨의 말과는 다른 말이 들렸지만 무시하자.

분명 기분 탓이겠지.

에리엘 씨가 나를 보고 있어서 곰 후드를 깊게 눌러 쓴 뒤 시선을 피했다.

이야기를 마치고 마지막으로 이 마을의 길드 마스터를 소개 받았다.

이런 곰이 있으니 문제가 생긴다면 부탁할게, 라는 느낌이었다.

랄즈 마을의 길드 마스터는 사냐 씨의 부탁이어서 마지못해 받아들여줬다.

이것으로 날뛰어도 괜찮겠지.

이야기를 마친 뒤 모험가 길드를 뒤로 한 우리는, 미란다 씨의 안내를 받아 상인이 있는 곳으로 가서 팔찌를 다시 구입하기로 했다.

"여기가 도글드 씨의 가게예요."

안내 받은 장소는 행인도 많고 입지 조건이 좋아 보이는 가게였다. 그리고 가게 앞에 커다란 마차가 세워져 있었다. 예쁘게 장식되어 있어서 어떻게든 부자가 타고 있습니다, 라고 선전하는 것처럼 보이는 마차였다.

비싼 상품을 취급하고 있어서 구입을 하는 사람도 이런 사람들인 건가?

마차를 바라보고 있는데 다른 사람들이 미란다 씨를 선두로 가게 안에 들어갔다. 나도 남겨지지 않도록 따라갔다.

"어서 오세요."

안으로 들어서자 점원으로 보이는 청년이 인사를 했다.

청년은 가게 안으로 들어온 게 미란다 씨라는 것을 알아차렸다.

"미란다 씨, 오늘은 어쩐 일이세요?"

"도글드 씨는 계셔?"

"네, 계세요. 지금 불러올게요."

청년은 안쪽 방으로 상인을 부르러 들어갔다. 잠깐 기다리자 30대 초반의 마른 남자가 청년과 함께 다가왔다. 그 남자에게 미란다 씨가 다가갔다.

"도글드 씨."

아무래도 이 사람이 이 가게의 주인이자 루이밍의 팔찌를 가지고 있는 도글드 씨인 모양이다.

"이런, 미란다 씨. 오늘은 어쩐 일인가요? 게다가 루이밍도!"

도글드 씨라고 불린 남자는 미란다 씨와 함께 있는 루이밍을 알아차렸다.

물론 내 쪽도 발견했지만 루이밍의 말에 시선은 루이밍에게로 돌아갔다.

"얼마 전엔 죄송했어요."

루이밍은 고개를 숙였다.

"도글드 씨, 루이밍의 팔찌는 팔지 않으셨죠?"

"네, 일단은 가지고 있습니다."

"다행이다."

모두가 안도한 표정을 지었다. 정말로 팔리지 않아서 다행이었다.

사냐 씨가 루이밍의 옆에 서서 도글드 씨에게 인사를 했다.

"저는 이 아이의 언니인 사냐라고 합니다. 이 아이가 파손한 그림을 변상할 테니 팔찌를 돌려주실 수 있으신가요?"

"루이밍의 언니?!"

도글드 씨가 루이밍에게 시선을 돌렸다. 루이밍은 작게 고개를 끄덕였다.

"그렇군요. 루트, 가게를 맡기지. 여러분은 이쪽 방으로 들어오세요. 그 건으로 이야기할 내용이 있습니다."

우리는 안쪽 방으로 들어갔는데 방은 넓은 편이었다. 중앙에 직사각형 테이블이 있고 좌우에 의자가 놓여 있었다. 도글드 씨의 작업실인 듯했다.

"자, 앉으세요."

도글드 씨는 가장 구석에 있는 자신의 자리에, 우리들은 테이블 주변에 있는 의자에 각자 앉았다.

도글드 씨의 시선이 흘깃흘깃 내 쪽을 향하는데 기분 탓은 아니겠지.

"그래서 얼마를 지불하면 루이밍의 팔찌를 되돌려 받을 수 있죠?"

도글드 씨는 사냐 씨의 말에 시선을 피하고 고개를 숙였다.

"죄송합니다. 그 팔찌는 되돌려 줄 수 없게 됐습니다."

"잠깐, 무슨 말이에요. 루이밍의 팔찌는 아무에게도 팔지 않겠다고 약속했잖아요."

미란다 씨는 몸을 일으켜 도글드 씨 앞에 있는 책상까지 가서 그것을 강하게 내리쳤다.

"죄송해요."

도글드 씨는 재차 사과했다.

"어째서죠? 다른 사람에게 팔지 않겠다고 약속하기도 했고, 루이밍의 언니가 돈을 지불하겠다고도 했는데."

"그건……."

"설명을 해주시겠어요?"

사냐 씨가 침착한 목소리로 물었다.

미란다 씨는 자신의 자리로 돌아가 다시 앉았다.

"루이밍이 파손한 그림말입니다만, 어떤 분이 구입할 예정이었어요. 그분은 그림을 살 수 없다는 걸 알게 되자 교환 조건을 제시하셨어요."

"조건?"

"네, 이 방에 있던 루이밍의 팔찌를 발견하고 그걸 주길 원한다고 했습니다. 물론 저는 거절을 했지만 그림을 넘기지 못한 책임도 있어서 결국엔 거절할 수가 없었습니다."

"그렇지만 며칠 전에 만났을 때는 괜찮다고 했잖아요."

"네, 저도 다른 조건을 제시했거든요. 같은 작가의 그림을 준비할 테니 루이밍의 팔찌는 포기해달라고 말이에요."

"그렇다면……."

"그 그림은 솔조나크에서 어제까지 도착할 예정이었고, 그래서 괜찮을 거라고 했어요. 그런데……."

"설마, 비 때문에?"

"네, 강 물살이 강해져서 배를 띄울 수가 없게 되어 그림이 도착하지 못하게 됐어요. 그리고 약속 기한은 오늘 저녁까지로 되어 있고요."

"그럴 수가……."

즉, 강 반대편에 있는 마을에는 그 그림이 도착해 있다는 거네.

"무슨 수를 써도 안 되는 거예요?"

"배가 출발할 가능성을 확인했는데 며칠은 상황을 지켜봐야 한다고 했어요."

뭐, 안전을 고려하면 어쩔 수 없지.

물살이 거세진 강에 배를 띄우는 건 위험하다.

"다른 방법은 없을까요?"

"오늘 저녁까지 그림이 도착하지 않는 이상 힘들 겁니다. 저번에도 약속을 어겼는데 이번에도 어기게 된다면……."

"며칠 기다려달라고 하는 건 어떤가요?"

"이미 기다려주고 있는 상황이에요."

"그래도 비 때문이잖아요."

"그런 걸 감안한 날짜였어요. 아슬아슬하게 기한에 맞출 거라고 생각한 제 불찰이죠."

"그렇지 않아요. 도글드 씨는 루이밍의 팔찌를 위해 여러 가지로 애써줬잖아요. 그것만으로도 감사합니다."

사냐 씨는 도글드 씨에게 감사를 전했다.

"아닙니다. 이해해주셔서 저도 감사합니다."

그렇게까지 해준 도글드 씨에게 아무도 불만을 말할 순 없었다.

"그래서, 그 상대는 누구죠? 교섭이 가능할까요."

사냐 씨가 물었다.

왕도의 모험가 길드 마스터라면 그 나름의 힘이 있을 테니 교섭이 가능할지도 모른다. 나도 인장을 가지고 있으니까 조금은 교섭이 가능할지도 모른다.

"이 마을의 대상인인 레트벨 씨예요."

"레트벨……."

"왜 하필 그런 녀석이 튀어나오는 거야."

미란다 씨가 몹시 탐탁지 않은 표정으로 말했다.

"누구죠?"

"이 마을에서 유력한 상인 중 한 명이에요."

아무래도 유명인인 모양이다.

"사냐 씨라도 힘든 건가요?"

"내가 영향력이 있는 건 어디까지나 모험가 길드와 관련된 쪽이 거든. 유력한 상인이라면……."

내가 가진 인장은 통할까?

사용해보고 싶은 마음이 들지만 너무 거물이면 무리일 수도 있다.

방에 침묵이 흘렀다.

뭐, 해결 방법은 간단하다. 고민할 필요는 없었다.

"요점은 강을 건너 옆 마을에서 그림을 가지고 오면 된다는 거죠?"

내가 침묵을 깨고 처음으로 입을 열었다.

"유나?"

"제가 가지고 올게요. 어디로 가지러 가면 돼요? 강 건너편 마 을에 그림이 있죠?"

"배가 뜨지 않는데 어떻게 갈 생각인 겁니까! 수영을 한다는 건 가요, 하늘을 날겠다는 건가요!"

도글드 씨가 조금 강한 어조로 말했다. 어쩌면 조롱하는 것처 럼 들렸을지도 모른다.

"딱히 수영도 안 할 거고 하늘도 안 날 건데요?"

골렘 토벌이 끝난 뒤에 얻었던 새로운 스킬이 처음으로 도움이 되는 때가 왔다.

　그 스킬은 『곰 수상보행』이다.

🎀 228 곰 씨, 상인과 교섭하다 2

스킬, 곰 수상보행.

물 위를 이동하는 것이 가능해진다.

소환수는 물 위를 이동하는 것이 가능해진다.

예전에 스킬을 습득했지만 사용할 길이 없었다.

한 번 크리모니아 근처 강에서 사용해봤는데 재밌었다.

물 위를 달리거나, 점프하거나, 마치 닌자가 된 듯한 기분을 느낄 수 있었다. 추가로 곰돌이와 곰순이를 타고 강을 걸어봤다. 보통은 절대 경험할 수 없는 일이다.

만약 이 스킬을 크라켄 때 습득했더라면 다른 전투법이 있었을지도 모른다.

뭐, 그때 그 방법으로 무사히 쓰러뜨렸으니 문제될 건 없지만……

"유나, 진심이니?"

"유나 씨, 제 팔찌를 위해 무리하지 마세요."

엘프 자매가 걱정해줬지만 무리는 하지 않았다.

내 이미지대로 움직이는 길을 달려 나가는 것뿐이다. 강의 물살이 거칠다고 해도 비포장 길을 걷는 것과 같았다. 그것도 길어봤자 수 백 미터 정도겠지.

건너는 데는 몇 분 걸리지 않을 것이다.

아무런 문제는 없다.

"유나, 무슨 생각이 있는 거야?"

사냐 씨가 진지한 표정으로 확인해왔다. 사냐 씨도 팔찌를 원하는 상인과 무리하게 이야기를 하는 것 보다는, 얽히지 않고 끝나는 편이 좋다고 생각하는 것 같았다. 성가신 일은 피하고 싶겠지.

"괜찮아요. 저한테 맡기세요."

나는 안심시키기 위해 웃는 얼굴로 말했다.

"알았어. 유나를 믿을게."

사냐 씨는 결심하더니 도글드 씨 쪽을 바라봤다.

"도글드 씨, 그 그림에 관해서는 저희에게 맡겨주시겠어요?"

"맡기다니, 어떻게 그림을 운반하겠다는 겁니까? 배는 안 움직인다고요. 수영한다는 건 말도 안되고…… 어떻게 반대쪽 마을로 가겠다는 건가요?!"

도글드 씨가 사냐 씨에서 내 쪽으로 시선을 옮겼다.

"실례를 무릅쓰고 말하겠습니다만, 저기, 곰 옷차림의 여자아이에게 무언가가 가능할 거라고는 생각되지 않습니다."

뭐, 보통은 그렇게 생각하겠지.

이것만큼은 곰 인형 옷과는 상관없이 누구라고 그렇게 생각할 것이다.

"우리가 그림을 운반해 오지 못한다 하더라도 도글드 씨에게는 폐를 끼치지 않는 거죠?"

"그건 그렇지만……."

우리가 그림을 운반해 오지 못한다 해도 지금 상황에서 아무것
도 바뀌지 않는다.

나아가지도 되돌아가지도 못한다.

그림을 오늘 저녁까지 손에 넣지 못한다면 루이밍의 팔찌가 다
른 사람의 손에 넘어갈 뿐이다.

"혹시 그림을 운반해오지 못할 경우엔 팔찌는 포기할게요. 그
상인에게 넘겨도 상관없습니다."

"언니!"

사냐 씨의 말에 루이밍이 놀랐다. 하지만 사냐 씨는 말을 이어
갔다.

"그러니 그림에 관해서는 맡겨주세요. 저희가 오늘 저녁까지 그
림을 가지고 온다면 루이밍이 망가뜨린 그림의 대금을 지불할 테
니 팔찌를 돌려주세요."

내가 어떤 방법으로 강을 건널 건지도 모르면서 사냐 씨는 내
말을 믿고 도글드 씨와 교섭했다.

도글드 씨는 사냐 씨의 진지한 말에 손을 머리에 올리고 몇 번
인가 머리를 흩트리더니 생각에 잠겼다. 그리고 결론이 나왔는지
입을 열었다.

"알겠습니다. 그림에 관해서는 맡기죠. 팔찌 건도 알겠습니다.

오늘 저녁까지 그림을 가지고 오신다면 팔찌는 루이밍이 망가뜨린 그림값만 받고 돌려드린다 약속하죠."

"고마워요."

교섭 성립이다.

이제 내가 강의 반대쪽에서 그림을 가지고 오기만 하면 루이밍의 팔찌를 되돌려 받을 수 있다. 시각은 낮을 조금 지난 정도라서 충분히 맞출 수 있었다. 차고 넘칠 정도다.

"그러면 계약서를 쓸게요. 시민 카드나 길드 카드를 주세요."

신분을 확인하는 작업이었다.

만약 그림을 운반하고 있는 동안에 분실, 파손을 한 경우의 책임을 위해서다. 가지고 도망칠 가능성 또한 있었다. 이번에는 가지고 도망칠 가능성은 없으니까 파손의 가능성이 있기 때문이겠지.

"가는 건 그쪽의 곰 옷차림을 한 여자아이로 괜찮을까요?"

도글드 씨가 내 쪽을 보고 확인한다.

"네, 저 혼자서 다녀올 거예요."

내가 그렇게 대답하자 옆에 있는 사냐 씨가 무언가 생각했다.

"유나, 나도 따라갈 수 있니? 유나가 어떤 방법으로 마을에 갈진 모르겠지만 걱정이야."

사냐 씨가 진지한 표정으로 물어왔다.

곰돌이와 곰순이는 똑같이 물 위를 걸을 수 있었다. 그러니 곰돌이와 곰순이에게 태워서 데리고 가는 건 가능하리라.

하지만 곰이 강 위를 걷는 게 비상식적이라는 것은 나도 알고 있다. 어쩌면 마법과 아이템 등으로 강 위를 걸을 수 있을지도 모르지만 현재의 내 지식 속에는 그런 수단이 없었다.

"혹시, 안 되는 거야?"

사냐 씨의 진지한 표정을 보니 거절할 수 없었다. 진심으로 나를 걱정하고 있었다.

나는 생각했다.

이미 사냐 씨는 내 비밀을 몇 가지 알고 있었다. 그것들을 다른 사람에게 말하지 않았다는 것도 알고 있고, 비밀을 지키기 위해 여러 가지로 손을 써주기도 했다.

게다가 마을에 도착했을 때 사냐 씨가 있으면 도움이 된다. 가게의 안내와 상대방에게서 받을 신용의 차이였다. 가는 건 좋지만 편지가 있다 해도 내 모습으론 신용을 얻지 못해서 그림을 못 받을 가능성도 있었다.

반대로 사냐 씨가 있다면 신용도가 오른다. 뭐라 해도 왕도 모험가 길드의 길드 마스터이다. 사냐 씨를 데리고 가는 건 단점보다 장점이 많다.

그림을 받지 못하는 일 만큼은 피해야 한다.

"같이 가는 건 좋지만 강을 건너는 방법은 비밀이에요."

"물론, 유나가 입 다물기를 원한다면 아무에게도 말하지 않을 거야. 하지만, 유나의 비밀이 점점 늘어나고 있네."

사냐 씨는 미소 지었다.

확실히 사냐 씨에게는 여러 가지로 비밀이 알려져 있었다.

"그러면 가는 건 두 사람으로 하겠습니다. 맞으시죠?"

"저, 저도 데리고 가주세요."

도글드씨가 확인하자 루이밍이 쥐어짜내듯 입을 열었다.

"너는 여기에 남아있어."

우리의 말을 듣고 있던 루이밍도 동행하고 싶어 했지만 사냐 씨가 기다리고 있었다는 듯 바로 말했다.

"언니……."

"루이밍, 괜찮아. 금방 돌아올 거니까."

왕복하는데 많은 시간은 걸리지 않는다. 금방 돌아올 것이다. 시간이 걸린다고 하면 가게를 못찾아서 헤매는 정도겠지만 그건 사냐 씨에게 맡길 테니 괜찮다.

"믿고 기다려줄 수 있을까?"

"유나 씨…… 알겠습니다."

루이밍은 고집부리지 않고 말을 들어주었다.

"그런 이유로 가는 건 저와 유나, 두 사람이에요."

사냐 씨는 도글드 씨에게 전했다.

"알겠습니다. 그러면 두 사람의 시민 카드나 길드 카드를 부탁해도 될까요?"

나와 사냐 씨는 길드 카드를 꺼냈다.

도글드 씨는 먼저 받아든 사냐 씨의 길드 카드를 보고 경악한 얼굴을 보였다.

"왕도 모험가 길드의 마스터?!"

그는 카드에서 눈을 떼고 사냐 씨의 얼굴을 봤다. 사냐 씨는 도글드 씨의 놀란 얼굴을 보는 게 기쁜 듯했다.

"이것으로 조금은 신용을 얻을 수 있을까요?"

"루이밍의 언니가 왕도 모험가 길드의 마스터라니, 놀랐어요."

모르고 있던 미란다 씨도 놀랐다. 루이밍에게 「왜 안 가르쳐준 거야」라며 추궁하고 있었다.

뭐, 루이밍도 사냐 씨와 만나기 전까지 몰랐으니까 어쩔 수 없을 것이다.

도글드 씨는 다음으로 내 길드 카드를 보더니 다시 한 번 놀란 표정을 지었다. 뭐, 곰 인형옷을 입은 여자아이가 모험가 랭크 C 라고는 생각하지 않았겠지.

"……직업이 곰?"

아, 거기에서 놀란 거야?

보통은 모험가라는 점에 놀라거나 모험가 랭크가 C인 부분에서 놀라지 않나?

도글드 씨는 나와 길드 카드를 번갈아서 봤다.

"분명 곰이긴 하네요."

납득한 표정을 지었다. 그리고 다시 길드 카드를 보더니 놀랐다.

"모험가 랭크 C?"

그래, 보통은 거기를 보고 놀란다고.

확실히 직업란에 곰이라고 적혀 있으면 의미를 몰라서 놀랄지도 모르지만 놀라는 거라면 길드 랭크에서 놀라주길 바랐다.

"유나 씨는 C랭크였나요!"

루이밍이 놀라서 물었다. 그건 루이밍만이 아니라 미란다 씨 일행도 마찬가지였다. 놀라지 않는 건 사냐 씨 정도였다.

"작고 귀여운데."

"곰인데."

"정말로?"

사람을 겉모습으로 판단하면 안 된다는 걸 못 배운 걸까. 작고 곰의 옷차림을 하고 있어도 강할 수 있다. 게임에서도 실력이 있지만 우스꽝스러운 장비를 입고 있는 플레이어가 많다. 무엇보다 내 곰 복장은 결단코 우스꽝스러운 장비가 아니다.

"유나는 귀여운 곰 옷차림을 하고 있지만 우수한 모험가야."

사냐 씨가 도와주는 건지 아닌지 알기 힘든 옹호를 해주었다. 모두는 납득을 못 했는지 미묘한 얼굴이었다.

그리고 도글드 씨는 눈앞에서 종이에 무언가를 적기 시작했다.

"그러면 이걸 가지고 가주세요. 거래의 증서과 제 편지예요. 이걸 건너편 마을의 제 가게 사람에게 보여주면 그림을 건네줄 겁니다."

아무래도 적고 있던 건 소개장이었던 모양이다. 분명 갑자기 가서 그림을 달라고 해도 순순히 건네주진 않을 것이다. 게다가 곰이기도 하고…….

그 다음 그림이 있는 가게의 장소를 알려줬다.

"오늘 저녁까지입니다. 그 이상은 기다릴 수 없으니 주의해주세요."

저녁까지라면 아직 시간은 있다. 여유롭다.

나는 편지를 곰 박스에 담았다.

시간이 아까워 가게를 나서기로 했지만 그곳에서 기다리고 있던 건 떠나는 사람을 막는 폭우였다.

"거짓말이지?"

"엄청난 비네요. 조금 전까지 안 내리고 있었는데."

가게 밖으로 나가자 비가 내리고 있었다. 그것도 억수같이…….조금 전까지 하늘은 비구름으로 어두웠지만 비는 내리고 있지 않았다.

"어째서 비가 이 타이밍에……."

"아무래도 강을 건너는 일은 불가능하겠어."

미란다 씨 일행은 비가 내리는 하늘을 바라봤다.

"으, 분명 저 때문이에요. 운이 없으니까."

루이밍이 강하게 내리는 비를 보고 슬퍼했다.

"문제는 없어. 이 정도의 비라면 괜찮아."

딱히 헤엄칠 것도 아니고 강 위를 달리는 것뿐이다. 아무런 문제없었다.

"유나 씨."

루이밍은 걱정스러워 했지만 오히려 이 비 덕분에 마을 밖을 걷는 사람은 적을 거고, 강에 가까이 올 사람도 없을 것이다. 곰의 수상보행 스킬을 사용하고 있는 장면이 발각될 걱정도 없어진다. 나로서는 이 비가 고마운 상황이었다.

루이밍은 결코 불운하지 않다. 오히려 비가 오니까 행운이라고 할 수 있었다. 뭐, 정말 운이 좋았다면 비 때문에 배가 못 오지는 않았겠지만……. 그 부분은 좋은 쪽으로 해석해두자.

"유나 씨, 정말로 이 비 속에서 가는 거예요?"

"갈 거야. 오늘 저녁까지 가지고 와야 되잖아."

"하지만……."

"괜찮아. 루이밍은 걱정하지 말고 기다리고 있어."

우리가 언제 돌아올지 모르니 루이밍과 다른 사람들은 숙소에서 기다리기로 했다.

"……알았어요. 유나 씨, 조심해주세요. 만약 유나 씨와 언니에게 무슨 일이 생긴다면……저는……."

과장된 느낌이 들지만 보통은 걱정하려나?

폭우 속에서 강을 건넌다고 하니까 그렇겠지?

"그림을 받으면 곧바로 돌아올게. 모두들 루이밍을 부탁해요. 제멋대로 행동하지 못하도록 지켜봐줘요."

242

이런 경우, 제멋대로 행동해서 팔찌를 원하는 상인이 있는 곳까
지 갈 수도 있다.

미란다 씨 일행은 내 말을 흔쾌히 받아들여줬다.

🎀 229 곰 씨, 강을 건너다

사냐 씨는 비를 대비하여 우비 같은 물건을 아이템 봉투에서 꺼내더니 몸에 걸쳤다.

나는 곰 장비가 비를 막아주기 때문에 필요없었다.

"유나는 비를 맞아도 괜찮아?"

"이 옷은 특별해서 괜찮아요."

나는 증명해 보이듯 가게에서 나갔다.

비가 강하게 내리고 있었지만 곰 인형 옷에는 스며들지 않았고 빗방울들은 튕겨나갔다.

"무슨 소재로 만들어져 있는 거지? 물을 막는 소재는 많이 있지만 유나가 입고 있는 옷 같은 질감의 소재가 있었나?"

신님이 만들어준 거라 나도 알지 못한다. 이 세계에 존재하지 않는 소재일 가능성이 높다. 공격을 받아도 상처 입지 않는다든가, 마력을 회복해준다든가, 여러 모로 특수한 옷이다.

사냐 씨는 희한한 듯 내 곰 장비를 바라봤다.

"그것보다도 출발하죠."

사냐 씨의 말에 따르면 강으로 가기 위해서는 마을 안을 가로질러서 선착장이 있는 곳으로 가거나, 문을 통해 마을 밖으로 나가서 가는 방법이 있다고 했다.

시간을 단축시키려면 이대로 마을 안을 가로질러 선착장에서 건너가는 게 가장 좋았다.

그리고 이런 폭우라면 강 주변에 사람이 없을 거라 생각했다. 나와 사냐 씨는 폭우를 뚫고 선착장을 향해 달리기 시작했다.

비가 내리는 가운데 선착장에 도착했다. 역시나 주변에 사람의 모습은 없었다. 이런 폭우라면 배는 움직이지 못할 것이고 강으로 다가오는 유별난 사람도 없겠지.

강에 다가가자 커다란 배가 흔들리고 있었다. 그 배는 마차도 몇 대 태울 수 있을 정도로 컸다. 사실 타보고 싶었지만 다음 기회를 노려야지.

강 쪽으로 시선을 옮겨보니 강의 폭은 넓었고 물살이 거칠었다. 반대쪽에 있는 마을은 보이긴 하지만 꽤 떨어져 있었다.

"유나, 여기에서 어떻게 갈 거야? 정말로 헤엄쳐서 가는 건 아니지?"

나는 그 질문에 이렇게 답했다.

"곰돌이와 곰순이를 타고 강을 건널 거예요."

그렇게 진실을 전달했다.

"곰돌이랑 곰순이로 강을?"

"제 곰돌이와 곰순이는 특별하거든요."

그에 관해 사냐 씨는 「유나의 소환수라면 가능할까?」라며 고개를 갸웃거리면서도 납득해준 모양이다.

뭐, 이미 사냐 씨에게는 보통의 곰과는 다른 면모를 보여줬다.

말보다 빠르고, 말보다 지구력이 있고, 마물이 접근하면 알려준다. 게다가 작아질 수도 있다.

거기다 강 위를 걷는 것이 추가된다고 해도 사사로운 일이다……
아마도.

나는 곰 탐지 스킬을 이용하여 주변에 아무도 없는 것을 확인한 후 곰돌이와 곰순이를 소환했다. 폭우 속에 소환된 곰돌이와 곰순이가 비바람에 젖기 시작했다.

"둘 다 비 오는데 미안하지만 반대편 육지까지 부탁할게."

곰돌이와 곰순이는 맡겨만 주라는 표정으로 「크~웅」 하고 울었다.

"그러면 사냐씨, 출발하죠."

나는 곰돌이에 타고 사냐 씨는 곰순이에 탔다. 우리를 태운 곰돌이와 곰순이는 강가로 다가갔다. 강은 매우 거칠었다.

"유나, 정말로 괜찮은 거지?"

사냐 씨는 탁류를 보고 불안해했다.

뭐, 지금부터 심하게 넘실거리는 강을 건넌다고 하면 불안하겠지. 게다가 강 위를 건널 거라는 상식에서 벗어난 짓을 할 예정이니까. 그래서 사냐 씨의 마음을 이해할 수 있었다.

"역시, 남으실래요?"

길 안내 역할이 없어지는 건 곤란하지만 어쩔 수 없었다.

"괘, 괜찮아."

도저히 괜찮아 보이지 않으니까 조언을 해두자.

"그러면 눈을 감고 곰순이를 꽉 붙잡고 있으세요. 아마 몇 분이면 도착할 거예요."

"……곰순아, 믿을게."

"크~응."

곰순이가 안심 시키듯 울었다. 사냐 씨는 곰순이를 꽉 끌어안았다.

"그러면 갈게요."

내가 신호를 보내자 곰돌이와 곰순이는 강을 향해 달리기 시작했다.

사냐 씨가 소리를 질렀지만 신경쓰지 않았다.

곰돌이와 곰순이는 강 위로 착지하더니 거친 강 위를 달려갔다.

거친 강에 휩쓸리지 않도록 달리는 곰돌이와 곰순이. 나무 같은 게 떠내려 왔지만 곰돌이와 곰순이는 손쉽게 뛰어 넘고 탁류 위를 달렸다.

해본 적은 없지만 장애물 경주에 나간 듯한 기분이다.

파도를 넘고, 나무를 피하고, 물살을 거스르며 반대쪽을 향해서 달렸다.

"유나! 떨어지면 어떻게 되는 거야?!"

"떨어지면 떠내려가죠."

왜 당연한 걸 묻는 거지?

사냐 씨는 내 말을 듣고 곰순이에게서 떨어지지 않도록 달라붙었다. 그렇게 세게 안지 않아도 떨어지지 않는다는 건 이번 여정에서 배웠을 텐데…….

잠깐의 시간이 지나자 반대편 마을의 선착장이 보여 왔다.

몇 분간의 강 건너기도 거의 끝났다. 곰돌이와 곰순이에게 맡기면 식은 죽 먹기다.

나는 탐지 스킬을 사용해서 주변에 사람이 없는 것을 확인한 후 강둑 위로 올라갔고 곰돌이의 등에서 내렸다. 사냐 씨는 곰순이의 등에서 내리더니 지면에 주저앉았다.

옷이 젖어요, 라고 생각했지만 비옷 같은 걸 입고 있으니 괜찮겠지.

"괜찮아요?"

"그래, 괘, 괜찮아."

사냐 씨는 떨리는 다리로 일어났다.

"정말로 강을 건너버렸네."

사냐 씨는 믿기지 않는 듯 거친 강을 바라봤다.

"유나의 소환수 곰들이 대단하다는 건 알고 있었지만. 정말로 대단해. 물 위를 걷는 곰이라니 들어본 적도 없어."

저도 없는걸요.

내가 보고 읽었던 작품들 중에 물 위를 달리는 곰 같은 것이 나온 적은 없었다.

"그것보다도 얼른 그림을 가지러 가야죠."

언제까지고 여기에 있을 수는 없었다.

"그렇네, 서두르자."

나는 곰돌이와 곰순이에게 고맙다는 인사를 하고 송환한 뒤 도글드 씨가 말했던 가게를 향해 출발했다.

나는 사냐 씨의 안내를 받아 이쪽의 도글드 씨의 가게로 향했다. 비 때문에 행인은 적었고 나를 신경 쓰는 사람도 없었다.

뭐, 신경을 쓴다고 해도 평소처럼 아무 일도 아닌 듯 지나치면 된다.

많은 시간이 걸리지 않고 가게에 도착했다. 길 안내가 있으니 빠르네. 나 혼자였다면 이렇게 쉽게 도착하지 못했을 것이다.

우리는 가게 안으로 들어섰다. 가게 안은 이런 비 때문인지 손님이 한 명도 없었다. 점원의 모습도 보이지 않는다.

"실례합니다!"

사냐 씨가 가게 안쪽을 향해 소리쳤다.

"……"

아무도 없나 싶었는데 안에서 인기척이 들리고 목소리가 들려왔다.

"네, 지금 갈게요."

가게 안쪽에서 20대 중반의 여성이 나왔다.

"곰?!"

여자는 내 모습을 보더니 놀랐다.

"신경 쓰지 말아달라고 하는 건 무리일지도 모르겠지만, 도글드 씨가 보내서 온 모험가예요. 도글드 씨의 지시로 그림을 받으러 왔어요."

사냐 씨는 놀라는 여자에게 말을 건넸다.

"남편이 보냈다고요?"

시간이 아깝기 때문에 나는 도글드 씨에게 받은 편지를 여성에게 건넸다.

"그건 아이템 봉투인가요?"

여성은 곰 인형 장갑의 입에서 편지가 나오는 것을 보고 놀랐다.

상인들은 이런 것에 눈이 가는 건가?

편지를 받아든 여자는 내용을 읽더니 몇 번인가 고개를 끄덕이며 내 쪽을 바라보곤 미소를 지었다.

어째서?

"이야기는 알겠어요. 하지만 믿기지 않아요. 이 편지는 오늘 날짜로 적혀 있는데, 이렇게 비가 내리는데도 당신들이 여기에 있다니."

"혹시 의심하고 있는 건가요?"

"아뇨, 남편의 편지가 있으니 믿고 있어요. 남편의 편지에도 만약 편지를 받으면 그림을 전달하라고 적혀있고요."

그 말에 안도했다. 여기까지 왔는데 줄 수 없다는 말을 듣지 않아서 다행이다. 사냐 씨도 같은 심정이었는지 안심하고 있었다.

"그저 이런 빗속에 어떻게 왔는지가 궁금해서요."

"그건 비밀이에요."

내가 아니라 사냐 씨가 대신 대답했다.

"알겠습니다. 그러면 본인 확인을 위해 길드 카드를 부탁드려도 될까요?"

사냐 씨와 나는 길드 카드를 꺼냈다.

여자는 길드 카드를 확인하더니 또다시 작게 웃었다.

"죄송해요. 정말로 직업이 곰이시네요. 남편의 편지에 왕도 모험가 길드의 길드 마스터인 사냐 님, 직업이 곰인 유나 님의 이름이 적여 있었거든요……."

그녀는 내 모습을 보면서 웃고 있었다.

그 부분은 직업이 곰이라고 적지 말고 평범하게 모험가라는 것과 이름만 적어도 되는 거 아냐?

상인이라면 그런 배려를 할 줄 알아야지.

"그리고 곰 옷차림을 하고 있다는 것도 적혀 있어요."

그 이야기를 들은 사냐 씨도 웃었다. 어쩐지 납득이 가지 않는다.

"그러면 준비를 할 테니 잠시 기다려주세요."

뭐, 무사히 그림을 받을 수 있게 돼서 다행이다.

"무사히 가지고 갈 수 있을 것 같네, 다행이야."

"이것으로 루이밍의 팔찌도 돌려받을 수 있겠네요."

"유나, 정말로 고마워. 말로는 다 할 수 없을 정도야."

"그래도, 곰돌이와 곰순이에 관해선 비밀로 해주셔야 돼요."

"물론이지."

우리가 이야기를 하고 있는데 여자가 커다란 목관을 낑낑대며 들고 왔다.

그것을 알아챈 사냐 씨가 도와줬다.

"죄송해요, 고맙습니다."

두 사람이 테이블 위에 목관을 올려놨다.

"이게 그건가요?"

"네, 남편에게 전달해주세요."

나는 곰 박스에 그림이 든 목관을 담았다.

이것을 전달하면 루이밍의 팔찌를 돌려받을 수 있다.

그림을 손에 넣었기 때문에 감사 인사를 하고 가게를 나갈 채비를 했다.

"벌써 돌아가시는 거예요?"

"도글드 씨가 기다리고 있거든요."

"어떻게 돌아가는지는 모르겠지만 조심히 가세요."

나와 사냐 씨는 가게에서 비가 내리는 밖으로 나갔다.

비는 그칠 낌새도 없이 계속 내리고 있었다.

하지만 상관없다.

우리는 서둘러 도글드 씨에게 돌아가기 위해 강을 향해 달렸다.

❧ 230 도글드, 곰 씨를 기다리다

 모험가 길드의 길드 마스터인 사냐 씨와 곰 옷차림을 한 여자아이는 달려서 나가버렸다.

 밖을 보니 비가 내리고 있었다. 그 두 사람은 이런 빗속에서 어떻게 강을 건넌다는 거지. 이 마을에 산지 오래 됐지만 폭우를 뚫고 강 건너편 마을로 가는 방법에 관해서는 들은 적이 없다. 무리해서 배로 가려고 한다면 강물에 휩쓸릴 것이다.

 혹시나 반대편에 도착했다고 해도 거기서 마을로 갔다가 또다시 배를 준비해서 이쪽으로 돌아오려고 하면 또 강물에 휩쓸릴 것이다. 시간이 많이 걸리고 무엇보다도 위험하다.

 하지만 그 곰 여자아이는 간단하게 건널 수 있다는 식으로 말했다. 어쩌면 내가 모르는 방법이 있을지도 모른다.

 도대체 어떻게 건너는 걸까. 매우 신경이 쓰였다.

 두 사람이 나가고 난 뒤 방에서 일을 하고 있는데 팔찌를 갖고 싶어 하는 레트벨 씨가 찾아왔다.

 벌써 오다니.

 아직 약속한 저녁이 아니었다.

 "이런, 레트벨 씨. 약속한 시간보다 빨리 오신 것 같은데요."

나는 빗속에 찾아온 나이 든 남성을 방으로 안내하고 의자에 앉게 했다.

"저녁에 오는 건 귀찮으니 빨리 왔네. 뭐가 됐든 이 빗속에서 배는 뜨지 않지. 지금 온다고 해서 변하는 건 없겠지."

보통은 그렇게 생각한다. 배는 움직이지 않으니 그림을 운반해 올 방법이 없었다.

나는 차를 준비해서 레트벨 씨 앞에 두었다.

"추우셨죠? 따뜻한 차라도 드세요."

"그래, 고맙네."

나도 의자에 앉아 레트벨 씨를 바라봤다.

"엘프의 팔찌 말인데 약속한 저녁까지 기다려주시면 감사하겠습니다."

"어째서지?"

"지금 약속한 그림을 가지러 간 사람이 있습니다."

"이렇게 비가 오는데 말인가?!"

레트벨 씨는 내 말을 듣고 놀랐다. 그건 그렇다. 이 마을 사람들의 상식으로는 비가 오면 건너편 마을로 갈 수 없는 것이 당연했다.

"네, 이 팔찌 주인의 언니입니다. 반드시 그림을 가지고 돌아오겠다고 하시며 이 빗속에서 나가셨거든요."

"그러면 그 팔찌를 되찾기 위해서 엘프가 나선 것인가."

"엘프에게 있어서 이 팔찌가 소중한 물건이라는 건 레트벨 씨도 알고 계시죠?"

"맞아, 알고 있지. 그래서 간단하게 손에 넣을 수 없다는 것도 말일세."

"가족의 소중한 물건을 되찾기 위해서 이 빗속에 출발했습니다. 저는 그 엘프와 약속을 했고요. 만약 레트벨 씨와 약속한 그림을 오늘 저녁까지 가지고 와 준다면 팔찌는 돌려주겠다고 말입니다. 레트벨 씨도 오늘 저녁까지 그림이 도착한다면 저번 일은 없었던 일로 해주신다고 약속해주셨죠."

"그래, 말했네. 하지만 그 엘프는 언제 출발했지? 요 며칠 비가 왔었는데."

"조금 전에 나갔습니다."

"조금 전이라고?"

"네, 반드시 저녁까지 돌아올 거라고 하시면서 나가셨습니다."

"자네는 막지 않은 건가? 강이 어떤 상태인지 모른다고는 말 못 하겠지. 이 폭우 속에 배도 움직이지 않는데 어떻게 반대편에 있는 마을에서 그림을 가지고 온다는 거지?"

"그건 모릅니다. 다만, 그분과 약속을 했어요. 오늘 저녁까지 레트벨 씨께 부탁받은 그림을 가지고 온다면 팔찌는 주인에게 돌려주겠다고요. 그러니 저녁까지 기다려주세요. 레트벨 씨도 상인이시니 아시겠죠. 상인에게 있어서 약속이 얼마만큼 중요한지."

"그렇긴 하네만……."

"그러니까 레트벨 씨와의 약속도 지킬 겁니다. 저녁까지 그림이 도착하지 않은 경우엔 그 팔찌는 레트벨 씨에게 넘기겠습니다."

그게 레트벨 씨와의 약속이다.

"알았네. 자네가 그렇게까지 말한다면야, 기다리도록 하지. 하지만 정말로 저녁까지일세."

"네."

사실 나도 돌아올 거라고는 생각하지 않았다.

하지만 약속했다. 그건 상인으로서 지켜야 하는 일이다. 그러므로 두 사람이 돌아오지 않았을 경우에는 팔찌를 레트벨 씨에게 넘길 생각이다.

그러니까 빨리 돌아와 주길 바랐다. 나는 그 엘프 소녀의 우는 얼굴을 보고 싶지 않았다.

🎀 231 곰 씨, 팔찌를 돌려받다

강가에 도착해서 곰돌이와 곰순이를 소환하고 격하게 파도치
는 강 위를 향해 달려갔다. 나와 사냐 씨를 태운 곰돌이와 곰순
이는 강 위를 달렸다.

사냐 씨는 두 번째이기도 해서 당황하지 않았다. 여전히 강의
물살은 거칠었지만 곰돌이와 곰순이는 상관없이 강 위를 달렸다.
그리고 무사히 강을 건넜다.

"유나, 얼른 가게로 가자. 시간은 있지만 빨리 가는 편이 좋을
것 같아."

아직 저녁이 되진 않았다.

하지만 사냐 씨가 말한 대로 조금이라도 빠른 편이 좋았다. 늦
어지기라도 해서 트집이 잡힌다면 성가셔진다.

우리는 서둘러 도글드 씨의 가게로 향했다. 가게 앞에는 마차가
세워져 있었다.

나와 사냐 씨가 가게 안으로 들어서자 가게에서 일하는 청년이
우리를 발견했다.

"벌써 돌아오신 거예요?"

청년은 놀란 듯 우리를 바라봤다.

"도글드 씨를 만나고 싶은데 괜찮을까?"

259

사냐 씨가 도글드 씨와의 면회를 요청했다.

"네, 지금 그림을 구입할 예정인 레트벨 님도 계세요."

레트벨이라는 상인이 와 있다는 건 눈앞에 멈춰있던 마차가 그의 것이라는 거겠지. 예정보다 이르지 않나?

아직 저녁이 되지 않았잖아.

청년은 안쪽 문을 노크하고 문을 열었다.

"점주님."

가게를 지키던 청년이 도글드 씨를 부르자 방 안에 있던 도글드 씨는 청년을 보았고, 그 후 우리에게로 시선이 옮겨졌다.

"돌아오신 건가요?"

우리는 방 안으로 들어섰다. 방 안에는 도글드 씨와 본 적 없는 나이 든 남성이 있었다.

"뭐지, 그 곰 옷차림을 한 여자는? 게다가 엘프라니 설마……."

나이 든 남성은 나를 보고 놀라더니 옆에 있던 사냐 씨를 바라봤다.

"조금 전 말씀드린 그림을 가지러 갔다던 사람들이에요. 사냐 씨, 그림을 가지고 오신 건가요?"

"네, 확실하게 받아 왔어요."

사냐 씨가 내 쪽을 쳐다봤다. 그림을 내가 가지고 있었기 때문에 나는 곰 박스에서 그림이 든 목관을 테이블 위에 꺼냈다.

"그러면 확인하도록 하겠습니다."

도글드 씨는 목관을 열어 내용물을 확인했다.

"틀림없습니다. 레트벨 씨도 확인해주세요."

"그래, 틀림없네. 화가 본인의 사인도 있어."

"정말 가지고 돌아와 주셨네요."

"믿기지 않는군."

"도글드 씨, 이것으로 약속을 지켜주시는 거죠?"

사냐 씨가 확인했다. 이래도 안 된다고 한다면 힘으로 해결할 수밖에 없다.

"네, 물론입니다. 레트벨 씨도 괜찮으시죠?"

도글드 씨가 눈앞에 있는 나이 든 남성에게 확인했다. 이 할아버지가 루이밍의 팔찌를 갖고 싶어했던 사람인가.

"당신이 그 팔찌의 주인인 엘프의 가족인가."

"네, 팔찌를 돌려받으러 왔어요. 저번 일은 모자란 여동생이 폐를 끼친 것 같아 죄송합니다."

"돈을 지불하겠다고 해도 넘겨주진 않겠지?"

"그 팔찌는 엘프에게 있어서 소중한 물건이에요. 양보할 수는 없습니다."

그 할아버지는 턱수염을 만지면서 조금 생각에 잠겼다.

"그건 그런데 이런 폭우 속에 자네들은 어떻게 강을 건넌 건가?"

그 질문에 사냐 씨는 슬쩍 미소 지은 뒤 「비밀이에요」라고 대답했다.

"이야기를 들었을 땐 절대로 무리일 거라 생각했는데……."

보통은 그렇게 생각하겠지.

"아쉽게 됐군."

할아버지는 아쉬워했다.

"죄송해요. 돈이 될 법한 물건이 달리 있다면 드렸을 텐데."

"아니, 괜찮네. 돈을 벌기 위해서 원했던 게 아니니까."

"그러면 어째서?"

사냐 씨가 할아버지에게 물었다.

"손녀에게 선물할 생각이었거든. 엘프의 팔찌에는 바람의 가호가 있지. 물론, 바람 마법을 잘 쓰는 사람이 아니면 의미가 없다는 것은 알고 있네. 하지만 부적으로 삼을 수 있지 않을까 싶었거든. 게다가 장래에 어떻게 될지도 모르니까 말일세."

손녀에게 줄 선물이었던 모양이다.

확실히 부적으로는 좋을지도 모른다.

"죄송해요. 이것만큼은 양보가 불가능합니다."

"괜찮네. 자네의 여동생에게는 두 번 다시 손에서 놓지 말라고 말해두게. 나처럼 원하는 사람도 많을 테니까."

"네, 잘 전해둘게요."

상상과는 다른 사람이었다. 조금 더 악독한 상인이라고 생각했는데 손녀를 아끼는 할아버지였다.

사냐 씨는 팔찌를 되사게 됐다.

　사냐 씨는 아이템 봉투에서 테이블 위로 보석을 꺼내더니 도글드 씨에게 건넸다. 나는 보석의 가치를 모르지만 도글드 씨는 보석을 한 개씩 확인하고 「네, 이거면 됩니다」라고 말한 뒤, 몇 개를 받아 들고 남은 보석을 사냐 씨에게 돌려줬다.

　교섭이 성립돼서 사냐 씨는 자신이 차고 있는 것과 같은 팔찌를 받아들었다. 아무래도 이게 루이밍의 팔찌인 모양이다.

　"유나, 이번 일은 고마웠어. 유나가 없었다면 그림을 옮겨 오는 문제가 아니라, 마을에 도착했을 때 이미 팔려 있었을 거야."

　분명 빨리 도착한 건 곰돌이와 곰순이 덕분이었다.

　마차였다면 아직도 이곳에 도착하지 못했을 것이다.

　"고맙다는 말은 곰돌이와 곰순이에게 해주세요."

　"그럼, 물론이지."

　이것으로 목적은 달성했다.

　남은 건 팔찌를 루이밍에게 전달하면 모든 게 끝난다.

　이것으로 미련 없이 엘프 마을을 향해 출발할 수 있다.

🎀 232 곰 씨, 그림책에 관해 교섭을 하다

"그래서, 도글드. 하나 더 부탁했던 건 어떻게 됐지?"

할아버지는 도글드 씨와 이야기를 시작했다. 우리는 타이밍을 놓쳐서 방에서 나가지 못했다.

"죄송합니다. 저로서도 무리였습니다."

"그렇군, 자네의 인맥으로도 찾을 수 없었나."

할아버지는 작게 한숨을 쉬었다.

어쩐지 그림 외에도 도글드 씨에게 부탁한 물건이 있는 것 같다. 하지만 그것을 찾을 수 없었던 모양이다.

"작가 쪽도 찾을 수 없는 건가? 작가를 안다면 그 사람에게 그림책을 그려달라고 할 수 있을지도 몰라."

아무래도 그림책의 작가를 찾고 있는 모양이군.

"그게, 역시 『곰』이라는 것 밖에 몰라서요. 작가를 찾는 것도 불가능했습니다. 그리고 그림책을 가지고 있는 사람 중에는 성의 관계자가 많다는 정도만 알아냈습니다."

지금 뭐라고 하셨죠?

작가명이 『곰』이라고 말하지 않았나? 게다가 그림책을 가지고 있는 건 성의 관계자들이라고……

"손녀를 위해 그 곰 그림책을 얻고 싶었는데……"

곰 그림책?!

"죄송합니다."

도글드 씨는 사과했다.

설마 할아버지가 찾고 있는 곰 그림책이라는 건 내가 그린 그림
책인가?

"그건 그렇고 곰이라⋯⋯."

할아버지가 내게로 시선을 보냈다.

네, 곰입니다만 문제라도?

"그러고 보니 성에 곰 옷차림을 한 여자아이가 출입한다고 하
는 소문이⋯⋯."

도글드 씨도 내게 시선을 옮겼다.

"곰 옷차림을 한 아가씨에게 묻겠는데, 짐작 가는 건 없나?"

모른다고 하는 건 간단했다. 하지만—.

"그렇게나 그 그림책이 갖고 싶으세요?"

"손녀에게 왕도에 있는 친구가 그림책을 한 번 보여준 적이 있는
데 엄청 마음에 든 모양이야. 하지만 아무리 해도 구할 수가 없어
서 말이네."

팔찌도 손녀를 위해서 구하려 했었고 이 할아버지는 나쁜 사람
처럼 보이지 않았다.

나는 고민한 끝에 곰 박스에서 그림책을 꺼냈다.

"곰 그림책은 이걸 말하는 건가요?"

할아버지는 표지를 본 순간 그림책으로 손을 뻗었다.

"그래, 맞아!"

할아버지는 그림책을 손에 들고 몸을 일으켜 소리쳤다.

"설마, 작가인 곰이라는 건……."

"저예요."

뭐, 보이는 그대로죠.

"그러면 왕도의 성에 출입하고 있다는 곰도……."

"그것도 저일 거예요."

도글드 씨의 질문에 대답했다.

"그렇군, 자네가 그림책의 작가로군."

할아버지가 새삼 나를 바라봤다.

"미안하지만 이걸 나에게 줄 수 있겠나. 물론 돈이라면 지불하지."

손녀를 위해서라고 하니 그냥 줘도 상관없지만 어느 정도의 가치가 있는지 궁금해서 물어봤다.

"얼마에 사주실 건데요?"

"얼마든 상관없네."

할아버지는 말도 안 되는 말을 했다.

얼마든 좋다니 대답 중 가장 곤란한 대답이다.

딱히 돈을 원한 것도 아니고 농담 반으로 물어봤던 것뿐이다.

"그래서, 곰 아가씨는 얼마를 생각하나?"

할아버지는 똑바로 나를 응시했다.

품평하는 시선이 느껴졌다.

설마, 역으로 시험당하고 있는 건가?

평범한 그림책의 가격으로 제시하는지, 아니면 가치를 따진 가격으로 제시하는지…….

"어떤가."

음, 모르는 사이에 할아버지의 페이스에 말려들었나.

역시나 나로서는 상인의 상술에는 당할 수 없다. 그렇다고 해서 적당히 금액을 제시하는 것은 지는 느낌이었다. 하지만 이대로 금액을 제시하지 않고 건네주는 건 왠지 분했다. 그래서 나는 이렇게 대답했다.

"대금은 그 손녀에게 받을게요."

"뭐라고?!"

예상 밖인 나의 대답에 할아버지는 놀랐다.

그 놀란 얼굴을 보았으니 내 승리인가?

"이 그림책을 손녀에게 전달했을 때의 미소로 정할게요. 만약 손녀가 기뻐하지 않는다면 아무리 돈을 준다고 해도 넘길 생각은 없어요. 하지만 최고의 미소를 보여준다면 선물로 줄게요."

"호오, 그런 말을 해도 되겠나? 내 손녀의 미소에 이길 수 있다고 생각하는 건가."

내 대답이 마음에 들었는지 할아버지는 씩 웃었다.

조금 전까지 품평을 하는 듯했던 강한 시선이 사라졌다.

딱히 손녀의 미소를 본다고 해서 내가 지는 것은 아니었다.

"아이의 진실된 미소는 돈을 준다고 해서 볼 수 있는 게 아니니까요."

"그 말에는 전적으로 동감하네."

할아버지는 내 말을 듣고 미소를 흘렸다.

"만약 제가 엄청난 금액을 제시했다면 어떻게 할 생각이었어요?"

"지불할 수 있는 금액이라면 샀지. 그렇지 않으면 포기했을 테고. 하지만 자네는 전혀 다른 대답을 내놨네. 오랜만에 웃었어. 설마 대가로 손녀의 미소를 요구할 줄은 생각도 못했군."

아무래도 선물했을 때 기뻐해주는 게 가장 기쁘니까.

"그러니까 대금은 확실하게 받겠습니다."

"손녀가 얼마든지 값을 치를 테니 걱정 말게."

딸바보가 아니라 손녀바보네.

이것으로 승부가 사라진 것 같지만 할아버지는 손녀가 미소 짓는다면 이기는 거라고 생각하는 모양이다.

나로서도 내가 그린 그림을 보고 웃어준다면 나의 승리라고 생각한다.

오히려 그림책에 흥미를 보이지 않는다면 나로서는 패배한 것과 같다.

"한 가지만 아가씨에게 확인하고 싶은데, 아가씨와 성은 무슨 관계지? 어째서 이렇게까지 정보를 얻을 수 없는 건가?"

"국왕 폐하한테 비밀로 해달라고 부탁했거든요."

"국왕 폐하라고?!"

국왕의 이름이 나오자 할아버지와 도글드 씨가 놀랐다.

"원래는 플로라 님을 위해 그린 그림이에요. 그런데 성에서 일하는 사람들이 플로라 님이 가지고 있는 그림책을 보고 가지고 싶어 해서, 성에서만 한정으로 복제를 허가했어요. 하지만 저에 관해 소문이 퍼지는 건 싫어서 작가에 관해서는 비밀로 해달라고 했고요."

"그래서 정보를 얻을 수 없었던 거로군. 그 때문에 입이 무거웠던 거야."

할아버지는 납득을 한 듯 고개를 끄덕였다.

"어째서 평범하게 팔지 않는 건가? 이거라면 잘 팔릴 거야. 심지어 후원자로는 국왕이 있잖나."

"딱히 돈이 부족하지도 않고 제가 작가라는 게 알려지면 성가시잖아요."

마지막으로 이곳에 있는 전원에게 그림책에 관해서는 입다물어 줄 것을 부탁했다.

이 부탁은 곧바로 승낙 받았다. 누구도 국왕에게 싸움을 거는 일은 하고 싶지 않겠지.

애써 국왕이 함구령을 내려주었다. 그림책을 주었다고 해도 그것은 변하지 않는다.

뒤에 권력이 있다는 건 이럴 때는 도움이 되네.

"그건 그렇고 자네는 국왕에게 매우 예쁨을 받는 모양이로군. 보통은 그림책에 이렇게까지 정보 통제를 하지는 않는다네."

분명 그럴지도 모른다. 아무렇지 않게 말한 내 말을 착실하게 지켜주고 있다. 뭐, 국왕이 봤을 때는 나의 수많은 비밀 중 하나에 지나지 않을 것이다.

마물 1만 마리 토벌에 크라켄 퇴치, 터널에 대한 것도 알고 있다. 아이언 골렘의 건도 알고 있다고 생각되니 그에 비해서 그림책의 비밀 같은 건 사소한 것이다.

"그러면 곰 아가씨, 지금부터 손녀를 만나러 같이 가주는 건가?"

"지금부터요?"

아무리 그래도 이르지 않나?

"얼른 손녀의 미소를 보고 싶으니 말일세."

재촉하는 얼굴에는 놓치지 않겠다고 적혀 있었다.

뭐, 숙소에 돌아간다 해도 내가 할 일은 아무것도 없었다.

"알았어요. 갈게요. 사냐 씨는 먼저 숙소로 돌아가서 루이밍을 안심시켜주세요."

미란다 씨 일행이 있으니 괜찮겠지만 걱정하고 있을지도 모른다.

"혼자서 괜찮겠어?"

괜찮겠어, 라니. 사냐 씨는 내 실력을 알고 있잖아요.

무슨 걱정을 하고 있는 걸까?

하지만 걱정해주는 건 기쁘다.

"싸움을 걸어온다고 해서 받아치면 안 돼."

그쪽을 걱정한 거구나.

싸움을 일으키지 않겠다는 약속은 할 수 없다. 이것은 게임을 하던 시절부터의 성격이다.

하지만 상대를 골라가며 하고 있으니 사냐 씨가 걱정할 법한 일은 일어나지 않을 것이다.

숙소로 돌아가는 사냐 씨와 헤어진 뒤 나는 할아버지의 마차를 타고 손녀를 만나러 갔다.

비는 그쳐 있었다. 조금 전까지 그렇게 내렸으면서…….

오늘은 비가 내리다가 그쳤다가 하는 바쁜 날씨다.

마부석에는 입구에 서 있던 남자가 앉았고 마차는 천천히 움직이기 시작했다.

마차 안에는 나와 할아버지 두 사람만 남게 됐고 다시 서로에게 자기소개를 했다.

"유나, 자네는 어째서 그런 복장을 하고 있는 거지?"

누구든 궁금해 하는 부분이다.

하지만 내 대답은 정해져 있었다.

"여러 가지 이유가 있어요."

"깊게는 묻지 않겠네. 지금까지의 인생 경험이 이 이상 묻지 않는 게 좋다고 말하는군."

그런 깊은 내용은 아닌데.

다만 말할 수 없을 뿐이다.

"그래서 레트벨 씨의 손녀는 몇 살이에요?"

나에 관해 물어도 대답할 내용이 거의 없어서 화제를 돌렸다.

나의 특기이다.

"올해로 5살이지. 나를 닮아 귀엽다고."

그거, 귀여운 거 맞아?

레트벨 씨를 닮았다니…… 아무리 생각해도 귀엽지는 않은데.

콧대가 닮은 정도라면 용서하겠지만.

그 뒤부터는 묻지도 않았는데 손녀의 귀여움에 관해 이야기하기 시작했다.

으음, 화제를 바꾸긴 했지만 손녀 자랑이 길게 이어졌다. 나도 피나의 귀여움이라면 엄청나게 이야기할 수 있다. 내가 손녀 자랑 얘기를 오른쪽에서부터 왼쪽으로 흘려듣고 있는데 마차가 멈췄다.

드디어 도착한 모양이다.

"벌써 도착했나. 아직 이야기를 다 나누지 못했는데……."

이미 충분합니다.

마차에서 내리자 그곳에는 높은 건물이 존재했다.

오층 정도일까?

"아래층이 가게고 윗층이 내 집이네."

즉, 이 건물 전부가 레트벨 씨의 것이라는 이야기로군.

"로디스, 마차는 맡기겠네."

"네."

마부석에 앉아 있던 남자는 대답을 하고 마차를 움직였다. 남겨진 우리는 건물 안으로 들어섰다.

레트벨 씨는 계단을 올라 집 안을 안내해주었다.

"미안하지만 여기서 기다려주게, 손녀를 데려오지."

그렇게 말한 레트벨 씨는 방에서 나갔다.

나는 방을 둘러보며 레트벨 씨를 기다렸다.

그림과 항아리 등이 장식되어 있었지만 나로서는 가치를 알 수 없었다.

하지만 곰 하우스에 무언가를 장식하는 건 좋을지도 모른다. 피나와 슈리가 좋아하는 곰이 좋을까?

차라리 내가 곰 그림을 그려볼까?

하지만 내가 그린 그림을 장식하는 건 어쩐지 싫은데. 그런 거라면 피나와 슈리가 그린 그림이 좋다.

그런 생각을 하면서 방 안을 둘러보고 있는데 문이 열리고 레트벨 씨가 들어왔다.

"기다리게 했군."

레트벨 씨의 뒤에는 작은 여자아이가 몸을 최대한 가리는 자세로 숨듯이 서 있었다.

그리고 여자아이를 보고 든 생각은 「역시 레트벨 씨랑 닮지 않았어」였다.

🎀 233 곰 씨, 여자아이에게 그림책을
선물하다

레트벨 씨의 뒤에 숨어서 나를 바라보고 있는 작은 여자아이가
있다.

조금 전에도 말했지만 한 번 더 말하도록 하지. 레트벨 씨와는
닮지 않았어.

세세한 얼굴의 부분들은 모르겠지만 머리카락의 색이 달랐다.

레트벨 씨는 검은 머리지만 여자아이는 예쁜 은색 머리였다.

설마 유괴한 건 아니겠지, 라고 물어보고 싶어졌다.

"곰 님?"

여자아이는 내 쪽을 보곤 조그마한 입을 열었다.

"안녕, 나는 유나야. 이름이 뭐야?"

나는 쭈그려 앉아 여자아이의 눈높이에 눈을 맞춘 후 물었다.

여자아이는 쑥스러워하며 레트벨 씨의 뒤에 숨어버렸다.

"이런, 제대로 인사해야지."

"……아루카."

"아루카구나. 귀여운 이름이네."

아루카는 기쁜 듯 미소 짓고 레트벨 씨 뒤에서 나왔다. 그리고
걸어오더니 나에게 안겨왔다.

"부드러워."

뭐, 인형 옷이니까.

"곰 님은 왜 여기에 있는 거야?"

자기소개를 했는데 어째서 곰이야?

그렇다고 해서 화를 내지는 않는다.

나도 성장했다.

"아루카의 할아버지가 불렀어."

"할아버지가?"

아루카는 레트벨 씨를 바라봤다.

"할아버지, 곰 님이랑 알아?"

"밖에서 만났어. 아루카랑도 만나달라고 부탁했단다."

아루카를 보는 레트벨 씨의 얼굴이 사르르 녹았다.

혈연관계라는 걸 몰랐다면 위험한 할아버지다. 피는 제대로 이어져 있겠지?

그런 위험한 할아버지는 무시하고 아루카 쪽을 봤다.

"아루카에게 선물을 가져왔어."

나는 곰 박스에서 곰 그림책 1권을 꺼냈다.

아루카는 그림책 표지를 본 순간 미소를 지었다.

"곰 님 그림책이다~"

그녀는 기뻐하며 곰 인형 장갑으로 건네준 책을 받았다.

"주는 거야?"

"응, 선물이야."

"고마워."

아루카의 얼굴에 환한 미소가 번졌다.

이렇게 되면 그림책은 무료로 선물해야겠네. 내가 레트벨 씨 쪽을 바라보자 의기양양한 얼굴을 짓고 있었다. 그런 레트벨 씨의 마음의 소리가 들려오는 것 같았다.

『어떠냐, 내 손녀는 귀엽지? 승부는 나의 승리다』

『이 미소는 내 그림책 덕분인데요?』

나는 그림책으로 시선을 보내면서 마음속으로 의기양양해 보였다.

필요 없다고 하지 않고 기뻐하며 받아줬으니 나의 승리다.

『어쨌든 아루카의 미소는 최고지?』

그것만큼은 동의해둔다.

마음속의 대화를 마치고 나서 누군가가 손을 끌어당기고 있는 것에 눈치챘다.

아루카의 작은 손이 내 곰 인형 장갑을 잡고 있었다.

"곰 님, 읽어줘."

그녀는 위로 올려다보며 부탁했다.

물론 거절할 수 없어서 읽어줬다.

"나는 아래층에 다녀오겠네. 아루카를 잠깐 부탁하지."

레트벨 씨는 우리를 두고 방에서 나가버렸다.

내가 소파에 앉자 아루카가 내 무릎 위에 앉았고, 나는 자신이 만든 그림책을 스스로 읽는다는 부끄러운 행동을 하게 됐다.

그림책 1권을 다 읽고 이어서 2권을 읽어주고 있는데 문이 열렸다.

들어온 건 레트벨 씨가 아닌 은색 머리의 여성이었다.

"정말 곰이네."

"엄마."

아루카는 일어나더니 은색 머리의 여성에게 안겼다.

아루카의 어머니인 모양이다. 아루카는 틀림없이 엄마를 닮았다.

그러면 레트벨 씨의 자식은 이 여성이 아닌 아들이고, 이 은색 머리의 여성과 결혼한 건가?

뭐, 할머니를 닮았을 가능성은 있지만 틀림없이 레트벨 씨와는 닮지 않았다.

"아이를 돌봐줘서 고마워요. 저는 이 아이의 엄마인 세플이라고 합니다."

"유나예요."

"이 아이가 떼를 쓰진 않았나요?"

"얌전하고 귀여웠어요."

"그렇다면 다행이지만…… 이게 그림책이군요."

세플 씨는 딸이 가지고 있는 그림책을 봤다.

"곰 님한테 받았어."

"잘 됐네."

기뻐하는 딸의 머리를 쓰다듬는다.

"아버님에게 들었어요. 그림책 정말 고맙습니다. 왕도에 있는 지인이 보여줬을 때 이 아이가 너무 마음에 들어 해서 곤란했거든요. 그래서 아버님에게 찾아달라고 부탁드렸는데 좀처럼 얻을 수가 없어서 포기하고 있었어요."

"저도 이렇게 좋아해줘서 기뻐요."

아루카는 그림책을 받고 매우 기뻐했다.

내 역할도 끝났으니 슬슬 돌아가려고 한 순간이었다.

"죄송해요. 차도 내오지 않고."

세플 씨는 당황한 듯 옆방으로 갔다.

"괜찮아요, 저는 이제 돌아갈 거예요."

"조금 더 있어주시지 않겠어요? 아버님도 보답을 하고 싶다고 하셨고, 가지 못하게 해달라고 부탁을 받았거든요."

보답은 아루카의 미소를 봤으니 필요 없었다. 그런 약속이었다.

"금방 오실 테니까 차라도 마시면서 기다려주세요."

"딱히 보답은—"

"곰 님, 가버리는 거야?"

내가 필요 없다고 대답하려는데 아루카가 내 옷을 붙잡았다. 이런 손에는 거역할 수 없는 나였다.

플로라 님도 그렇고 반칙이다. 치트 공격이다.

결국 나는 돌아가지 못하고 순순히 차를 얻어 마시게 됐다.

곧장 돌아가지는 않을 거라고 아루카에게 말한 뒤 옷을 잡고 있는 손을 풀었다.

내가 소파에 앉자 그 옆에 아루카가 폴짝 하고 점프해서 앉았다. 그리고 작은 손으로 내 옷을 잡았다.

아무래도 떨어져 준 것은 한 순간이었던 모양이다.

"후후, 딸이 엄청 마음에 든 모양이네요."

세플 씨는 내 앞의 의자에 앉아 차를 마시며 미소 짓고 있었다.

"이 옷차림 때문이죠."

"아버님께 곰 옷차림을 한 여자아이가 곰 그림책을 가지고 와줬고 딸과 함께 있다는 말을 들었을 때는 무슨 뜻인지 몰랐는데, 와 보니까 정말 곰 옷차림을 한 여자아이가 있어서 놀랐어요."

세플 씨는 내 쪽을 바라보며 웃더니 아루카에게 그림책을 빌려서 읽기 시작했다.

그림책을 한 번 더 다 읽은 무렵 레트벨 씨가 돌아왔다.

"미안하네, 늦어졌어."

"그러면 저는 이만……."

레트벨 씨가 왔으니 보답은 필요 없다는 뜻을 내비추고 돌아가기로 했다.

"잠시만 기다리게. 아직 보답이 끝나지 않았네."

"보답이라면…… 이미 아루카에게 받았는데요."

그게 분명 그림책을 주는 조건이었다.

하지만 레트벨 씨는 고개를 가로로 저었다.

"보답을 하게 해주게."

그렇게 말해도 곤란하다. 돈을 요구할 생각은 없다.

"필요 없어요. 게다가 약속했잖아요. 그림책의 대가는 아루카의 웃는 얼굴이라고. 이미 충분히 받았어요."

나는 옆에 앉아 있는 아루카의 머리에 살며시 손을 올렸다. 그러자 아루카는 기뻐하며 나를 보고 웃어줬다.

"자네에게 돈이 필요 없다는 건 알고 있네. 하지만 그러면 내기분이 내키지 않아. 이 마을과 관련된 대부분의 일은 내가 도와줄 수 있지. 무언가 보답할 수 있는 건 없는가?"

레트벨 씨의 말을 듣고 부탁할 것이 떠올랐다.

"그러면 하나 물어봐도 될까요?"

"뭐지?"

"이 마을에서 집을 살 수 있을까요?"

이 마을에 곰 이동문을 설치하기 위해서는 집이 필요했다.

왕도라면 구입 장소에 따라서는 소개장이 필요했다.

만약 똑같이 필요하다면 소개장을 써주길 원했다. 그러면 돈을 요구하지 않고 끝낼 수 있고 나로서도 도움이 됐다.

"이 마을에 살 생각인가?"

"그건 아니지만 이유가 있어서 집이 필요해요."

곰 이동문에 관해서는 말할 수 없었다.

여기는 조금 멀다. 가능하다면 곰 이동문을 설치하고 싶었다.

"그렇군. 뭐, 돈과 신분을 증명할 수 있다면 구입은 어렵지 않지."

"소개장 같은 건 필요 없나요?"

"특별히 필요하지는 않아. 다만, 장소에 따라서 가격이 달라질 뿐이네."

즉, 장소를 신경 쓰지 않는다면 돈으로 해결되는 모양이다.

"그럼 상업 길드에 가면 살 수 있는 거네요."

"자네, 정말로 이 마을에서 집을 살 생각인 겐가?"

"그럴 생각인데요."

"작은 집이라고 해도 자네 같은 아이가 살 수 있을 정도로 싸진 않아."

"괜찮아요."

돈이라면 원래의 세계에서 가져온 것도 있고 최근에는 가게와 터널 통행료도 들어오고 있다. 어느 정도의 금액이 들어 있는지 확인은 하지 않았지만 나름대로 있을 것이다.

"아버님, 그런 거라면 그 집을 싸게 파시는 건 어떠세요?"

이야기를 듣고 있던 세플 씨가 레트벨 씨에게 말을 걸었다.

"……아아, 그 집 말이냐. 하지만 조금 떨어진 곳에 있는데."

이야기에 따르면 마을에서 조금 떨어진 곳에 작은 집이 있다고 했다.

그 집은 몇 년 전부터 사용하는 일도, 사려는 사람도 없어서 방치되어 있다고 했다.

나로서는 곰 이동문을 설치할 수 있다면 문제는 없었다.

토지만 구입한 뒤 곰 하우스를 꺼낼 필요도 없으니 소란을 피울 염려도 없어서 고마웠다.

게다가 상업 길드에 가서 구입 수속을 하는 것도 귀찮고, 상업 길드에서 소란스러워질 것을 생각했을 때 양도받을 수 있다면 양도받고 싶었다.

"정말로 양도해주시는 거라면 고맙겠습니다."

"그러면 지금부터 안내하지. 금액 부분은 보고난 뒤에 결정하는 편이 좋겠지."

레트벨 씨가 자리에서 일어난 뒤 나도 일어나려고 했는데 아루카의 작은 손이 옷을 놓아주지 않았다.

"아루카, 미안해. 이제 가야 돼."

"곰 님……."

아루카는 쓸쓸해했다.

"또 올게."

"정말?"

"유나가 정말 마음에 드는 모양이야. 아루카는 낯을 가리는데 신기하네."

세플 씨가 미소 지으며 알려줬다.

기쁘긴 하지만 곤란하다.

하지만 이런 아이를 타이르는 방법을 최근에 입수했다.

284

나는 곰 박스에서 곰돌이 인형과 곰순이 인형을 꺼냈다.

"검은 곰 님이랑 하얀 곰 님!"

아루카는 곰돌이와 곰순이 인형을 보고 소리쳤다.

그리고 나를 잡고 있던 손이 느슨해지더니 두 개의 곰 인형을 껴안았다.

"어머나, 귀여운 곰 인형이네."

"자네, 그림책만이 아니라 인형까지 가지고 있는 건가."

"따라서 만들거나 하진 말아주세요."

"그런 짓은 안 해."

"이 곰 님이 나 대신이야."

"주는 거야?"

"응, 소중히 해줘."

"응, 고마워."

아루카는 기쁘게 곰 인형을 끌어안았다.

집을 양도받는 게 가능하다면 언제라도 올 수 있게 된다.

아루카와 헤어지고 레트벨 씨의 안내로 집이 있는 장소로 향했다.

걸어가는 건 줄 알았는데 레트벨 씨가 마차를 내왔다.

🎀 234 곰 씨, 엘프 마을을 향해
   다시 출발하다

레트벨 씨의 마차를 타고 그 집으로 향했다. 마차는 다그닥다그닥 하며 나아갔고 중심 거리에서 벗어났다.

그리고 작고 귀여운 빨간 지붕의 집 앞에서 멈췄다.

"여기인데, 어떤가?"

중심가에서 떨어져 있어서 행인도 적었다. 나로서는 좋은 입지 조건이다.

레트벨 씨가 가지고 온 열쇠로 문을 따고 집 안으로 들어서자 먼지 냄새가 조금 났기 때문에 창문을 열어 환기를 시켰다.

꽤 긴 시간 동안 사용하지 않았던 걸까?

"가끔 청소는 하고 있지만 매일 하는 것은 아니라서 조금 먼지 가 있는 건 용서해주게."

아니, 완전 깨끗한 편이다. 몇 년 동안 사용하지 않은 집이라면 이 정도는 어쩔 수 없었다.

집 안을 돌아봤지만 침대와 가구 등 최소한으로 필요한 가구들 은 설치되어 있었다.

1층은 부엌에 거실에 화장실에 욕실.

2층으로 올라가면 방이 두 개 있었다.

신혼부부의 집이라는 느낌이다.

뭐, 나는 이동할 때의 거점으로만 삼을 테니 아무런 문제는 없었다.

여기에 이동문을 설치하면 옆 나라로 가는 게 편해진다. 욕심내서 말하자면 강 건너의 마을이 더 좋았지만 욕심을 부리면 끝이 없다.

"응, 좋은 느낌이네요. 그래서 얼마에 넘겨주실 거예요?"

레트벨 씨는 말없이 한 장의 종이를 꺼냈다.

그 종이는 이 집의 권리서로 보였다.

"돈은 필요 없네. 이 집은 자네에게 넘기지. 자네가 그림책을 두 권이나 줬다는 걸 알고 있네. 게다가 인형까지 줬어. 그 보답이네."

"그러면 계산이 안 맞는다고 생각되는데요?"

"그건 자네가 정하는 게 아니라네. 그 그림책은 나로서는 무슨 짓을 해도 얻을 수 없었던 거야. 마음 쓰지 않아도 된다네. 내가 주는 감사의 마음일세. 게다가 자네가 옮겨준 그림은 급하게 넘겨줘야 하는 그림이라서 옮겨주지 않았다면 거래에 손실이 생길 뻔했어."

"혹시 망가뜨린 그림도?"

"그렇네. 원래라면 그게 필요했었지. 하지만 아직 시간이 있어서 다른 그림을 준비하기로 했던 건데 요 며칠 비로 배가 뜨지 못해서 이쪽도 곤란했어. 그걸 자네가 가지고 와준 거야. 그러니까 감사하는 마음이라 생각하고 받아주게."

"그래도 제가 집을 받을 정도의 일을 하지는 않은 것 같은데요?"

"신경 쓰지 않아도 돼. 아루카의 미소를 보게 해준 답례야. 그 미소는 돈을 지불한다고 해서 볼 수 있는 게 아니지. 아가씨에게 는 정말 감사하고 있다네."

"정말로 괜찮으세요?"

"그래. 어차피 팔 사람도 정해지지 않고 방치해두고 있던 집이 야. 원한다면 아가씨에게 넘기도록 하지."

레트벨 씨는 권리서로 보이는 종이를 내게 건넸다.

"그러면 감사히 받을게요."

나는 조금 고민했지만 감사 인사를 하고 권리서를 받았다.

"정말로 데려다 주지 않아도 되는가?"

"네, 조금 더 집을 보고 싶어요."

곰 이동문을 설치하는 작업이 남아 있었다.

"그렇군. 그럼 무슨 일 있으면 집으로 와 주게."

레트벨 씨는 떠났다.

청소는 가끔 하고 있다고 들었지만 약간의 먼지가 신경 쓰였다.

나는 바람 마법을 사용해서 바닥에 쌓인 먼지를 밖으로 내보냈 다. 모든 방에서 반복했다. 커다란 가구들만 갖춰져 있어서 가능 한 방법이었다. 작은 물건들이 있었다면 함께 날아가버렸겠지.

간단한 청소를 마친 나는 곰 이동문을 2층 침실 옆의 방에 설치하기로 했다. 이것으로 언제든지 이 마을에 올 수가 있다.

귀가가 너무 늦어지면 사냐 씨와 루이밍을 걱정시킬 테니 문단속을 한 뒤 숙소로 돌아갔다.

"유나, 시간이 많이 걸렸는데 아무 일 없었어?"

사냐 씨가 걱정스러운 듯 말을 걸었다.

아무래도 걱정을 끼쳐버린 것 같았다.

조금 더 빨리 돌아왔어야 했나. 조금 더 늦었더라면 레트벨 씨의 집까지 데리러 올 작정이었던 모양이다.

"괜찮아요. 손녀랑 만나서 그림책도 읽어주고 차를 대접받은 정도였어요."

늦어진 이유를 설명했지만 집을 받았다는 건 비밀로 해뒀다.

"그렇다면 다행이지만……. 무슨 일을 당했으면 제대로 말해야 돼."

사냐 씨의 마음에 감사하고 있는데 루이밍이 말을 걸어왔다.

"유나 씨, 고마웠어요."

루이밍이 깊숙히 머리를 숙였다.

루이밍의 팔로 눈을 돌리자 착실하게 사냐 씨와 똑같은 팔찌를 차고 있었다.

"팔찌가 돌아와서 다행이야."

"이것도 유나 씨 덕분이에요."

"돈을 지불한 건 사냐 씨인걸."

내가 한 일은 곰순이를 타고 강을 건넌 것뿐이다.

그게 가장 힘든 일이라고 한다면 맞지만, 신님한테 받은 스킬이다. 그것으로 생색을 낼 생각은 없다.

"언니에게 여러 이야기를 들었어요. 유나 씨가 없었다면 되찾지 못했을 거라고 했어요."

"그렇지 않아. 사냐 씨도 열심이었어."

"하지만 곰돌이와 곰순이가 강 위를 달렸다면서요."

아무래도 수상보행에 관해서는 들은 모양이다.

며칠은 배가 움직이지 않으니 하루라도 빨리 엘프 마을로 향하기 위해 루이밍에게는 말해도 된다고 말해뒀었다.

"감사 인사라면 곰돌이랑 곰순이에게 해줘. 그 아이들이 빗속에서 노력했으니까."

"네, 물론 곰돌이와 곰순이에게도 감사해요."

"그러면 유나도 돌아왔으니까 식사하러 나가볼까. 미란다 일행도 기다리고 있어."

루이밍의 곁에 있어준 미란다 씨 일행에게 저녁을 대접하게 됐다고 했다.

사냐 씨와 루이밍은 나를 기다리느라 숙소에 있었다고 한다.

우리는 만나기로 한 가게로 향했다.

"모두들, 정말로 고마워. 이 바보 같은 동생이 민폐를 끼쳐서 미안해."

사냐 씨가 미란다 씨 일행에게 사과했다.

"그 거센 물살의 강을 어떻게 건넜는지도 궁금하지만, 팔찌를 다시 사들인 사냐 씨는 역시 길드 마스터시네요."

"우리 같은 가난한 모험가들에게는 무리예요."

자기들이 말하고 자기들끼리 쓴웃음을 짓는 미란다 씨 일행.

"그런데 유나, 어떻게 강을 건넌 거야?"

에리엘 씨가 나에게 바짝 다가와 물었다.

나는 떨어지면서 대답했다.

"물론 비밀이죠."

"알려줘도 괜찮은데."

에리엘 씨는 입을 삐죽였다.

"사냐 씨, 어떻게 강을 건너신 거예요?"

내게서 들을 수 없다고 생각한 미란다 씨가 사냐 씨에게 물었다.

"길드 마스터는 모험가의 정보를 유출하지 않아."

"으, 아쉽다."

그런 뒤 팔찌 이야기도 끝나고 앞으로의 이야기를 하게 됐다.

"배는 움직일 것 같아?"

"으음, 앞으로 3일은 걸릴까? 그 정도면 움직일 것 같아요."

"하지만 요 며칠 배가 뜨지 못했으니까 타려는 사람들로 복잡할 거예요."

이 마을에서 모험가를 하고 있는 미란다 씨가 그렇게 말한다면 배가 움직이는 건 3일 후가 되겠지.

타게 되면 조금 더 유유자적하게 주변의 경치를 보면서 타고 싶었다. 사람이 붐비는 배에는 타고 싶지 않다.

역시 곰돌이와 곰순이를 타고 이동해야 하나.

"정말 이번엔 루이밍을 위해 움직여줘서 고마웠어. 만약 왕도에 올 일이 있으면 모험가 길드에 들려줘. 답례는 할 테니까."

"네, 왕도에 가면 답례랑은 상관없이 무조건 들릴게요."

뭐, 미란다 씨 일행은 모험가이니까 모험가 길드에는 분명히 들리겠지.

그때 나도 왕도에 있으면 좋겠지만 역시 그건 어려울까?

"유나도 왕도에 살고 있는 거야?"

에리엘 씨가 물어왔다. 이 사람에게는 그다지 알려주고 싶지 않은데…… 크리모니아는 머니까 괜찮겠지.

"크리모니아라는 마을이에요."

"앗, 분명히 크리모니아는……."

"조금 멀지?"

에리엘 씨가 생각하고 있는데 미란다 씨가 대답했다.

그러니까 못 올 거예요.

"하지만 못 갈 거리는 아닌데."

"그러면 다음번에 가면 집에 묵게 해줘."

온힘을 다해 거절합니다.

나는 그 요청을 웃음으로 때웠다.

"모두들, 정말로 고마웠어요. 여러분들을 만나게 돼서 다행이예요."

"도움이 되진 않았지만."

"확실히 그렇긴 해."

"그렇지 않아요. 모두들 상냥하게 대해주셔서 기뻤어요."

"그렇게 말해주면 기쁘지. 루이밍이나 사냐 씨와 유나도 다시이 마을에 오게 되면 얼굴 비춰주세요."

"네."

대화는 식사가 끝날 때까지 이어졌다.

다음 날, 어제까지의 비가 그치고 거짓말처럼 맑아졌다.

하지만 강의 물살은 격해서 배는 뜨지 않았다. 우리는 예정대로 곰돌이와 곰순이를 타고 강을 건너기 위해 마을에서 한 번 나갔다.

이렇게 날씨 좋은 날에 곰돌이와 곰순이를 소환한 뒤 선착장에서 수상보행으로 출발할 수는 없었다. 그렇기 때문에 마을에서 떨어진 장소까지 가서 강을 건너기로 했다.

"이 부근이 괜찮으려나."

마을에서 떨어진 상류까지 왔다.

물론 사람의 모습은 없었다.

"여기에서 강을 건너는 거네요."

곰돌이에 올라타 있는 루이밍이 기뻐했다.

조금 전부터 「아직인가요」, 「슬슬 괜찮지 않을까요」라고 말을 하고 있었다.

"강 위에서 소란 피우면 안 돼. 떨어져도 책임 못 지니까."

날씨는 좋지만 강은 아직 거칠었다.

괜찮을 거라고는 생각하지만 일단 충고를 해뒀다.

곰돌이와 곰순이는 강으로 뛰어들어 강 위를 달려 나갔다.

"대단해요! 정말로 강 위를 달리고 있네요!"

루이밍은 난리를 피우진 않았지만 소란스러웠다.

"루이밍, 조용히 해."

"하지만 언니, 강 위를 달리고 있잖아."

"알고 있어."

사냐 씨는 동생을 조용히 시키려고 했으나 멈추지 않았다.

뭐, 그것도 몇 분이면 끝난다.

곰돌이와 곰순이는 눈 깜짝할 사이에 강을 다 건너버렸다.

"곰돌이는 대단하네요."

루이밍은 곰돌이를 안은 뒤 쓰다듬었다.

다 건넜는데 흥분은 가라앉지 않는 모양이다.

그런 루이밍의 대응은 사냐 씨에게 맡기고 우리는 다시 엘프 마을을 향해 출발했다.

곰곰곰베어엄

번외편

🎀 루파 전편

살바드 가문은 곰 옷차림을 한 여자아이에 의해 망하게 되었고 가쥴드 님은 붙잡히게 되었습니다.

가쥴드 님은 협박, 뒷거래, 뇌물 등 여러 가지 나쁜 일들을 해왔죠.

그리고 이번에 아들인 란돌 님이 이 마을의 귀족인 미사나 님을 유괴한 것이 치명상이 되어버렸습니다.

제가 저택을 청소하고 있는데 현관에서 엄청난 굉음이 들려왔습니다. 서둘러 가보니 곰 옷차림을 한 여자아이와 검은 곰과 하얀 곰이 있었습니다.

곰 옷차림을 한 여자아이는 매우 화나 있었고, 귀여운 옷차림에서는 상상도 못할 표정으로 가쥴드 님과 란돌 님을 노려보고 있었습니다.

이야기에 따르면 가쥴드 님과 란돌 님이 파렌그람 가문의 미사나 님을 납치했다고 했습니다. 가쥴드 님은 유괴를 부정했지만 여자아이는 미사나 님이 여기에 있다는 것을 확신하고 있었죠.

란돌 님이 호위인 브래드에게 여자아이를 쓰러뜨리도록 지시를 내렸습니다. 브래드가 엄청 세다는 것은 알고 있습니다. 정중한 말투를 사용하는 것과는 달리 폭력을 좋아해서 다가가기 싫은 인물입니다.

그런 브래드와 곰 여자아이의 싸움이 시작되었습니다. 여자아이가 괴롭힘 당하는 모습이 뇌리에 스쳤습니다. 도망치길 바랐죠.

하지만 귀여운 곰 여자아이는 브래드와 호각으로 싸웠고 마법을 사용했으며 마지막으로는 때려눕혀 버렸습니다.

눈앞의 광경이 믿기지 않았습니다. 그건 다른 고용인들도 마찬가지인 듯 움직이지 않게 된 브래드와 화를 내고 있는 곰 여자아이에게 시선이 고정되었습니다.

주위를 보니 어느샌가 란돌 님의 모습이 없었습니다. 가즐드 님의 모습밖에 없었죠.

곰 옷차림을 한 여자아이는 가즐드 님을 추궁했습니다. 그때 사라졌던 란돌 님이 미사나 님을 데리고 돌아왔습니다. 인질로 쓸 작정인 것 같았습니다.

하지만 곰 여자아이는 란돌 님이 말을 하기 전에 힘껏 후려치더니 미사나 님을 구출했습니다.

미사나 님은 흐느껴 울고 있었지만 곰 여자아이는 부드럽게 미사나 님을 끌어안았습니다. 그 상냥한 얼굴이 여자아이의 원래 표정일지도 모릅니다.

가즐드 님은 아우성을 쳤지만 곰 여자아이의 일격으로 기절해

버리고 말았습니다.

그 후 귀족이신 엘레로라 님의 등장으로 상인의 아이들도 붙잡혀 있다는 것이 알려져 가줄드 님은 체포당하게 되었습니다.

찰나의 시간 동안 살바드 가문이 붕괴했습니다.

이것으로 드디어 가줄드 님에게서 해방됩니다. 그와 동시에 제가 가줄드 님에게 가담해왔던 일도 알려지게 되었습니다. 하지만 그건 큰일이 아니었습니다.

저는 엘레로라 님에게 협력 하겠다고 했습니다. 가줄드 님과 함께 해왔던 일들을 용서받을 순 없겠지만 뭐든지 하고 싶었습니다. 저는 엘레로라 님을 지하에 붙잡혀 있는 아이들이 있는 곳으로 안내했습니다.

아이들에게 구조가 왔다는 것을 알리자 기뻐했습니다. 지하실에서 나올 때 저는 엘레로라 님에게 나중에 다른 방을 확인해달라고 부탁했습니다.

그 방은 고문의 방으로 가줄드 님에게 거역하는 자가 끌려가는 곳이었습니다. 들어가게 되면 안에서 울부짖는 소리가 몇 번이나 들렸고 며칠 후에는 들리지 않게 되었습니다.

제가 들어간 적은 한 번도 없었지만 상상은 되었습니다.

아이들을 데려다 준 뒤 가줄드 님의 방에서 지하 방의 열쇠를 손에 넣은 저와 엘레로라 님은 호위 두 명을 데리고 지하실로 돌아갔습니다.

"이 방에 뭐가 있는 거지?"

저는 가쥴드 님의 방에서 얻은 열쇠를 사용해 문을 열었습니다. 문을 연 순간 코를 찌르는 악취가 풍겼습니다.

"이곳은 대체 뭐야?"

방 안은 전부 피 냄새.

직접 방을 본 엘레로라 님에게 설명은 필요하지 않았습니다.

엘레로라 님과 호위들은 방 안을 조사하기 시작했습니다.

저는 방 안에 있는 책상의 서랍을 열었습니다.

그곳에는 몇 장의 시민 카드와 길드 카드가 들어 있었습니다. 저는 천천히 한 장, 한 장, 카드를 확인했습니다.

……있다.

그곳에는 아버지의 이름이 적힌 길드 카드가 있었습니다.

아버지가 도망칠 리 없습니다. 아버지는 저를 내버리지 않았습니다. 아버지의 길드 카드를 보자 눈물이 흘렸습니다.

"루파?"

엘레로라 님이 뒤에서 말을 걸어왔지만 대답을 할 수 없었습니다. 저는 오열을 억눌렀고 눈물을 훔친 후 뒤돌아 엘레로라 님에게 카드를 건넸습니다.

"이 방에서 살해당했다고 생각되는 사람들의 시민 카드와 길드 카드입니다. 확인해주세요."

"설마, 당신의 아버지도?"

"네, 저희 아버지의 길드 카드도 있었습니다."

"그래, 뭐라 말해야 좋을지 모르겠지만……."

"괜찮습니다. 살해당했을 가능성도 생각하고 있었어요. 다만,
아버지의 길드 카드를 보니 눈물이 멈추지 않아서……."

"육친이 살해를 당했다면 참을 수 없겠지."

닦아도 닦아도 눈물은 멈추지 않았습니다.

……아버지.

"엘레로라 님, 한 가지 부탁이 있습니다."

"뭐지?"

"그, 살해당한 사람들의 유체가 어디에 있는지 가줄드 님에게
확인해주실 수 있을까요?"

아버지가 어디에 계신지 알고 싶었습니다.

"그건 당연히 할 거야. 가족에게는 꽃을 바칠 권리가 있으니까."

"고맙습니다."

그런 뒤 방의 탐색이 이루어졌지만 속이 안 좋아졌습니다.

"밖에서 쉬고 있어도 돼."

"아뇨, 도울게요."

"그건 고맙지만, 정말 괜찮겠어?"

"네, 괜찮습니다."

"강하네."

강하지 않습니다. 항상 도망치고 싶다고 생각했습니다. 하지만

약해서 도망칠 수가 없었습니다. 그러니까 저는 강하지 않습니다.

　다른 방도 확인한 우리는 가줄드 님의 방으로 가서 본격적으로 조사하기 시작했습니다.

　"여기에 상인과의 계약서가 있습니다."

　서랍에서 대량의 계약서가 나왔습니다.

　"개중에는 협박을 당해서 억지로 거래한 계약도 있네요. 확인 부탁드립니다."

　"양이 꽤 되네. 이건 그란 할아버지의 일이야. 하지만 양이 이렇게나 많으면 왕도에서도 도와줄 사람을 불러야겠어."

　저는 다음 서랍을 확인했습니다.

　"이건……."

　"뭔가 있었어?"

　"제 시민 카드예요."

　저는 엘레로라 님에게 건네줬습니다. 저도 범죄자 중 한 사람입니다. 다른 고용인들도 시민 카드를 제출했습니다. 그러니 제 시민 카드도 엘레로라 님에게 건네야 합니다.

　제 마음을 이해해준 건지 엘레로라 님은 받아들여 주셨습니다. 다른 고용인들의 시민 카드가 더 나왔습니다.

　"시민 카드를 빼앗다니 너무하는군."

　"빚이 있으니까 어쩔 수 없었을 거예요."

"당신은 담담하네."

"……그렇게 생각하지 않으면 견딜 수 없었을 거라고 생각해요."

하지만 저는 아버지의 길드 카드를 보고 울어버렸습니다. 그때는 끓어오르는 감정을 억누를 수 없었습니다.

마음속 어딘가에서 아버지가 살아 있을지도 모른다는 생각이 있었습니다. 그래서 지금까지 열심히 살 수 있었습니다.

"미안해."

엘레로라 님이 그렇게 말해주셨지만 엘레로라 님이 사과할 일이 아닙니다.

그 다음, 지친 얼굴을 한 그란 님이 찾아왔고 엘레로라 님이 설명했습니다.

"이건 전부 조사하는데 시간이 걸릴 것 같네요."

엘레로라 님은 작게 한숨을 내쉬었습니다.

"그러게 말일세. 이렇게 심각할 줄은 몰랐어."

그란 님이 가쥴드 님이 해온 일을 듣고 더욱 지친 표정을 지었습니다.

가쥴드 님의 저택에서 일하고 있던 고용인들은 구치소로 끌려 갔습니다. 저도 예외는 아니었습니다. 저는 가쥴드 님의 가까이에 있었기 때문에 꽤 많은 것들을 알고 있어서 다른 사람들과는 떨어져 독방에 갇혔습니다.

구치소에 들어온 사람은 순서대로 조사를 받았고, 가줄드 님과 연관이 없는 사람들은 자유가 허가되어 가족이 있는 곳으로 돌아갔습니다. 하지만 저는 아직 남아있었습니다.

가줄드 님 곁에 있던 제가 자유를 허락 받을 리 없습니다.

어찌 되었든 도망칠 수도 없습니다. 마을에는 가족도 없고 시민 카드도 없으니까 마을에서 나갈 수도 없습니다. 더욱이 마을을 나간다고 해도 제게 갈만한 곳은 없습니다.

가끔 엘레로라 님과 그란 님이 이야기를 들으러 오셨습니다. 때로는 가줄드 님의 저택에 연행되어 설명을 하기도 했습니다.

가줄드 님이 체포되고 며칠이 지난 뒤 그란 님과 엘레로라 님은 왕도로 가시게 되었습니다. 가줄드 님도 함께 간다고 했습니다.

출발하기 전에 엘레로라 님과 그란 님이 찾아오셨습니다.

"저는 가지 않아도 괜찮나요?"

"괜찮아."

"자네에게서 얻은 정보는 모두 사실이었네. 이제 와서 자네를 왕도에 데리고 갈 이유도 없지."

"그렇군요."

저도 함께 가게 될 거라고 생각했는데 저는 남겨지는 모양입니다.

"가줄드의 벌이 정해지는 대로 자네의 처우도 정해질 걸세. 미안하지만 조금만 더 기다려주게."

"네."

제 자신에게 미래가 없다는 것은 알고 있습니다.

남은 것은 기다리는 수밖에 없죠.

🎀 엘레로라 씨, 왕도로 돌아가다

"하아."

한숨이 나왔다.

노아를 만나고 싶어서 국왕 폐하에게 부탁을 한 뒤 시린 마을에 왔는데 이렇게 일이 커질 줄은 몰랐다.

나는 시린 마을을 조사한다는 명목으로 노아를 만나러 왔다. 시린 마을은 파렌그람 가문과 살바드 가문, 이렇게 두 귀족이 같이 다스리는 독특한 마을이다.

과거에는 사이가 좋았던 두 집안이었지만 영주가 자식에게 계승을 해주면서 점차 양가의 사이가 나빠졌다. 가장 사이가 나빠진 것은 살바드 가문의 가쥴드가 영주가 된 후부터였다.

소문만으로는 처벌할 수 없었다. 소문만으로 벌하는 것은 나라의 끝을 알리는 것과 같다. 제대로 증거에 기반해서 벌을 내려야 한다.

그러니 노아를 만나러 오면서 살바드 가문의 악행을 조금이라도 발견하게 되면 좋겠다고 생각했다.

그랬는데 시린 마을에 오고 이틀 만에 사건이 일어났다.

그란 파렌그람의 손녀인 미사나가 납치를 당했다. 그 일을 알게 된 유나가 분노하고 폭주했다. 소환수인 곰에게 미사나가 있는 곳을 찾게 만들고 살바드 가문에 혈혈단신으로 쳐들어갔다.

내가 상업 길드에서 나와 걷고 있는데 무서운 얼굴을 한 유나가 곰돌이에 올라탄 채 마을 한복판을 질주하고 있어서 놀랐다.

내가 호위 세 명을 데리고 유나를 뒤따라가니 그곳은 가쥴드의 저택이었다. 대문은 부서져 있었고 현관은 사라져 있었다.

저택 안으로 들어서자 유나가 두꺼비 같은 얼굴의 가쥴드를 향해 주먹을 휘두르려고 하는 와중이었다. 나는 소리쳐 멈춰 세웠지만 조금 늦어서 가쥴드는 얻어맞았다.

그것은 살바드 가문이 괴멸한 순간이기도 했다.

이 마을에 유나가 있었던 것은 살바드 가문에게 있어서 불운이었다.

유나이기 때문에 왕도에서 왕궁 주방장인 젤레프를 데리고 올 수 있었다. 유나이기 때문에 파티 날짜에 맞춰 도착할 수 있었다. 유나이기 때문에 미사나가 유괴된 곳을 알았다. 유나이기 때문에 혼자서 쳐들어 갈 수 있었다. 유나이기 때문에 실력이 뛰어난 호위를 쓰러뜨릴 수 있었다.

살바드 가문에게 있어서 유나는 악몽과도 같은 존재였겠지.

반대로 파렌그람 가문에게는 유나가 행운의 여신이다.

"후후."

곰 옷차림을 한 사랑스러운 여자아이가 여신이라고 생각하니

웃음이 나와 버렸다.

유나와 관련된 선량한 사람들은 모두 행복해진다. 반대로 적대한 자들은 마물이든 모험가든 불운해진다. 정말로 여신 같은 존재였다.

유나의 존재가 양 가문의 명암을 갈랐다.

나는 지금 국왕 폐하에게 보고할 자료를 만들고 있었다.

원래라면 딸과 즐겁게 지내고 있을 예정이었는데…….

그나마 다행인 건 딸과 아이들이 곰들과 노는 모습을 볼 수 있었다는 것이다. 노아와 친구들이 곰 옷차림을 하고 유나의 곰들과 노는 모습은 귀여웠다.

나는 가줄드가 행한 범죄를 조사하고 계약서를 토대로 증언을 모아 사실 관계를 확인했다.

그란 할아버지와 클리프, 레오날드도 도와주었지만 아무리 해도 국왕 폐하의 대리인인 내 일이 늘어났다.

고용인들과 관계자들은 순순히 이야기했으나 가줄드의 취조는 힘들었다. 입만 열면 폭언만 했고 아들도 가줄드와 닮아서 폭언을 토했다. 하지만 증거와 증언 등으로 가줄드를 추궁하자 서서히 점잖아졌다.

그건 그렇고 가줄드의 악행은 끝이 없었다. 끝이 없어. 잘도 여태껏 나쁜 짓을 계속해왔다.

대충 증거와 증언을 다 모은 나는 그란 할아버지와 함께 왕도로 가기로 했다.

"이런 일이 없었다면 시찰을 구실로 크리모니아에 들르려고 했었는데."

예정이 뒤엉켜 크리모니아에는 못 가고 왕도로 돌아가게 됐다.

"그건 미안하게 됐네."

같은 마차에 탄 그란 할아버지가 사과했다.

"괜찮아요. 그란 할아버지가 나쁜 게 아니니까. 이것도 모두 가줄드가 나쁜 거죠."

"그래도 자네가 와 줘서 다행이네. 자네가 없었더라면 이야기가 이렇게 진행되지는 않았을 거야."

"전부 유나 덕분이죠. 유나가 납치된 미사나가 살바드 저택에 있다는 것을 알아내서 난동을 피워줬으니까요."

"그렇긴 하지, 우리들은 신분에 얽매여 있어서 그 아가씨와 같은 행동은 할 수 없으니까. 게다가 미사나가 감금되어서 못 찾았다면 전면적으로 입장이 불리한 건 우리 쪽이었을 거야. 그렇게 됐다면 우리는 아무 말도 못 하고 가줄드의 말에 따랐겠지."

그러니 유나가 취한 행동은 우리들에게 도움이 됐다.

귀족을 붙잡으려면 그 나름의 권한이 필요했다. 수상하다는 이유로 제멋대로 저택 안을 조사할 수는 없었다. 만약 무리하게 조사했는데 증거가 나오지 않는다면 사과만으로 간단히 끝나지는 않는다.

"그래도 이것으로 살바드 가문은 끝이네요."

귀족의 딸을 유괴한 것도 크지만 그 이외에도 많은 범죄의 증거가 나왔다.

살해에 납치, 뇌물, 횡령. 넘어서는 안 되는 선을 넘었다.

그것을 알고 있는 가줄드는 왕도로 가게 되었을 때 고개를 떨궜다. 하지만 아들 쪽은 자신이 얼마나 나쁜 짓을 했는지 이해하지 못했다. 그만큼 응석을 받아주고 있던 거겠지.

그에 반해 내 딸들은 고분고분하게 키우고 있다.

그러나 최근 노아가 유나 때문에 곰을 좋아하게 된 것은 불안하다. 유나의 옷차림도, 곰돌이와 곰순이도 귀여우니까 어쩔 수 없으려나. 나쁜 짓만 하지 않는다면 혼낼 생각은 없다.

나도 귀엽다고 생각하니까.

왕도에 도착한 뒤 가줄드와 그의 아들인 란돌은 병사에게 끌려갔다.

나와 그란 할아버지는 입성해서 국왕 폐하에게 보고를 하러 향했다.

"돌아왔는가."

"모처럼 딸과 함께 지내려고 했는데……."

"됐으니까 보고나 빨리 해봐."

안달이 난 국왕 폐하에게 나와 그란 할아버지는 계기가 된 미사나 납치에 관해 보고했다.

"그 곰 꼬맹이는 정말……."

나와 그란 할아버지의 이야기를 듣던 국왕 폐하는 웃고 있었다.

"유나 덕분에 도움이 됐어요."

"그래서 증거는 입수한 거겠지?"

"서류 같은 건 전부 압수했고, 상인들의 사정 청취도 끝냈어요. 자세한 보고는 남기고 온 시찰단이 보고하도록 할게요."

"그러면 지금 아는 내용이라도 상관없으니까 가줄드에 관한 보고를 해줘."

나는 현재 상황에서 알고 있는 살바드 가문의 범죄를 자료를 토대로 보고했다. 내가 보고할 때마다 국왕 폐하의 얼굴이 험상궂어졌다.

"엘레로라, 나는 지금 당장 극형을 내리고 싶다."

"국왕 폐하."

"내 나라에서 잘도 제멋대로 굴었군. 상업 길드와의 관계는 어떻게 되었지?"

"시린의 상업 길드 마스터와는 연관이 있었어요."

"보르날드 상회와의 연결고리는?"

"현재로서는 발견하지 못했어요."

지금의 상업 길드 마스터가 시린의 길드 마스터가 된 이유는 그
전의 길드 마스터가 나이를 이유로 퇴직해서 대신 부임해온 것으
로 되어 있었다. 이 과정에 보르날드 상회의 관여와 지시가 있었
는지는 알 수 없었다.

"그렇군."

이미 왕도의 상업 길드에는 보고를 마쳤기 때문에 새로운 길드
마스터가 시린 마을에 부임하기로 되어 있었다. 이것으로 시린 마
을의 상업 길드도 제대로 일할 것이다.

보고를 마치고 조금 시간이 지난 뒤 살바드 가문의 처벌이 정
해졌다.

살바드 가문의 백작 지위 박탈, 재산 몰수. 그리고 가줄드는 사
형에 처해지게 됐다. 아들인 란돌은 먼 친척의 집에 맡겨져서 앞
으로 시린 마을에 돌아갈 수 없게 되고 두 번 다시 귀족이 될 수
도 없었다.

살바드 가문이 다스리고 있던 시린 마을은 파렌그람 가문이 다
스리게 되었다.

그와 동시에 그란 할아버지가 시린 마을의 영주 자리에서 물러
나고 아들인 레오날드가 새로운 영주가 되어 이어가게 됐다.

"물러나기에는 딱 좋은 시기잖나, 가줄드 녀석도 없으니 말일
세. 레오날드라도 이끌어 갈 수 있겠지. 마을이 새로워질 테니 영

주도 새로워지는 편이 나을 거네."

그란 할아버지는 그렇게 말했다.

"게다가 내가 조금 더 확실히 했었더라면 이런 일은 일어나지 않았을지도 몰라. 이번 일은 가쥴드 만이 아니라 나에게도 책임이 있어."

국왕 폐하에게 제안한 영주 교대의 요청은 바로 받아들여졌다.

보고를 마친 그란 할아버지는 시린 마을로 돌아가게 됐다.

나는 한 가지 그란 할아버지에게 확인할 것이 있었다.

"그 여자아이는 어떻게 할 거예요?"

"그 여자아이?"

"가쥴드 저택에 있던 루파 말이에요."

"아, 루파 말이구나."

"뭣하면 제가 있는 곳으로 데리고 올까요?"

그녀는 가쥴드 측에 있어서 여러 가지의 일을 알고 있었다. 그녀도 피해자 중 한 명이지만 무죄석방은 할 수 없다. 하지만 내 관리 하에 둔다면 자유는 보장할 수 있다.

"걱정하지 않아도 돼. 내가 맡을 거니까."

"그렇군요."

나는 그란 할아버지를 믿고 맡기기로 했다.

🎀 루파 후편

그란 님과 엘레로라 님이 왕도로 향하고 얼마 정도의 시간이 지났을까요.

저는 침대 위에서 천장을 보면서 생각 없이 지냈습니다. 아니, 아무런 생각을 하고 싶지 않았다는 편이 옳을지도 모릅니다. 하지만 아무런 생각을 하지 않는 건 어려운 일이죠. 조용한 방. 아무도 없는 방. 무한으로 이어지는 시간. 그래서 생각해버립니다. 가줄드 님에 관해, 아버지에 관해, 그리고 자신의 미래에 관해…….

아버지가 살해를 당했다는 것도 충격이었습니다. 아버지를 살해한 가줄드 님은 체포되었죠. 어떤 벌이 내려질지 모르지만 그란 님과 엘레로라 님의 말로는 꽤 무거운 벌이 될 거라 했습니다.

마음에 뻥 하고 구멍이 나버린 느낌인데 숨쉬기 괴롭고 힘듭니다.

아버지…… 만나고 싶어요.

오늘도 침대 위에 쓰러져서 천장을 올려다보고 있었습니다. 오늘도 똑같은 일을 반복하려나 생각하고 있는데 문이 열리고 나이든 남성이 방에 들어왔습니다.

"……그란 님."

방에 들어온 건 그란 님이었습니다.

"늦어져서 미안하네. 방금 도착했어."

저는 방에서 밖으로 이끌려 나갔습니다.

그란 님은 아무런 말없이 걸었습니다. 저는 그란 님의 뒤를 따라갔습니다. 건물을 나서고 마차에 올라탔습니다.

어디로 데리고 가시는 걸까요. 만약 그곳이 처형대라고 해도 받아들일 생각입니다.

눈앞에 앉는 그란 님은 흘깃흘깃 저를 바라봤습니다. 무언가 말씀을 하고 싶어 하시는 듯했지만 입을 닫은 채 침묵하십니다. 덜그럭덜그럭 하고 마차가 움직이는 소리만이 들려왔습니다.

마차에 정적이 이어집니다. 그란 님에게 묻고 싶은 게 있었지만 말이 나오지 않았습니다. 그란 님이 앉으신 자리의 옆으로 눈을 돌리니 꽃다발이 놓여 있었습니다.

결국 아무것도 묻지 못하고 마차가 멈췄습니다.

"내리지."

저는 그란 님에게 들은 대로 마차에서 내렸습니다.

"여기는 어디죠?"

마차가 멈춘 곳은 마을에서 벗어난 나무들이 무성한 곳이었습니다.

어째서 이곳에?

제가 주위를 둘러보자 그란 님이 꽃다발 하나를 제게 건네주셨습니다. 마차 안에 있던 꽃다발입니다. 하지만 어째서 저에게?

이해할 수 없는 상황이 이어졌습니다.

"그란 님?"

"들고 이쪽으로 오게."

그란 님은 걷기 시작했습니다.

말씀대로 꽃다발을 받아든 저는 그란 님의 뒤를 따라 걸었습니다.

"여기로군."

그란 님은 한 그루의 나무 앞에 섰습니다.

"……이 아래에 자네의 아버지가 잠들어 있네."

그란 님이 조금 말하기 어려운 듯 이야기를 하셨습니다.

"여기에 아버지가……."

"가줄드에게 실토하게 해서 자네의 아버지를 묻은 자에게 들었지."

엘레로라 님, 약속을 지켜주셨군요.

그란 님은 들고 있던 꽃을 나무 아래에 두고 두 손을 마주했습니다. 그리고 물러서더니 제게 장소를 양보해 주셨습니다. 저는 천천히 나무 아래로 향했습니다. 그 후 그란 님이 두신 꽃 옆에 꽃을 두고 손을 마주했습니다.

아버지, 이런 곳에 계셨군요.

'햇볕이 들어서 기분 좋은 곳이네.'

주위에 건물이 없어서 조용한 곳이었지만 햇볕이 닿는 좋은 장소입니다.

'침침한 곳이 아니라 다행이야.'

눈물이 뺨을 타고 흘렀습니다.

더 이상 우는 일은 없을 거라고 생각했는데…….

안 되겠어. 눈물이 멈추질 않아.

아버지…….

아버지와의 추억이 떠올랐습니다. 즐거웠던 일, 슬펐던 일, 어머니가 돌아가셨을 때 둘이서 울었던 일. 여러 가지의 추억이 지나쳐 갑니다.

저는 눈물을 훔치고 그란 님 쪽을 바라봤습니다.

"이제 괜찮은가?"

그란 님은 아무런 말없이 조용히 저를 기다려 주셨습니다.

"고맙습니다. 마지막으로 아버지를 만나 뵐 수 있어서 다행이에요."

죽기 전에 아버지가 잠든 곳에 올 수 있어서 다행입니다.

"마지막? 앞으로 몇 번이고 오면 되지."

"…………."

저로서는 그란 님이 하시는 말씀을 이해할 수 없었습니다.

"한 번뿐이면 가엾잖나. 몇 번이라도 와 주게. 그 편이 자네의 아버지도 기뻐할 거야."

"하지만 제 처벌은…….."

"그렇군, 아직 이야기를 하지 않았어. 자네는 내 관리 하에 놓이게 될 거야. 관찰 처분으로 정해졌어."

"관찰 처분이요?"

"어렵게 생각하지 않아도 되네. 나를 보호자라고 생각해주면
돼. 내 허가가 없으면 마을 밖으로는 나갈 수 없지만 기본적으로
자유롭게 지내도 상관없네."

"……그란 님. 하지만 저는…… 어디에도 갈 곳이—"

"그렇다면 내가 있는 곳에서 일하면 되지. 마침 우수한 메이드
를 찾고 있었거든. 이제 나는 영주의 자리를 아들에게 넘겼으니
평범한 늙은이가 되었지만."

그란 님은 부드럽게 미소 지었습니다. 그란 님은 이번 사건으로
영주 자리에서 물러나고 아드님인 레오날드 님이 영주가 된다고
하셨습니다.

"저라도 괜찮으신가요?"

"이런 늙은이라 미안하네. 만약 싫다면 엘레로라 쪽으로 가도
된다네."

"엘레로라 님이요?"

"자네를 걱정했어. 자기가 맡겠다고도 했지. 엘레로라는 좋은
보호자가 될 거야. 어떻게 하겠나?"

그란 님은 친절하게 내가 나아갈 길을 제시해주셨습니다.

저는 아버지가 잠든 곳으로 시선을 옮겼습니다.

"그란 님이 계신 곳에서 일하게 해주세요."

또 아버지를 만나러 오자. 이 마을에 있다면 언제든지 만나러
올 수 있습니다.

"그래, 잘 부탁하네."

저는 그란 님이 내민 손을 잡았습니다.

"그리고, 이걸 자네에게 주겠네."

그란 님은 주머니에서 한 장의 카드를 제게 내밀었습니다.

받아보니 그것은 길드 카드였습니다.

"……이건 아버지의……."

그 방에서 발견했던 아버지의 길드 카드였습니다.

"다른 유품은 발견하지 못했네. 이것만이라도, 라고 생각해서 가져왔네."

길드 카드에 적혀 있는 아버지의 이름을 보자 또다시 눈물이 나왔습니다.

"고맙습니다."

저는 아버지의 길드 카드를 품에 안았습니다.

그런 뒤 저는 그란 님이 있는 곳에서 일하게 됐고 바쁜 나날을 보내고 있습니다.

얼마 안 되어 가쥴드 님이 처형당했다는 것을 그란 님에게 들었습니다. 란돌 님은 친족에게 맡겨졌다고 합니다.

가쥴드 님이 처형당했다는 것을 들은 순간에는 기쁜 감정보다 목에 묶여 있던 쇠사슬이 풀린 느낌이었습니다.

저도 죄를 갚기 위해 그란 님의 곁에서 열심히 일할 겁니다.

■작가 후기

오랜만입니다. 쿠마나노입니다.『곰 곰 곰 베어』9권을 사주셔서 감사합니다. 여러분 덕분에 9권을 발매할 수 있었습니다.

이번 책은 저번 책에 이어 파렌그람 가문과 살바드 가문의 이야기가 되겠습니다.

미사가 납치당해서 유나는 화를 냅니다. 매우 난폭하죠. 귀족이 상대라도 상관없습니다. 곰을 화나게 하면 위험하다는 게 증명되었죠. 유나가 진심으로 화를 낸 것은 처음일지도 모릅니다. 기본적으로 남에게는 흥미가 없는 유나이지만 도움이 필요한 사람에게는 손을 내밉니다. 하지만 이번엔 생각하기 전에 자신의 감정으로 움직였습니다. 이세계에 와서 유나에게는 피나를 시작으로 소중한 사람들이 조금씩 늘어나기 시작했습니다. 게임이 아닌 실제로 소중한 사람들입니다.

작가 후기에서는 web판에서 적지 못한 루파의 이야기를 적었습니다. 루파는 착한 여성입니다. 목숨을 끊으려고 생각한 적도 있습니다. 그럼에도 작은 희망을 가지고 아버지가 돌아오기를 기다렸습니다만 그 희망은 사라지게 됩니다. 하지만 손을 뻗어주는 사람이 있습니다. 루파는 그란 님의 손을 잡았죠. 루파가 행복해지길 바랍니다.

그리고 이번 권이 발매할 무렵에는 코미컬라이즈가 시작되었을 거라 생각되는데요. 소설을 쓰는 것도 힘들지만 만화를 그리는 것은 더욱 힘든 일이라고 생각합니다. 캐릭터를 하나부터 전부 만들어야 하죠.

캐릭터 디자인에 컷 나누기, 표정 하나라 할지라도 엄청난 작업입니다. 진심으로 세루게이 선생님께는 거듭 감사의 인사를 드립니다.

만화판은 코믹 PASH!의 사이트에서 무료로 볼 수 있으니 세루게이 선생님이 그려주시는 만화의 곰도 즐겨주시면 감사하겠습니다.

마지막으로 책을 발매하는 데 힘써주시는 모든 분들께 감사 인사를……

029 선생님, 이번에도 멋진 일러스트를 그려주셔서 감사합니다. 새로운 캐릭터인 루이밍이 귀엽네요.

편집자님께는 오탈자로 항상 폐를 끼치고 있습니다. 그리고 『곰 곰 곰 베어』 9권을 출판하는데 도움을 주신 많은 분들께 감사드립니다.

여기까지 책을 읽어주신 독자님들께도 감사의 마음을 전합니다.

그러면 10권에서 만날 수 있기를 진심으로 기대합니다.

2018년 3월 좋은 날 쿠마나노

■역자 후기

안녕하세요! 이번 에피소드는 어떠셨나요? 저는 개인적으로 번역 작업을 하면서 가장 재밌었던 에피소드였던 것 같아요! 살바드 가문의 최후가 그려진 부분도 마음에 들었지만 이번에는 엘프 마을에 관해서도 살짝 나오고, 엘프 마을을 찾아가는 과정에서 생기는 에피소드도 색달라서 재밌었던 것 같습니다! 여러분들도 재밌게 읽어주셨으면 좋겠네요.(웃음)

다음 편을 기대해주시고 다음 편에서도 만나 뵐 수 있기를 기대하고 있겠습니다! 저 때문에 항상 고생하시는 편집자님께 항상 죄송하고 감사한 마음을 전하며 다음 편에서 뵙겠습니다! 여러분 계속해서 잘 부탁드립니다!

2019년 좋은 날
역자 김보라 올림

곰 곰 곰 베어 9

1판 1쇄 발행 2020년 2월 10일
1판 2쇄 발행 2020년 3월 31일

지은이_ Kumanano
일러스트_ 029
옮긴이_ 김보라

발행인_ 신현호
편집부장_ 윤영천
편집진행_ 김기준 · 김승신 · 원현선 · 권세라 · 유재슬
편집디자인_ 양우연
국제업무_ 정아라 · 전은지
관리 · 영업_ 김민원 · 조은걸 · 조인희

펴낸곳_ (주)디앤씨미디어
등록_ 2002년 4월 25일 제20-260호
주소_ 서울시 구로구 디지털로 26길 111 JnK디지털타워 503호
전화_ 02-333-2513(대표)
팩시밀리_ 02-333-2514
이메일_ lnovelpiya@naver.com
L노벨 공식 카페_ http://cafe.naver.com/lnovel11

KUMA KUMA KUMA BEAR 9 text by Kumanano, illustration by 029
Copyright ⓒ 2018 Kumanano, SHUFU-TO-SEIKATSU SHA LTD.
All rights reserved.
Original Japanese edition published by SHUFU-TO-SEIKATSU SHA LTD., Tokyo.

This Korean language edition is published by arrangement
with SHUFU-TO-SEIKATSU SHA LTD., Tokyo
in care of Tuttle-Mori Agency, Inc., Tokyo.

ISBN 979-11-278-5435-5 04830
ISBN 979-11-278-3067-0 (세트)

값 9,000원

© Koushi Tachibana, Tsunako 2019
KADOKAWA CORPORATION

데이트 어 라이브 1~21권, 앙코르 1~8권, 머테리얼

타치바나 코우시 지음 | 츠나코 일러스트 | 이승원 옮김

4월 10일, 새 학기 첫 등교일.
이츠카 시도는 평소와 다름없는 일상을 보내고 있었다.
갑작스러운 충격파로 파괴된 마을 한가운데에서 소녀와 만나기 전까지는―

세계를 부수는 재앙, 정령을 막을 방법은 단 두가지.
섬멸, 혹은 대화

정령과 만나게 된 시도는,
세계의 멸망을 막기 위해 데이트로 정령을 꼬셔야하는 운명에 처하게 되는데!?

세계의 멸망을 막기 위한 데이트가 시작된다―!!

ANIPLUS TV 애니메이션 방영 화제작!!

라이트노벨의 새로운 빛! ㄴ노벨의 신간은 매월 10일에 발매됩니다. http://cafe.naver.com/lnovel11

우리 집 더부살이가 세계를 장악하고 있다! 1~14권

나나죠 츠요시 지음 | 노조미 츠바메 일러스트 | 김진환 옮김

머나먼 독일에서 일본의 영세 공업사 · 이이야마 가문에 찾아온 소년,
카사토리 신야. 그 정체는 세계 유수의 대기업 오리온르트의 창업자로
손가락 하나로 군사위성까지 움직일 수 있는 하이스펙 남자 중학생이다.
사정이 있어 진짜 모습을 숨긴 채 신야는
이곳 이이야마 가문에서 더부살이하게 되었지만……
"우리 집에는 다 큰 여자애들이 살고 있다구! 갑자기 동거라니!"
그곳에는 취미도 성격도 제각각인 귀여운 세 자매도 함께 살고 있었다?!
사장님~ 지금까지의 경험이 아무 쓸모 없는 환경에서,
어떡하실 건가요?

**세계 제일의 무적 소년 사장과
재미있고 귀여운 세 자매가 보내드리는
《GA문고 대상 수상》의 앳 홈 러브코미디!**

라이트노벨의 새로운 빛! L노벨의 신간은 매월 10일에 발매됩니다. http://cafe.naver.com/lnovel11

라고요?!

검사를 목표로 입학했는데

마법 적성

9999

저자 넨쥬무기챠타로 | 일러스트 리이츄

L NOVEL

Copyright © 2019 Mugichatarou Nenjuu
Illustrations copyright © 2019 Riichu
SB Creative Corp.

검사를 목표로 입학했는데
마법 적성 9999라고요?! 1~8권

넨쥬무기챠타로 지음 | 리이츄 일러스트 | 김보미 옮김

"하지만 전 전사학과에서 검사가 되고 싶어요!"
일류 검사를 꿈꾸는 소녀 로라는 불과 아홉 살에 모험가 학교에 합격하고,
「검사 친구가 많이 생겼으면 좋겠다」는 기대에 부푼다.
그리고 다가온 입학식 날.
로라는 보통 학생이 50~60이 나오는 검 적성치 측정에서
경이로운 107점을 기록하며 검의 천재가 되지만
하는 김에 마법 적성치도 측정한 결과…… 무려 『전 속성 9999』!!
전대미문의 압도적인 수치에 학교 전체가 슬렁이고 마법학과로 즉시 전과 결정♪
검사가 되고 싶은 바람과는 반대로 로라는 천재 마법사로 쑥쑥 커가고
순식간에 마법학과의 어느 선생님보다도 강해지는데…….
마법 재능이 지나치게 풍부한 아홉 살 소녀의 통쾌한 판타지!!

라이트노벨의 새로운 빛! ㄴ노벨의 신간은 매월 10일에 발매됩니다. http://cafe.naver.com/lnovel11

라스트 라운드 아서스 1권

히츠지 타로 지음 | 하이무라 키요타카 일러스트 | 최승원 옮김

모든 면에서 타고난 능력이 지나치게 뛰어났던 탓에
공허한 나날을 보내고 있던 마가미 린타로.
무료함을 달래기 위해 일부러 『최약』이라 불리는
루나 아르투르의 진영에 가세해, 다가오는 위기에서 세계를 구할
진정한 아서 왕을 정하는 《아서 왕 계승전》에 참가하게 되지만…….
"내 엑스칼리버는…… 팔아서 돈으로 바꿨으니까."
루나는 성검을 팔아치우거나, 소환한 《기사》 케이 경을 코스프레시켜서
이용해먹기까지 하는 문제아였다!
그러나 절망적인 위기에 처했을 때
루나는 린타로조차 인정할 수밖에 없는 강함을 보여주는데—.

새로운 아서 왕 전설이 여기서 시작된다!